ZHONGGUO XIAOSHUO
100 QIANG

中国小说100强（1978—2022）

老屋小记

史铁生 著

北京联合出版公司
Beijing United Publishing Co.,Ltd.

图书在版编目（CIP）数据

老屋小记 / 史铁生著. -- 北京：北京联合出版公司，2023.9

（中国小说100强）

ISBN 978-7-5596-7011-3

Ⅰ.①老… Ⅱ.①史… Ⅲ.①短篇小说－小说集－中国－当代 Ⅳ.①I247.7

中国国家版本馆CIP数据核字(2023)第111295号

老屋小记

作　　者：史铁生

出 品 人：赵红仕

出版监制：张晓冬　范晓潮

责任编辑：牛炜征

特约编辑：和庚方　张　颖

封面设计：武　一

北京联合出版公司出版

（北京市西城区德外大街83号楼9层　100088）

北京兴星伟业印刷有限公司印刷　新华书店经销

字数173千字　650毫米×920毫米　1/16　20印张

2023年9月第1版　2023年9月第1次印刷

ISBN 978-7-5596-7011-3

定价：58.00元

中国小说100强（1978—2022）丛书

编委会

丛书总策划

    张　明　著名出版人

    张　英　资深媒体人

编委主任

    吴义勤　中国作协副主席

            中国小说学会会长

编　委

    吴义勤　中国作协副主席、中国小说学会会长

    宗仁发　《作家》杂志主编

    谢有顺　中山大学教授、中国小说学会副会长

    顾建平　《小说选刊》副主编

    张　英　资深媒体人

    文　欢　作家、出版人

总　序

　　"中国小说100强"（1978—2022）是资深出版人张明先生和腾讯读书知名记者张英先生共同策划发起的一套大型文学丛书。他们邀请我和宗仁发、谢有顺、顾建平、文欢一起组成编委会，并特邀徐晨亮参与，经过认真研讨和多轮投票最终评定了100人的入选小说家目录。由于编委们大多都是长期在中国文学现场与中国文学一路同行的一线编辑、出版家、评论家和文学记者，可以说都是最专业的文学读者，因此，本套书对专业性的追求是理所当然的，编委们的个人趣味、审美爱好虽有不同，但对作家和文学本身的尊重、对小说艺术的尊重、对文学史和阅读史的尊重，决定了丛书编选的原则、方向和基本逻辑。

　　从文学史的角度来说，1978年以后开启的新时期文学是中国当代文学的黄金时代，不仅涌现了一批至今享誉世界的优秀作家，而且创造了许多脍炙人口的文学经典，并某种程度上改写了20世纪中国文学史的版图。而在中国新时期文学的经典家族中，小说和小说家无疑是艺术成就最高、影响力最大的部分。"中国小说 100 强"（1978—2022）就是试图将这个时期的具有经典性的小说家和中国小说的经典之作完整、系统地筛选和呈现出来，并以此构成对新时期文学史的某种回顾与重读、观察与评判。呈现在读者面前的这套丛书是对 1978—2022 年间中国当代小说发展历程的一次全面、系统的整体性回顾与检阅，是中国当代文学经典化的重要成果，从特定的角度集中展示了中国新时期文学在小说创作方面的巨大成就。需要说明的是，与 1978—2022 年新时期文学繁荣兴盛的局面相比，100 位作家和 100 本书还远远不能涵盖中国当代小说的全貌，很多堪称经典的小说也许因为各种原因并未能进入。莫言、苏童、余华等作家本来都在编委投票评定的名单里，但因为他们已与某些出版社签下了专有出版合同，不允许其他出版社另出小说集，因而只能因不可抗原因而割爱，遗珠之憾实难避免，而且文学的审美本身也是多元的，我们的判断、评价、选择也许与有些读者的认知和判断是冲突的，但我们绝无把自己的标准强加于别人的意思。我们呈现的只是我们观察中国这个时期当代小说的一个角度、一种标准，我们坚持文学性、学术性、专业性、民间性，注重作家个体的生活体验、叙事能力和艺术功力，我们突破代际局限，老、中、青小说家都平等对待，王蒙、冯骥才、梁晓声、铁凝、阿来等名家名作蔚为大观，徐则臣、阿乙、弋舟、鲁敏、林森等新人新作也是目不暇接，我们特别关注文学的新生力量，尤其是近 10 年作品多次获国家大奖、市场人气爆棚的新生代小说家，我们秉持包容、开放、多元的审美立场，无论是专注用现实题材传达个人迥异驳杂人生经验、用心用情书写和表现时代精神的现实主义作家，还是执着于艺术探索和个体风格的实验性作家，在丛书里都是一视同仁。我们坚信我们是忠实于自己的艺术理想、艺术原则和艺术良心的，但我们并不认为自己的角度和标准是唯一的，我们期待并尊重各种各样的观察角度和文学判断。

当然，编选和出版"中国小说 100 强"（1978—2022）这套大型丛书，除了上述对文学史、小说史成就的整体呈现这一追求之外，我们还有更深远、更宏大的学术目标，那就是全力推进中国当代文学"经典化"的历程和"全民阅读·书香中国"建设。

从1949年发端的中国当代文学已经有了70多年的发展历程，但对这70多年文学的评价一直存在巨大的分歧，"极端的否定"与"极端的肯定"常常让我们看不到当代文学的真相。有人认为中国当代文学达到了前所未有的高度和水平。王蒙先生在法兰克福书展上就说：中国当代文学现在是有史以来最繁荣的时期。余秋雨、刘再复甚至认为中国当代文学的成就远远超过了现代文学。也有人极端否定中国当代文学，认为中国当代文学都是垃圾。他们认为现代文学要远远超过当代文学，中国当代文学连与现代文学比较的资格都没有。比如说，相对于鲁（迅）、郭（沫若）、茅（盾）、巴（金）、老（舍）、曹（禺）这样大师级的人物，中国当代作家都是渺小的侏儒，根本不能相提并论，两者比较就是对大师的亵渎。应该说，与对中国当代文学的肯定之声相比，对当代文学的否定和轻视显然更成气候、更为普遍也更有市场。尽管否定者各自的角度和出发点不同，但中国当代作家、作品与中外文学大师、文学经典之间不可比拟的巨大距离却是唱衰中国当代文学者的主要论据。这种判断通常沿着两个逻辑展开：一是对中外文学大师精神价值、道德价值和人格价值的夸大与拔高，对文学大师的不证自明的宗教化、神性化的崇拜。二是对文学经典的神秘化、神圣化、绝对化、空洞化的理解与阐释。在此，我们看到了一个非常有趣的悖论：当谈论经典作家和文学大师时我们总是仰视而崇拜，他们的局限我们要么视而不见要么宽容原谅，但当我们谈论身边作家和身边作品时，我们总是专注于其弱点和局限，反而对其优点视而不见。问题还不在于这种姿态本身的厚此薄彼与伦理偏见，而是这种姿态背后所蕴含的"当代虚无主义"。这种"虚无主义"的最大后果就是对当代作家作品"经典化"的阻滞，对当代文学经典化历程的阻隔与拖延。一方面，我们视当下作家作品为"无物"，拒绝对其进行"经典化"的工作，另一方面又以早就完全"经典化"了的大师和经典来作为贬低当下泥沙俱下的文学现实的依据。这种不在同一个层面上的比较，不仅毫无意义，而且只能使得文学评价上的不公正以及各种偏激的怪论愈演愈烈。

其实，说中国当代文学如何不堪或如何优秀都没有说服力。关键是要进行"经典化"的工作，只有"经典化"的工作完成了才有可能比较客观地对当代的作家作品形成文学史的判断。对当代的"经典化"不是对过往经典、大师的否定，也不是对当代文学唱赞歌，而是要建立一个既立足文学史又与时俱进并与当代文学发展同步的认识评价体系和筛选体系。当然，我们也要承认，"经典化"问题是一个非常复杂的问题，并不是凭热情和冲动一下子就能完成的，但我们至少应该完成认识论上的"转变"并真正启动这样一个"过程"。

现在媒体上流行一些对于中国当代文学经典化冷嘲热讽的稀奇古怪的言论，其核心一是否定中国当代文学有经典、有大师，其二是否定批评界、学术界有关"经典化"的主张，认为在一个无经典的时代，"经典"是怎么"化"也"化"不出来的，"经典化"是一个实实在在的"伪命题"。其实，对于文学，每个人有不同的判断、不同的理解这很正常，每一种观点也都值得尊重。但是，在"经典"和"经典化"这个问题上，我却不能不说，上述观点存在对"经典"和"经典化"的双重误解，因而具有严重的误导性和危害性。

首先，就"经典"而言，否定中国当代文学早就不是什么新鲜事，对当代文学的虚无主义态度在很多人那里早已根深蒂固。我不想争论这背后的是与非，也不想分析这种观点背后的社会基础与人性基础。我只想指出，这种观点单从学理层面上看就已陷入了三个巨大误区：

第一个误区，是对经典的神圣化和神秘化的误区。很多人把经典想象为一个绝对的、神圣的、遥远的文学存在，觉得文学经典就是一个绝对的、乌托邦化的、十全十美的、所有人都喜欢的东西。这其实是为了阻隔当代文学和"经典"这个词发生关系。因为经典既然是绝对的、神圣的、乌托邦的、十全十美的，那我们今天哪一部作品会有这样的特性呢？如果回顾一下人类文学史，有这样特性的作品好像也没有。事实上，没有一部作品可以十全十美，也没有一部作品能让所有人喜欢。在这个问题上，我们应该明确的是，"经典"不是十全十美、无可挑剔的代名词，在人类文学史上似乎并不存在毫无缺点并能被任何人所认同的"经典"。因此，对每一个时代来说，"经典"并不是指那些高不可攀的神圣的、神秘的存在，只不过是那些比较优秀、能被比较多的人喜爱的作品而已。从这个意义上说，当今中国文坛谈论"经典"时那种神圣化、莫测高深的乌托邦姿态，不过是遮蔽和否定当代文学的一种不自觉的方式，他们假定了一种遥远、神秘、绝对、完美的"经典形象"，并以对此一本正经的信仰、崇拜和无限拔高，建立了一整套关于中国当代文学的伦理话语体系与道德话语体系，从而充满正义感地宣判着中国当代文学的死刑。

第二个误区，是经典会自动呈现的误区。很多人会说，是金子总是会发光的。但对文学来说，文学经典的产生有着特殊性，即，它不是一个"标签"，它一定是在阅读的意义上才会产生意义和价值的，也只有在阅读的意义上才能够实现价值，没有被阅读的作品没有被发现的作品就没有价值，就不会发光。而且经典的价值本身也不是固定不变的。如果一个作品的价值一开始就是固定不变的，那这个作品的价值就一定是有限的。经典一定会在不同的时代面对不同的读者呈现出完全不同的价值。这也是所谓文学永恒性的来源。也就是说，文学的永恒性不是指它的某一个意义、某一个价值的永恒，而是指它具有意义、价值的永恒再生性，它可以不断地延伸价值，可以不断地被创造、不断地被发现，这才是经典价值的根本。所以说，经典不但不会自动呈现，而且一定要在读者的阅读或者阐释、评价中才会呈现其价值。

第三个误区，是经典命名权的误区。很多人把经典的命名视为一种特殊权力。这有两个层面的问题：一，是现代人还是后代人具有命名权；二，是权威还是普通人具有命名权。说一个时代的作品是经典，是当代人说了算还是后代人说了算？从理论上来说当然是后代人说了算。我们宁愿把一切交给时间。但是，时间本身是不可信的，它不是客观的，是意识形态化的。某种意义上，时间确会消除文学的很多污染包括意识形态的污染，时间会让我们更清楚地看清模糊的、被掩盖的真相，但是时间同时也会使文学的现场感和鲜活性受到磨损与侵蚀，甚至时间本身也难逃意识形态的污染。此外，如果把一切交给时间，还有一个前提，那就是对后代的读者要有足够的信任，要相信他们能够完成对我们这个时代文学的经典化使命。但我们对后代的读者，其实是没有信心的。我们今天已经陷入了严重的阅读危机，我们怎么能寄希望后代人有更大的阅读热情呢？幻想后代的人用考古的方式对我们这个时代的文学进行经典命名，这现实吗？我不相信后人对我们身处时代"考古"式的阐释会比我们亲历的"经验"更可靠，也不相信，后人对我们身处时代文学的理解会比我们亲历者更准确。我觉得，一部被后代命名为"经典"的作品，在它所处的时代也一定会是被认可为"经典"的作品，我不相信，在当代默默无闻的作品在后代会被"考古"挖掘为"经典"。也许有人会举张爱玲、钱钟书、沈从文的例子，但我要说的是，他们的文学价值早在他们生活的时代就已被认可了，只不过很长时间由于意识形态的原因我们的文学史不谈及他们罢了。此外，在经典命名的问题上，我们还要回答的是当代作家究竟为谁写作的问题。当代作家是为同代人写作还是为后代人写作？幻想同代人不阅读、不接受的作品后代人会接受，这本身就是非常乌托邦的。更何况，当代作家所表现的经验以及对世界的认识，是当代人更能理解还是后代人更能理解？当然是当代人更能理解当代作家所表达的生活和经验，更能够产生共鸣。因此，从这个角度来说，当代人对一个时代经典的命名显然比后代人

6

更重要。第二个层面，就是普通人、普通读者和权威的关系。理论上，我们都相信文学权威对一个时代文学经典命名的重要性，权威当然更有价值。但我们又不能够迷信文学权威。如果把一个时代文学经典的命名权仅仅交给几个权威，那也是非常危险的。这个危险表现在什么地方呢？就是几个人的错误会放大为整个时代的错误，几个人的偏见会放大为整个时代的偏见。我们有很多这样的文学史教训。在这个问题上，我们既要相信权威又不能迷信权威，我们要追求文学经典评价的民主化、民主性。对一个时代文学的判断应该是全体阅读者共同参与的民主化的过程，各种文学声音都应该能够有效地发出。这个时代的文学阅读，最理想的状态应该是一种互补性的阅读。为什么叫"互补性的阅读"？因为一个批评家再敬业，再劳动模范，一个人也读不过来所有的作品。举个例子：现在我们一年有5000部以上的长篇小说，一个批评家如果很敬业，每天在家读二十四小时，他能读多少部？一天读一部，一年也只能读三百部。但他一个人读不完，不等于我们整个时代的读者都读不完。这就需要互补性阅读。所有的读者互补性地读完所有作品。在所有作品都被阅读过的情况下，所有的声音都能发出来的情况下，各种声音的碰撞、妥协、对话，就会形成对这个时代文学比较客观、科学的判断。因此，文学的经典不是由某一个"权威"命名的，而是由一个时代所有的阅读者共同命名的，可以说，每一个阅读者都是一个命名者，他都有对经典进行命名的使命、责任和"权力"。而作为一个文学研究者或一个文学出版者，参与当代文学的进程，参与当代文学经典的筛选、淘洗和确立过程，更是一种义不容辞的责任和使命。说到底，"经典"是主观的，"经典"的确立是一个持续不断的"过程"，"经典"的价值是逐步呈现的，对于一部经典作品来说，它的当代认可、当代评价是不可或缺的。尽管这种认可和评价也许有偏颇，但是没有这种认可和评价，它就无法从浩如烟海的文本世界中突围而出，它就会永久地被埋没。从这个意义上说，在当代任何一部能够被阅读、谈论的文本都是幸运的，这是它变成"经典"的必要洗礼和必然路径。

总之，我们所提倡的"经典化"不是要简单地呈现一种结果，不是要简单地对一个时代的文学作品排座次，不是要武断地指出某部作品是"经典"，某部作品不是"经典"，不是要颁发一个"谁是经典"的荣誉证书，而是要进入一个发现文学价值、感受文学价值、呈现文学价值的过程。所谓"经典化"的"化"实际上就是文学价值影响人的精神生活的过程，就是通过文学阅读发现和呈现文学价值的过程。可以说，文学的经典化过程，既是一个历史化的过程，更是一个当代化的过程。文学的经典化时时刻刻都在进行着，它需要当代人的积极参与和实践。因此，哪怕你是一个对当代文学的虚无主义者，你可以不承认当代文学有经典，但只要你还承认有文学，你还需要和相信文学，还承认当代文学对人的精神生活具有影响力，你就不应该否定当代文学经典化的重要性。没有这个"经典化"，当代文学就不会进入和影响当代人的生活，就失去了存在的意义。每一个人，哪怕你是权威，你也不能以自己的好恶剥夺他人阅读文学和享受文学的权利。

从这个意义上说，当代文学的经典化当然是一个真命题而不是一个伪命题。在一个资讯泛滥的时代，给读者以经典的指引是文学界、出版界共同的责任，而这也是我们编辑出版这套书的意义所在。

最后，感谢张明和张英先生为本套书付出的辛劳，感谢北京立丰天文化传播有限公司、北京金圣典文化有限公司的资金支持，感谢全体编委和北京联合出版公司各位编辑，感谢所有对本套丛书的出版给予大力支持的作家和他们的家人。

是为序。

吴义勤

2022 年冬于北京

8

目 录
Contents

别　人

失恋的日子，与平常的日子，没有多少不同。区别也许仅仅在于：它正途经我，尚未到达你。

推开窗，雨，密密匝匝地在树上响作一团。雨必定是一滴一滴地敲响树叶，正如时间一秒一秒地到达。但每一秒，和每一滴雨，都抓不住，雨或者时间响作一团连绵不断。未来总战胜现在，以及现在总败于过去。烟在肺里停留一会儿，在嘴里经过，缓缓飘向雨中，消失。一切无非如此。

雨和烟那样的日子比比皆是，只不过没有一个具体的失恋作为标志。

那标志，必定是在某一滴雨敲响某一片树叶时到达我的，这符合逻辑。我有时想，要是我能阻止那一滴雨敲响那一片树叶，失恋会不会就绕过我，也许就永远放弃了我呢？我知道这不合逻辑。

那标志，可能是一封信："我想我必须告诉你，我已经爱上了别人。"也可能是一个电话："无论如何我总是得告诉你,我已经爱上了别人。"也可能是面对面,酒杯与酒杯轻轻地相碰之后,那一滴雨敲响了那一片树叶："我不想骗你也不想骗我自己我已经爱上了别人,不,不为什么,这既是原因也是结果。"但也可能是其他,不必认真于具体方式。可能就这样,也可能是那样,其他的方式。比如别人转达的一个口信："她已经爱上了别人。"总之,每一个字都很平常。每一个字都早已存在,当某一滴雨敲响某一片树叶之时它们连成了一个意思响作一团。每一个字所具有的声音都不陌生,现在它们以一种不曾有过的次序到达了我,响作一团连绵不断。

电视里正播放一场跳水比赛。十米跳台,背景是炽烈的阳光下的一座城市,浩如烟海的屋顶,山峦叠嶂般的楼群。年轻纤秀的女跳水者,胸部和臀部都还没长大,走上高高的跳台,每一步送掉一段光阴。背景中,阳光飞扬得到处都是,红色的屋顶上,橘黄色和白色的楼墙上,树上,花花绿绿的遮阳棚上,各种颜色都被点燃了似的,烁烁刺目。一排排一摞摞密密麻麻的窗口张开在那儿一动不动一声不响,真假难辨。为什么那肯定不是(比如说舞台上或摄影棚里的)一道布景呢?

若不是一辆列车开过,很难发现那背景中还有一座高架铁路桥。女跳水者沉着地走向跳台前沿时,那铁路桥上正有一辆蓝色的列车与她同向而行。列车飞驰,一个一个车窗在她迈动的双腿后面闪闪而过,因而她就像是在原地踏步,甚至像在后退。但逻辑告诉我,她实际在向前走,实际上她正走向跳台的前沿。因而逻辑又告诉我,那背景是一座真实的城市。列车开出了画面,女跳水者站住,低头看一下,舒一口气,抬起目光。背景中林立错落的建筑,甚至让人想起有一天被太阳晒干了的海底，所有的窗口一如既往，不动不响忧喜不惊的样子。但逻辑告诉我，每一个窗口里都活着一个故事，一排排一摞摞的窗口里，是很多很多种愿望的栖息之地。

从那背景中找一个窗口注意看，随便哪一个，注意看它。它应该有内容，没问题，肯定有。你不知道它里面有一个什么故事，但它里面肯定有一个活生生的故事。

不要管其他的房屋，和其他的窗口，只凝视一个。比如，最远的那座楼房。最远的，对，在它后面再看不到别的房子了，在它上面是一线蓝天，它很远很小（沧海一粟），但能看出那是一座大屋顶的楼房。屋顶是红色的，红得耀眼，看不到它总共有几层，只能看见大屋顶下面的第一排窗口，再往下被它前面的房子挡住了。那排窗口，正中间的那个，看它。一二三四五六七八九，那么是第五个，无论从哪边数都是第五个，那窗口里必定有一些什么事在进行，必定有一个什么故事正在发展。它的左边是一座更大的楼房，楼墙又宽又高仿佛一面悬崖峭壁，在它右边不远有一根不算太高的烟囱。

等以后再想其他。再联想一切房屋和一切窗口里的故事。

现在只看选定的那一个，其他的故事都不存在，其他的屋顶、墙壁和窗口都只是形状和色彩。

只看那一个。它不会是平白无故地待在那儿，里面必定有一些事（一些由欲望发动的快乐或者痛苦，一些由快乐和痛苦连接起来的时间），除非它是布景。那屋顶，处在那跳水者的额前。跳水者很年轻，沉稳一下，展臂，曲膝，腾空，那灿烂的屋顶降落在她身下，那窗口只是一方阴影但此时此刻其中必有什么事情发生，有什么事在进行，有什么事情临近和有什么事情已经过去了。

遥远的一些树上，遥远的不为人知的山里、旷野里、树上，雨也在响。此时此刻，逻辑告诉我这颗星球上不可能只是我的窗外有雨，这肯定。

此时此刻，那窗口里：阳光爬上桌面。一束花，寂静地开放，其中的一朵正扑啦一下展开。

可能。

或者：一对恋人在亲吻，翻来覆去，正欢畅地相互依偎、呼唤、爱抚。

完全可能。

或者：正做爱。

为什么不可能？可能。

但也许是：一次谋杀。一桩谋杀案正在发生，筹划多年的复仇正在实现。

可能性小些，或者很小，但不是不可能。

也许是：自杀。自杀者正越过可以被抢救的极限，灵魂正从肉体脱离，扑啦一下猝不及防的变化，就像那朵花的开放。

也许非常非常地和平：两三个孩子在游戏。"锤子、剪子、布——！"在阳光和蝉声里，从这屋跑到那屋，从床上滚到地上。"锤子、剪子、布——！锤子、剪子、布——！"在阳光的安静和城市的喧嚣里，再从那屋跑到这屋，从椅子上跳到桌子上，"锤子、剪子、布……"

或者：一个刚刚出生不久的婴儿正被命名。他的父母正从几个名字之中为他选定了一个。

都可能。都是可能的：

一个老人在看报，看见一条消息，看见一个似乎熟悉的名字，报纸在手里簌簌地抖，再看一遍，猜疑那是他少年时的朋友。

少女，在寝室里化妆。第一次化妆，掌握不好唇膏的用量。尤其是腕上的一只小巧的表在催促她，更让她发慌。

少年在沙发上做梦。梦中第一次有了男人的体验，在挺不起眼的那张沙发上没想到做了那样一场好梦。

都是可能的。

也可能没人，并没有人。一间空屋，偶尔讲述老鼠的故事。

也可能门开了，主人重归故里，在门前伫望，孤身一人或结伴还乡。屋中的一切都没有变，但陌生，但又熟悉。轻轻拈一下镜面上的尘灰，自己的面容也是又熟悉又陌生。"这儿？""对，就这儿。"

也可能是破裂，分道扬镳。男人走了，或者女人走了。门关上。四壁和门窗之间，男人或者女人，独自留在那儿。

什么都可能，但只是一种。

女跳水者转体两周翻腾三周半，降落，降落，降落，屋顶呀阳光呀窗口呀那背景像一张卡片从上方被抽走。又换上一张：湛蓝的水面撞开浪花。又换上一张：女跳水者像一只鱼鹰扎向水底，身后搅起丰富的气泡。女跳水者从池底浮升、浮升、浮升，这一回卡片从下面被抽走。再换上一张：女跳水者爬上岸，向观众鞠躬，转身走过一道玻璃门，走过一道道玻璃门，很多从未见过（而且从此以后再不会见到）的面孔转向她、注视她，她穿过人群走进摄像机追拍不到的地方。很可能，她将就此永远在我的世界里消失。从理论上讲，她存在于别处。从理论上讲，还会有一些星球上有空气，有氧和氢，有水，有生命。从理论上讲，宇宙中应该有一些黑洞。从理论上讲，在我出生之前这个世界已经存在亿万年，在我死亡之后这个世界还要存在亿万年。从实际讲，理论是逻辑体操不过是逻辑体操。

日子总在过去，成为一张张作废的卡片。失恋，是一团烟雨，心灵的一道陌生又熟悉的布景。

　　如果那山峦一样的房屋也是一道巨大的布景，那些窗口实际是一道布景上的一块块油彩，情况又有什么不同？是，或者不是，有什么不同呢对逻辑体操来说？那布景上的油彩抑或那楼壁上的窗口，对凝望来说以及对猜想来说有什么不同呢？对它们的猜想并不为过，并不见得比以往更愚蠢。

　　雨停了，走出房间，走到楼下，走出楼门。

　　楼群之中，月色降临。

　　楼很高，看不见月亮在哪儿，从高楼的影子判断月亮的存在。又是逻辑。从一面面楼墙上那光辉的宁静、均匀与辽阔判断，从影子的角度之一致上判断，月在东天。

　　因而舞台设计者掌握一些技术（最先进的科学技术），在人的视觉上造成（模仿）同样的效果，惟妙惟肖。舞台设计者并不出面，导演、美工、灯光师和音响师（上帝，造物主）并不出面。逻辑出面。

　　人都藏在哪儿？从理论上讲有千百万人，正共度这雨后凉爽的月夜。树丛中有虫鸣，不止一处，此起彼落。偶尔的人语。间断的顽童的笑闹，笑声朗朗……人都在哪儿？在哪儿，在干什么？婴儿啼哭。远处建筑工地上的哨子。什么地方一声急刹车，司机必是吓了一跳，有人嚷，嚷了好一会儿，渐渐安静下来。时隐时现地有一把萨克斯吹着，有一条沙哑的嗓子唱着，唱着远方或者唱着从前……为什么不相信这是录音师的作为呢？为什么这一切肯定不是导演、美工、灯光师和音响师的作为呢？

　　因为没有一排排椅子，没有帷幕，不见舞台。因为，伸出手就可以摸到路边的丁香和月季的枝叶，手指上获得凉凉的被称为夜露的东西所传达的概念。逻辑出面：这不是戏剧，这是真实的日子。逻辑出面：不是夜露，那还是白天的雨。逻辑继续出面：那封信或者那个电话，是真的。

是真的。因而是真的有千百万人正共度这雨后凉爽的月夜。

但真的，是指什么？"真的"二字，说的是什么？

一大片厚厚的乌云涌来，遮住了月亮。有一种观点，说"你没有看到月亮的时候，月亮就不存在"。这似乎不合逻辑。那是因为你看见过它，人类早已发现了月亮，因而当它隐藏进乌云之时，逻辑告诉你它依然存在，它在乌云后面一如刚才，一如它平素的明朗、安详、盈亏反复在离我们三十六万三千至四十万六千公里的地方走着它从古到今的路。但是如果我们没有发现它呢？如果人类从未发现它呢我们怎么说？我们就会说它不存在。在人类发现冥王星之前，太阳只有八颗行星，不存在第九颗。现在如果有人说太阳有十颗行星，你就会告诉他说："错了先生，只有九颗，没有第十颗。"现在，不存在太阳的第十颗行星，正如一九三零年以前不存在冥王星。那么我们通常所说的"不存在"是指什么？是指"未发现"而已。因而未发现的，即是不存在的（否则，便无"不存在"可言），这道理其实多么简单。复杂的问题是：那个藏进乌云的月亮，真的是一如既往么？（失恋中的你和热恋着的你是同一个人么？）不，记忆中的那个月亮与藏在乌云中的那个月亮并不是同一个月亮，它已经变化，原来的那个已经死去，新生的这一个未被发现。更为复杂的问题是：什么是发现？仅仅是看到？是听说？是逻辑和猜想？那么什么是幻景呢？

再伸手到高处，摸摸夜合欢的叶子吧，摸摸它的树干，摸摸它的枝杈。叶子合拢着，枝干都是坚实的。那是真的。最能证明真实的是触觉。（现代人有能力制造乱真的假象，立体音响，立体电影，还有全息摄影等等。全息摄影是真正的幻景，你能够穿过一堵墙，穿过一棵树或一个人；比如说你能够看到一张床真真确确近在咫尺但你不能摸到它，如果你扑向它你就会穿过它像个傻瓜一样扑倒在冰冷的地上如梦方醒。现代的科学技术能够做到这一点。）别无他法，唯一能够证明那不是布景不是幻景的，是触觉。也许这就是人们渴望接触、渴望亲吻、肌肤相依、抚摸和渴望做爱的原因吧？渴望证明：那不是幻景，那是真的。

对面七层楼上的一个窗口，因而也能被证明是真的吗？

那窗口通宵通宵地亮着灯，一直这样，夜夜如此。夜里，醒了，就看见它亮着。零点、零点四十三、一点一刻、一点五十四，醒来就看见它亮着。三点，月光已经转移，那窗口还亮着。在干吗？夜夜如此，通宵达旦，不大像是做爱。

做爱，这个词很好。那意思是：并非一定为了繁殖。

最能证明真实的是触觉，是起伏和陷落的肌肤，是有弹性有温度甚至某一处有着疤痕的肌肤，是肌肤下滑动的骨尖儿，是呼吸，一刻不停如暴风般吹拂的呼吸，是茂密泼洒、柔软或挺拔的毛发，是热热的泪水是随着睫毛的眨动而滴落而破碎的泪珠，是身体全部地袒露、赐予、贴紧、颤抖……那才能表明另一个灵魂的确凿，呼唤和诉说的确凿，不是布景不是幻景。不因为别的，因为其他都可以模仿。

天光大亮忽然七点。那窗口和其他窗口一样，在明媚的朝阳里不露声色。灯光不知什么时候熄灭的。

看来，昨夜里有一个人死了。早晨，楼群中的小路上停着一辆蒙了黑纱的汽车。从一个楼门里出来七八个人左臂都戴着黑纱，楼门前站着四五个人左臂都戴着黑纱，那汽车里还坐着几个人左臂也都戴了黑纱。就是说，有一个男人死人。有个小伙子左臂戴着黑纱，黑纱上缀了一个小红布球。所以肯定，那楼里的一个老年男人死了。

昨夜，有很多人死了。现在也一样，有很多人正在死去。过一会儿也一样，有很多人将要死去。

两个左臂戴着黑纱的人把一只花圈送上汽车，花圈的一条缀带上写着：金水先生千古。这个叫金水的男人，从出生，到恋爱，到失恋，到结婚，到快乐和到哭泣，到死，都在别处。直到他死了我才知道他，知道他曾经存在。我也许见过他，在市场上，在公共汽车上，在路上，在街头，在剧场里或者在舞台上，我也许见过他。我见过很多人，其中可能有他。我见过的人里，有些已经死了，有些还活着但不知活得怎样活在何方。

我很想现在去看看这位死者，这位名叫金水的人。但这是不合逻辑不合情理的，那些左臂上戴了黑纱的人会问我："你是谁？你是他的什么人？和他有什么关系？"我说："因为我也是一个人，我曾出生、恋爱、失恋、快乐和哭泣，有一天也会死。"但那样的话他们会把我当成一个疯子把我赶走，或者喊警察来把我送去疯人院。

我问自己：我敢不敢被人当成一个疯子？我回答自己：不。我见过疯人院，见过疯人院里的疯子，一群男人坐在太阳底下一动不动一声不响看着自己的手指或看着很远很远的天空，一个女人旁若无人脱得一丝不挂一刻不停地跟自己说话……

我走出楼群时才想起我为什么要离开家——我想去找到那座跳台，对，昨天举行过跳水比赛的那座游泳场里的那座跳台。我不是要去找那个女跳水者（当然如果她还在那儿我愿意顺便看看她），我是要找那跳台背景中的那座大屋顶的楼房，找最上一层正中间的那个窗口，我要找到当时摄影机所在的那个位置，从那个角度看看那座楼房和那个窗口的方位。我想确定一下那背景不是布景不是幻景而是真实的存在，我想到那座楼里去看看，可能的话也许我就敲敲最上一层正中间的那个门，证实在我认为其中必有一个故事的时候，里面果真有一个故事。我不把自己当疯子就行了。我不把这想法对别人说，而我自己又不把自己当疯子。我只是想证实我多年来的一种猜想，解除我多年来的一种疑虑。

这样的话我就应该先去电视台是吧？先去问问，昨天举行跳水比赛的那座游泳馆在哪儿？是哪个城市？

出了楼群，路面渐渐降低，因而可以看出很远去。上班的人流浩浩荡荡行色匆匆。昨夜他们都在哪儿呢，现在都钻出来了？那把萨克斯是谁吹的？那沙哑的歌喉是谁（"远方啊……在从前……"）？

在车站上我问一个老头："去电视台，怎么坐车？"老头说："电视台在哪儿？"我摇摇头说不知道。另一个等车的人告诉我："电视台吗？在太平桥。不能坐这趟车，你得到前边去坐 3 路，换 7 路再换 9 路。"那个老头拿出地图给我看（他做得对，这城市太大了而且日新月异，出门应该带上地图），食指在图面上走："看，这儿，3 路，这儿，这儿，这儿 7 路，9 路呢……"那食指看上去十分真实，皱纹一圈圈缠绕在上面，内侧被烟熏得焦黄，"9 路，看这不是 9 路？"那食指继续擦着图面走，投下无可置疑的影子，"看，看，看，哦太平桥！"指尖在某一平方厘米的图面上戳点，哗哗地把纸戳得直响，"就这儿，到那儿再打听吧。""谢谢，谢谢您。""谢什么？甭谢。"老头又点上一支烟。

我站在那儿半天没动。太平桥，是我出生的地方。那儿的一条小巷里有一家不大但是很老的医院，我记得它有高高的拱门，青砖的墙上爬满枝藤，院子里有几棵老槐树，三层的小楼，楼道里昏昏暗暗永远开着灯，楼梯是木制的，很窄很陡，踏上去发出嗵嗵的响声。将近三十年前我就落生在那儿。奶奶曾指着老槐树下的一个窗口对我说，"看，就是这儿，就这里头，你就是在这间屋子里出生的。""您怎么知道？""我怎么知道？那时我就站在这棵树下等着你，听着，听你是不是来了。""然后呢？""然后你就来了，哇的一声，你就来了。""从哪儿来的？"奶奶笑笑："你不知道吗？"我摇摇头。"那，谁还能知道？"

"怎么还不去呀，小伙子？"那老头说，幸福地抽着烟。

"谢谢您啦。"

"快去吧错不了，这地图才买的。"

电视台的一个中年妇女说，昨天没有转播体育比赛。

"跳水，"我说，"跳台跳水。"

她问："你到底想知道什么？"

"那场比赛是在哪儿进行的。就是说,是哪个城市的哪个游泳场？"

"你要知道这个干嘛？公安局的吗？"

"不不。嗯……是这样，噢对了，我从那场实况转播的画面上认出了一个人，我的一个老朋友，失散多年的老朋友。"

"那，你找到那个游泳场就能找到他了吗？比赛不是已经结束了吗？"

说得有理。我稍微想了一下。"哦，是这样，我见他和一个女跳水者在一起，那个女跳水者想必应该知道他现在在哪儿。"

"什么，女跳水者？你是说一个女运动员是吗？"

"对，对对，女运动员，我想……"

"我看你不如到体委去打听，游泳场的人也未必知道她们都住在

11

哪儿呀？"

这话更有道理。但是我想知道的只是那个游泳场在哪儿，在哪个城市，从其某个角度是不是真的可以看到那座大屋顶的楼房，和它的最上面的一排窗口。也许就再跑一趟体委？

这时候过来一个年轻小伙子："什么事？"

"他问昨天转播的那场跳水比赛是在哪儿举行的。"

"昨天？"

"对，"我赶忙说，"昨天，昨天下午。"

"下雨的时候？"

"对对对，雨还没停，差不多三点，要不四点。"

"噢，那不是实况转播，是录像，重播。"

"在哪儿？请问，是在哪个城市？"

"你现在在哪个城市？对，就这儿。你问这个干吗？"

"他在电视里看见了一个失散多年的朋友，"那个中年妇女显出同情的样子，"我说他不如到体委去问问。"

"在哪个游泳场？"

"你问体委？"

"他没问体委。是我让他不如到体委问问。"

"怎么这么乱。那个游泳场是吗？就那么一个游泳场。露天的，有看台，对不对？就那么一个。"

我谢过他们。

离那家小医院已经很近了，我想先去看看它，看看我的出生地。

很久没来这儿了。太平桥是两条横竖交叉的大街（并没有桥，据说很久以前是有的），从前很冷清，现在很热闹。若非很多商店的标牌上都写着太平桥（"太平桥副食品商场""太平桥商业大厦""太平桥饭店""××综合开发总公司太平桥分公司"等等），我会以为自己是在另一座城市的随便哪一条繁华的街道上。街上的人几乎是排着队走，像是游行，当然并不喊口号。只有警察一个人喊："嘿，你干吗呢你？对，就是你！甭看别人，说的就是你！"但至少有好几十人都左顾右盼地看别人。阳光飘浮在人群上，跳动在形形色色的头上、背上和汗上。我先后踩掉了两个人的鞋，一个是布鞋，一个是凉鞋，布鞋冲我嚷"你瞎啦是怎的"，凉鞋却对我说"哟哟，对不起"，仿佛是布鞋和凉鞋之间的事与我无关。随后我遭了报应，一只漂亮的白色高跟鞋踩了我的凉鞋，钉子一样的高跟险些钉进了我的脚背，在我尚未想好是说"你瞎啦"还是说"对不起"的当儿，我听见那高跟鞋"咯咯咯"地一路笑着藏进了人群。我在一只果皮箱上靠着揉脚，唯一的想法是：那漂亮的白色高跟鞋是真的（这么硬这么尖锐），昨夜的月光曾照耀它，它并拢着摆在一张床下静静地等待，几十或十几个小时之后它出了门，咯咯咯地下了台阶，咯咯咯咯，很漂亮地走了很远的路来踩到了我。

在两座装饰华丽的餐馆之间找到了那条小巷。小巷里也比过去喧闹。从前在这个时间（上午十点多）它总是非常非常安静，很少行人，阳光在它的地上，在它的墙上、屋檐上，在它非常非常安静的风里，阳光中有我的哭声和奶奶的哄劝声——"不哭啦不哭啦，不哭，不，不打针，光是让大夫瞧瞧，瞧瞧我们是不是已经好了，要是好了我们就再也不来啦。"小巷几乎没变什么样子，但那哭声和哄劝声已经消失。那时我总生病，奶奶抱着我或拎着我，常在这小巷里走，走去又走来：作为挨一针的酬劳，奶奶在一个小摊上给我买两支棒棒糖。那祖孙俩哪儿去了呢？不存在了吗？太阳曾经照耀着那祖孙俩，因而你能看见他们。阳光投在他们身上反射过来，他们的影像反射到你眼睛里（视网膜上），因而你看见了他们（发现了他们），因而他们存在（就像月亮）。然后，那影像以每秒钟三十万公里的速度飞离，飞向无边的太空，他们便不见了，他们便不存在了。可是不，不，那影像还在（否则我们怎么能看到星星呢），实际上他们只是离开了，以每秒钟三十万公里的速度离开了，存在于离我们二十多光年的地方。设若我能到那儿去（从理论上讲），并且有一架倍数足够大的望远镜，二十多年前的那情景（那影像）就又能反射到我眼睛里（映在我的视网膜上），那祖孙俩就依然存在，依然在小巷中走着，我就又能看见奶奶了，像我当年隔着一米的距离看她一样，又能看见她把两支棒棒糖递到我手里了。是的是的，太阳其实是十分钟前的太阳，星星其实是许多年前的星星，一米的距离和二十多光年的距离是一样的，对凝望而言是一样的。就凝望而言，一米和两米有什么不同？一米和一公里（加上望远镜）有什么不同？一米和二十多光年（加上天文望远镜）有什么不同呢？唯一的不同是：隔着二十多光年我不能一伸手就摸到奶奶，不能一张开双臂就扑进她的怀里了。因而一种叫作真实，一种形同幻景。最后判定真实的，是触觉。（宇宙飞船就是因此而出发的吧？去触摸月亮和星星。）那么我们不能触到的东西我们怎么能够最后判定它们是真的呢？

我不认为我是疯子，但有可能是个傻瓜，全世界第一傻。

那家小医院还在，但那座三层的小楼已无影无踪，代之以一座雪白耀眼的五层新楼。那几棵老槐树也还在。奶奶的声音（画外音）："看，就是这儿，就在这里面，你就是在这间屋子里出生的。"我找到了那棵老槐树和离它最近的那个窗口，但那儿已经不是产房，也不是诊室了，那儿出售鲜花。

我走上楼，找到产科，在一群年轻的（紧张又兴奋的）准父亲之中坐了一会。一个准父亲问我："怎么样，还正常吧？"我吓了一跳，以为他是在说我的精神。我说："还行。你呢，男孩儿还是女孩儿？"所有的准父亲都看我（天哪，他们等的就是这个），我赶忙改口："我是说您希望是个男孩儿还是……？"这时候护士出来喊了一个名字（想必是里面那位刚刚转正的母亲的名字），对一位慌慌地起立的马上就要转正的父亲说："你的，儿子！"（奶奶当年就是这样听说我来了的吧——"您的，孙子！"）我很想等着看看那个孩子，想真诚地吻他一下，但是我知道这儿很方便说不定会马上把我拉到一个地方给我打一针镇静剂。

我下了楼，在那鲜花店里买了一束玫瑰。"白的还是红的？""都要。"我把它放在奶奶曾站在那儿等我来的那棵老槐树下，献给我的出生地。一个幼稚的童声（画外音）："我是从哪儿来的？"奶奶的声音（画外音）："你自己也不知道吗？那，谁还能知道？"

游泳场里有几个少女在训练，一个漂亮的女教练坐在看台上不断地朝少女们喊。

我爬到看台的最高处，绕着看台走了两圈。十米跳台的背景中，炽烈的阳光飞扬得到处都是，红色的屋顶上，橘黄色和白色的楼墙上，树上，花花绿绿的遮阳棚上，各种颜色都被点燃了似的烁烁刺目。一排排一摞摞密密麻麻的窗口张开在那儿一动不动忧喜不惊。但，还有什么理由怀疑那是布景呢？除非我是疯子（精神病患者）。那座高架铁路桥帮了我的忙，以它作为一个标度，我终于找到了那个角度。这时候没有列车开过。少女们一个个走上跳台，每一步送掉一段光阴。我的目光与她们的腿和那座铁路桥排成一条直线（三点一线，像射击那样。我开过枪，真枪），然后从她们额头的背景中找那座大屋顶的楼房。

一个清洁工老大妈走过来："你是哪儿的？"

我指指下面漂亮的女教练，又指指自己的胸脯："朋友。"

"你这是？"

"啊，您看，"我指着远处那座大屋顶的楼房问，"那是哪儿？"

"嗬，你这一指半拉城，到底是哪儿呀？"

"在那个小姑娘脑门儿后面，最远的那座楼房。最远的，对，在它后面再看不到别的房子了，在它上面是一线蓝天，对，很远很小，但能看出那是一座大屋顶的楼房。屋顶是红色的，看见了吗？看不到它总共有几层，只能看见大屋顶下面的第一排窗口，再往下就被它前面的房子挡住了。那排窗口，一二三四五六七八九，对，九个窗口，看清了吗？不要管它多少个窗口了吧……对，对对，它左边是一座更大的楼房，右边不远有一根不算太高的烟囱。"

"那谁说得准？总归是城西，偏北。问这干吗？"

"嗯……我的一个朋友就住在那儿。"

"你的朋友可不算少。"老大妈划动着帚把走开。她心里肯定有一句话没说出来——"半疯儿！"

我走下看台，站在漂亮的女教练背后看女孩子们跳水。坦白说，我的目光更多地是在漂亮的女教练身上。她穿着泳装。她真是漂亮，也纤秀，又丰满，被阳光晒成褐色的背上有一颗黑痦子。

她发觉了我，扭转头来问："你，有事吗？"

"不，看看，我喜欢跳水。"

"你是哪儿的？"（画外音："我是从哪儿来的？""你也不知道吗？那谁还能知道？"）

我指指远处那位清洁工老大妈，又指指自己的胸口说："朋友。"

　　漂亮的女教练扭转头去，看样子对我以及对那位清洁工老大妈都很不满。

　　少女们一个个往下跳。展臂，屈体，起跳，转体两周翻腾三周半，入水。"好极了！"漂亮的女教练喊，站起来又坐回去，泳装的边缝里闪出一缕动人的雪白，那是太阳照不到的领域。我离她只有一米，从理论上讲我一伸手就能摸到她，就可以感到她的起伏和陷落，感到她的弹性和温度，证明那美丽肌肤的真实，证明那是一个确凿的灵魂。但必然的逻辑是：她马上会喊起来，要不了多久我就以流氓的身份在公安局的某张桌子上签名画押了。不敢和不能和不可能，完全等效。所以一米的距离与二十多光年的距离没什么两样（我不能一伸手就摸到星星，以及我不敢一伸手就摸到这个漂亮的女教练）。

　　我走出游泳场的时候，清洁工老大妈和漂亮的女教练在一起。我远远地听她们说："他不是你的朋友吗？""怎么成了我的，他说是你的呀？""哟，那他到底是哪儿来的是什么人？"

　　我朝城西走，稍稍偏北的方向。迎着夕阳，朝那座大屋顶的楼房走，以它左边的那座更高更大的楼房和它右边不远处的那根烟囱为标志。那窗口看来是真的，但它真的是真的么？里面果真有一个故事么？太阳正在那根大烟囱顶上，差不多五点多钟。

　　太阳掉到那烟囱右面半腰上时，路面渐渐升高，爬坡。我没乘车，怕错了方向。下班的人流像是游行归来，队伍有些疲惫，或者是有些松懈，骑车的和走路的头上都是汗，但对不久就要到来的夜晚抱着期望。没人能想到我这是要去哪儿，我敢说没有谁能想到这人流中有一个看样子挺正常的家伙是要去证实某一个窗口的确凿，证实那里面确凿有一个故事。我也不知道别人都是要到哪儿去，总之等到天完全黑了的时候，等到午夜，大家就都不见了，都不知道藏到什么地方去了。那时就只有逻辑出面：他们在那一排排一摞摞的窗口里面，在床上，做爱，或者做梦。我注视着迎面而来以及背身而往的一张张脸和一个个头，不同的表情和不同的姿势，那里面有不同的故事。每一个人就像每一个窗口，里面肯定有一个故事，不知道是什么，但肯定有。肯定，毫无疑问。就是说，街上走着很多故事。我只知道我自己的故事（其中一个片段是，昨天，当这世界上的某一滴雨敲响某一片树叶的时候，失恋不期而至）。我很想随便抓过一个人来，听听他的故事，握住他的手感觉到他的真实并且听听他的故事。我也很想随便抓过一个人来向他说说我的故事，握住他的手甚至张开双臂扑在他怀里感觉到他是真的，感到他真的在听我的故事。可我既不敢被人叫作疯子，又不敢被人称为流氓。所以，我与别人与所有的别人的距离，应以光年计算。把各自的阳光反射到对方的视网膜上，但中间隔着若干光年。

道路渐渐地有些熟悉。楼群中的小路旁，丁香早已无花，月季开得正旺，夜合欢的叶子正合并起来。我或者是疯子，或者是全世界第一傻（失恋者总归是这样吧），直到走到那座大屋顶的楼房前我还没认出这其实是我的家。

直到我爬上楼我还没认出其实这是我的家。

直到我（一二三四五）找到中间的那个门时还没认出其实这是我的家。

我敲敲门，没人应。我想一个敲错门的客人不应该被认为是疯子或者是流氓。再敲一敲，还是没人应。

过来一个人问我："怎么着哥们儿，钥匙丢啦？"

这样我才恍然大悟，这就是我的家。

我站在门旁向屋里看了一会，仿佛重归故里（是孤身一人不是结伴还乡，因为那滴雨敲响了那片叶子）。屋里和我离开时一样：一张床，一张书桌，两只书柜，一只小衣柜，小衣柜上有一台电视，书桌上有一束花，红色的和白色的玫瑰在我离开的时候绽开了一朵（扑啦一下猝不及防肯定是那样）。

　　我在桌前坐下，想，那场跳水比赛是在哪一天进行的呢？那时这个窗口里正有一个什么故事呢？总之，那时，这个窗口里，失恋尚未到达，那时失恋正途经别人尚未到达我。坐了一会，但月光从窗外照进来照耀着桌上那束花，所以（逻辑告诉我）实际上我已经在那儿枯坐了很久。远处那把萨克斯又吹响了，沙哑的歌喉唱着远方唱着从前。我抚摸那束花，红色的和白色的玫瑰，我能够抚摸它，它不认为我是疯子或者流氓。我祈祷，人间的科学技术千万不要有一天发展到也能够模仿触觉。

最初发表于《花城》1994 年第 1 期

毒 药

　　在很远很远的地方，一片浩渺无际的大水中央，有个小岛。小岛的地理位置极佳，冬无严寒，夏无酷暑，终年雨量分布均匀，时有和风携来细雨轻飘漫洒一阵，倏而云开天青。正如通常神话中所说，此处土地肥沃，物产丰饶，岛民务农、打鱼、放牧、做工，各得其所，乐业安居。因四周大水环绕，渔业便兴旺，打的鱼吃不完，喂猫喂狗，喂野地里一切招人喜欢的牲口。以后便懂得把鱼运往大水之外的某些地域去，可以换来各类生活用物及奢侈品。制作精美的金银首饰只为其一。这样，渐渐开通几条航道，商业从而发展。

　　一天，当然是很久很久以前的一天，有人偶然捕得一尾怪鱼，示与众人，都说见也没见过；又请了岛上年岁最长的人和阅历最深的人来看，都说闻所未闻。至于该鱼怪到何等程度，史料未留记载，于今传说纷纭，是万难考证了。有的说那条鱼赤若炭火，巨首肥身，长可盈尺；有的说那鱼色同蓝靛，身薄如纸，短不足寸；甚至有说那鱼有

20

头无尾的，或说有尾无头的。从万千民间传说中可以归纳出一条：那鱼体态不俗，色泽非常。仅此而已。

先不过是出于好奇，那人将怪鱼放在盆中喂养，又怜其孤单，捉一尾俗鱼与之为伴。不料就有若干小鱼问世。盆已嫌小，便放之于池中，小鱼或"怡然不动"，或"俶而远逝，往来翕忽"，确是好看。小鱼稍大，那人仍是出于好奇，选其体态色泽均呈怪异者留下，所余俗辈放回大水中去。怪鱼便不止一尾一性，自然繁衍，又一代怪鱼降生；中间竟有怪相远过父母者。那人再把更怪者留下，其余仍放回大水中任其游去。如是选择淘汰，数代之后怪鱼愈怪且种类亦趋繁多，有巨眼膨出者，有大腹便便者，有长尾飘然似带者，有鳞片浑圆如珠者，有的全身斑斓璀璨，有的通体白璧无瑕，或如朱如墨的，或披金挂翠的，仪态万种，百怪千奇。此事传开，不胫而走，便引得外域游客闻名而来。用今天的话说，旅游业也便兴起。沿水一带建起了旅馆、客栈，又把怪鱼分门别类养在玻璃容器里，置于厅前厅后、客房中、走廊旁，供游客观赏。从此小岛上经济倍加繁荣，人丁兴旺，昌盛空前。岛民们的生活也更丰富多彩。其时那人已近晚年，将先前之事说与后人，大家沉思良久，颇多感慨，未忘怪鱼给小岛之民带来了幸福，忽然觉悟：那鱼实非怪鱼，确乎神鱼也！这样，每逢年节岛上始有祭祀神鱼的活动。随之家家都喂起神鱼，供奉如待神祇。继而又兴神鱼大赛，各人将自己培养的神鱼捧出展示，互比高低。神鱼的体态色泽愈新奇，主人的声名愈好，在岛上的威望和地位也愈高。此赛事有些像西班牙的斗牛、南美洲的斗鸡，或中国的斗蟋蟀了。赛时，倘鱼种平庸，主人便极损名誉，长久难在人前拍胸昂首。为此妻离子散的也有。于是人们呕心沥血挖空心思以求鱼儿异变，育出畸形，演成怪种。多少年多少代过去了，此赛长盛不衰，遂成风俗。岛民不论男女老少，皆赛鱼成癖。大赛之时旗幡蔽日，鼓乐齐鸣，万头跃踊，甚嚣尘上。各式造型华丽的鱼缸迷宫般摆开，无可数计的神鱼在其中时沉时浮，虽再难"俶而远逝，往来翕忽"，却独能翩翩而舞弄姿作态。奇异的品类层出不穷，皇皇然各显神通。小岛神鱼名传遐迩，来岛上观鱼的游客更是络绎不绝了。

　　以上所述全是过去的事了，远的一两千年了，近的距今也有五六十载。倘无旁的办法，我们的故事还是以不久前的一天算为确凿的开始吧，这样讲起来省些事。

　　不久前的一天，夜里，星光灿烂皓月当空，小岛四周微风细浪万顷波光。一叶小舟，自远而近，悄然靠了岸边。不待船身停稳，便从舱中跳下一位老人，跟跟跄跄急奔几步，五体投地扑倒在沙滩上。许久再无动静。月渐朦胧，风渐停歇，水拍船帮发出轻响，老人仍是无声无息。月又辉辉，风又飒飒，老人这才慢慢爬起来，仰俯天地，又叹息一回，然后谢过船家，拎起一只小箱，踏着月光向岛上走去。老人穿着极普通，相貌也极平常，只是虽满头白发动作却敏捷，步履轻盈。他随便找了家旅馆住下。客房中陈设不俗，照例都有一只鱼缸，缸中几条神鱼，有头的摇头有尾的摆尾，一律呆然若盼，憨态可掬。老人看了一会，熄了灯，解带宽衣倒头睡去，须臾鼾声大作。

　　一宿无话。

　　天光大亮时，这老人出现在岛中心的街道上，时而匆匆疾行，时而停步环望，时而在路边的货摊前买些岛上极常见的食品边走边吃，又不断地停下来，向路人打听些什么。近午时分，老人登上了小岛南端的荒山。这山险峻，近乎拔地而起，是全岛的最高点。山上树木葱茏，怪石嶙峋，禽啼兽吼不绝于耳，茂草繁花不绝于目。只是不见人家。接近山顶时，老人边走边喊起来，喊着一个人的名字。泉声叮咚，云缭雾绕，山道崎岖，路转峰回。不久，密林深处有人回话了，"是——谁——呀——？"远远的，银铃般清朗。老人循声走去，见一男一女两个儿童在林间游戏。男孩攀在一棵树上轻声歌唱。女孩坐在草丛中专心编着一只花环。男孩摘了野果掷那女孩。女孩毫不理会，只顾自己手中的花环，一边也轻轻哼唱。一只小狗见有生人来，就大喊大叫。女孩赶忙把狗搂在怀里，男孩在树上问：是你喊我太爷爷吗？老人就又说了一遍那个名字。两个孩子齐声说，那就是他们的太爷爷。老人唯恐弄错，又问一句：你们的太爷爷可是大夫？孩子回答说不是，又说：我们的太爷爷是专门给人治病的。老人笑笑，便知道他的老朋友还活着。两个孩子就在前面蹦蹦跳跳地走，还有那只狗。老人在后面跟着。走了一阵，来到一座小院前，石头围成的院墙高不过人，茅屋三间，柴门虚掩。两个孩子推门跑进去，喊着：太爷爷，有人找你！老人也走进门，身上发一些颤抖，见院里依然晾满了草药。

一会，男孩子从屋里跑出来，对那老人说：我太爷爷说，你们要是想搜查就随便搜查。说完，男孩子又跑回屋里，屋里有嚓嚓的铡草药的声音。

还认得我么，兄弟？老人说。

老大夫也是须发全白了。他停下手中的铡刀，掸掸身上的草末子，让那两个孩子仍到林子里去玩。

兄弟，你认不出我了吧？

你们的人常来，我记不住谁是谁。老大夫说话时，目光追随着那两个手挽手跑出院去的孩子。

老人莫名其妙地站着。

孩子不是已经告诉你了？屋里屋外你都可以随意搜查，看看是不是都是挺好的药。

你是不是弄错了？我昨天夜里才到这岛上。

老大夫笑笑。你装得就算不错了，不过还是能听出这岛上的口音。

我干吗要装呢？我是这岛上的人，不过离开这岛已经好几十年了。我昨天夜里才回来。

老大夫这才正眼打量那老人。老人凑近些，让他仔细端详，同时激动地看着他的眼睛。老大夫的眼睛浑浊一片了。

像是有些面熟，老大夫说。

老人就说出自己的名字。

老大夫又开始铡草药，刀起刀落草末横飞。

老人提醒他。六十年前，这岛上有个和你同岁的年轻人，因为在神鱼大赛上屡屡名落孙山，苦闷之极就想去死。这事你还记得吗？

我在这岛上活了九十年了，这样的人我见得多了。

我说的这个人住在岛东。岛东住的都是养不出好鱼的人，都是些几代几十代也没人在神鱼大赛上露过脸的人家。他们都住在岛东，是些让人看不起的人。

你说的这些不算是新闻。

我没想说什么新闻。

现在岛东和岛西可是倒了个儿了。

是吗？那可是怎么闹的？六十年前岛上有四户养鱼养得最好的人家，都住在岛西，人称鱼仙、鱼圣、鱼帝、鱼王的四家。能养出好鱼的人都住在岛西，让人敬仰的人都住在岛西。

你提这些干什么？这不是什么秘密。

我知道这不是秘密，我对秘密不感兴趣。

老大夫不紧不慢地铡着草药。老人看看这三间屋子，一张桌子和几张凳子，一张大床和两张小床，之外就全是草药。老人捡了一块甘草放在嘴里嚼。

这事与我无关。老大夫说，那四户人家不能生养，断了后，家业就完了，这事与我无关。

你干吗总认为我是来调查什么的呢？

不是一直在调查吗，你们？

我们？我就一个人，昨天夜里才来。

来干什么？

老人半晌无言。然后才又说：我没想到你已经不记得六十年前那件事了。我以为你不可能忘了他。他那时还年轻，立志要养出不同寻常的好鱼来，住到岛西去……

这样的人我见得太多了。

他没有兄弟姐妹。父母年轻时一心想养出好鱼来，没工夫生孩子，四十几岁时相信自己不是能养出好鱼的人，这才有了他。父母又把希望全寄托在他身上，让他从小跟鱼打得火热。

老大夫再度停了铡刀，注意听那老人说。

想起他来了？老人问。

没有，老大夫说。老大夫心里想着别的事。

他就从小跟那些鱼打得火热。十几岁上，他确实弄成过几条不坏的鱼，但毕竟还都是俗种。不过，由此他相信了自己前途无限。父母和邻居们也都这么说，说他没错儿肯定是那种能养出好鱼的人。以后他果真又弄出了几条不错的鱼。自负加上年轻气盛，他发誓十年之内至少先要超过鱼帝和鱼王那两家，否则就不算是他，也不娶亲。

后来呢？

后来？你还记不记得有天夜里他去找你？人已经是虚弱得不行，失眠、贫血，心脏也不好又没有食欲，就算当时还没疯再那么活下去也早晚是个疯。幸亏他还知道死是种解脱，比疯了好受。别人都劝他好歹活下去，说不定还有养出好鱼来的日子。只有你理解他，现在看来，你是摸准了他的症结。

老大夫说：这岛上所有的病，都是因为又想养出好鱼来，又都怕死。

我那时可是不怕。

你是个走运的。

我恨不能立刻死了去。我弄了十年，起早贪黑含辛茹苦，十年！再没弄成一条好鱼。我还是住在岛东，甚至在岛东也让人看不起了，说我没错儿肯定是再弄不成好鱼的人了。死是什么？是一切都不存在，一切一切都不存在，都没有。

我不记得你，老大夫说。

你不记得那夜我去求你？我想死，可我害怕上吊、跳崖、抹脖子、躺到车轮子底下去或者淹死，我知道你有一种药，河豚毒制成的药，比氰化物还毒几十倍，吃了没有丝毫痛苦一切就都不存在了……

我从来没有那玩意儿！我的药都是好药！

你懂得我，你就把那药给了我两粒。

胡说！我没有那种药，我也没给过你什么！

你不愿意看着我发疯，不是吗？你不忍心看着我疯够了再一点一点地死去，这事你忘了？

你随便疯吧，爱怎么疯就怎么疯吧，我从来就不认识你。

你干吗不愿意认我？

老大夫不再理睬他，又开始埋头铡草药。

你不必担心，实际上那两粒药可以说不是你给我的，事实上也是我自己偷着拿走的。你当初那么理解我，你把放那药的保险柜打开，装作一时疏忽忘了锁上，然后我们就喝酒，后来你喝醉了就睡着了，是我自己在没得到你允许的情况下，把那药偷偷拿走不辞而别的。

老大夫头也不抬。我没有喝醉过。

我是说六十年前那一回。

我九十年中没喝过一滴酒。你们愿意搜查，就屋里屋外都搜查搜查吧。

岛上出了什么事？你干吗总认定我是来搜查的？

岛上出了什么事你比我清楚。你们不是认定，是因为我给岛上的人都吃了坏药吗？

我说过了，我一个人昨天夜里才回来。

这时候那两个孩子回来了，男孩提着满满一篮野果，女孩头戴一只鲜花编成的花环，打打闹闹蹦跳着进屋，扑到他们太爷爷的怀里。

你不打算搜查了？

不。我也不是干搜查的。

那好，时间不早了。

老大夫说完便与两个孩子去玩了。只有那只小狗警惕地盯着老人。

老人回到旅馆，闷闷不乐，便早早躺下，又不由得回味白天的事，愈发觉出那老友的谈吐蹊跷，辗转反侧，一宿未能睡得踏实。翌日，晨光熹微时，老人起身，到岛上去逛。洒水车响着铃声开过，薄雾中，有清洁工人打扫街道。四周大水上渔帆点点，时而有汽笛声顺着水面悠悠扬扬传到岛上。不久，晨雾散尽，所有的商店就都开了门，有些老年店员立于门前迎候顾客，橱窗里货架上满目琳琅。又有小摊贩在路旁挑起招牌，或卖衣物，或售吃食，鼓其如簧之舌招徕买主。街上男人女人熙来攘往，车流人流如涌如潮。一切都很正常。到处可见新建成的和正在建的高楼大厦耸入云端，吊车的长臂举在朝阳里。老人从岛的一端走到另一端，寻找他当年的住所，然而不见，那片民房早已拆除改为露天广场了。广场宽阔无比且装修得极其讲究，大理石铺成的地面，玉砌雕栏万转千回，条条甬道纵横交错把广场分割得如同迷宫，中间一根旗杆独竖，周围无数华灯林立。正是为赛鱼用的场所。老人又寻找他曾经在那儿读过书的小学校，那小学校也已改为赛鱼场了，无论规模和气派都不亚于前者。这样的赛鱼场岛上很多。

下午，老人又来到岛南的荒山上，找那老大夫。这回他换了一种谈话方式。

老人说：上回大概是我弄错了。

老大夫说：肯定是你弄错了。

弄错什么了呀？两个孩子问。

老大夫就又让孩子到林子里去玩了。

看来那个人不是你。你不是那个人。

当然不是。我从来没有过那种药，更别说给过谁了。

我在这岛上再不认识别人。既然咱们认识了，我想不妨交个朋友吧？咱们又都是这么大岁数的人了。

那可真是件挺难得的事，老大夫说。老大夫也比上一回随和，且不时露出笑容，依然铡那些草药。

你还是老跟这些药打交道。

完全是出于习惯，其实一点用都没有了。不知道还为什么。就像那些养鱼的人一样，完全是因为习惯。

岛上又快要赛鱼了吧？

现在是半月一小赛，每月一大赛，没完没了啦。

鱼呢？鱼都怎么样？

无奇不有，肯定超过你的想象去。有一种连眼珠也是白色的鱼，其实那不过是白化病。弄成这鱼的人一下子就成了名。

现在的鱼仙、鱼圣、鱼帝、鱼王都是谁？

说不准，今天是他，明天就是别人。有回大赛上，一个老太太弄出一条一动都不会动的鱼来，那鱼的样子倒不稀奇，却能发出一种声音，叮叮当当咿咿呀呀的，像一只八音盒那样唱一首赞美歌。那老太太弄了一辈子才弄出这么一条好鱼来。

六十年前我就知道能弄出这样的好鱼来。可是我拼死拼活没弄出来，那时我真想死。你知道一生一世让人看不起的滋味有多难受。后来你给了我那两粒毒药……

不是我。嗯？给你那药的人不是我。

对对，不是你。

也不见得是在这个岛上吧？

啊？哦，对对，不是。不是在这个岛上。也不是六十年前，是更早的时候。对了，也不是我，是我听说过的一个人。这个人想死，有天夜里他得到了两粒毒药，是那种一沾舌头立刻就能舒舒服服死去的药。他喝得醉醺醺的，来到岛边的沙滩上，心想，只要这么把药往嘴里一扔，就势往大水里一滚，一切烦心的事就都结束。落潮时，大水将把他的尸体也带走。这个世界上就不再有他，就像他也不曾有过这个世界。这个世界有权否决他，他呢？也握住对这个世界的否决权了。这样一想，他立刻觉出通体轻松。再看看手里的药丸，知道以后无论什么时候，无论碰上什么倒运的局面，都可以轻易就把它们否决掉，只消把那两粒否决权往嘴里这么一扔。他长呼一口气，放心了，心静得如同那无边无际的大水和天空。既然如此又何必这么急着去死呢？

他躺在岸边想了大半宿，天快亮时便偷了一只小船向大水彼岸划去。他边划边对自己说，就当是我已经死了，那么到别处去逛逛看看又有什么不好？再说他也必须得离开这个岛，再在这岛上待下去他还是得疯，天一亮就会有无数轻蔑的目光向他投来，提醒或者暗示：你是一个折腾了十年也养不出好鱼的人，你是一个三四十岁也没养出好鱼来的人。他必须离开这个岛的原因还有两个：一是怕给了他否决权的那个大夫再把那两粒药收回去，那可真就糟透了；再有就是，他不能连累那个大夫，死是自己的事，可别人会认为是那个大夫把他害了，当然不能恩将仇报。所以我没死，你给我的那两粒药我把它装在贴身的衣兜里，上了一只小船，然后就使劲划……

这样的事我头回听说。给了你药的那个人不是我。嗯？

老人呆愣片刻。是的，不是你。也不是在这个岛上，是另外一个岛。也不是我，是我听说过的一个人。我是在一个小车站上等车的时候听一个我不认识的人说的，我也没地方去找他了，也不知道他的姓名。

这就对了，老大夫说。

我听说的这个人上了一只小船，划了七七四十九天，到了大水以外的地方……

我们不妨说点别的吧。

别的？别的什么？行啊。

你来这岛上两天了，有什么特殊的感觉吗？

特殊的感觉？你指什么？

譬如说，发现了什么不一般的事没有？

什么不一般的事？我没看出来。

老大夫迟疑一阵。也许什么事都没有吧，那当然是再好不过了。

到底出了什么事？你何妨跟我说说？咱们是多年的老朋友了。

咱们是昨天才认识的，你又弄错了。

是。我前天夜里才到这岛上来。

现在这岛上的鱼，奇奇怪怪的种类更多了。

我在旅馆里见到一种没有眼睛的鱼。

说是这么说，其实只是在一般该有眼睛的部位没有眼睛，可是每个鳞片下面都有一只眼睛。这你大概没留神吧？你知道弄出这样的鱼来有多么不容易。

我知道。我早就料到完全可以弄出这样的好鱼来，只是我自己怎么也没弄成。

弄成这鱼的人可是下了苦功夫，多少年来就没睡过一宿整觉。你知道，母鱼甩子的时候要是没人看着，母鱼会把鱼子全吃光。等鱼子变成小鱼后，你还得随时留神着。亿万条小鱼中未必能有一条具备继续培养的价值，你不能放过了，一旦放过，多少年的心血就全白费了。你得一条一条地仔细观察。也许只有在夜里的某一时刻，才会有一条鱼显露出奇异的禀赋。你想，一个人还能有多少时间睡觉呢？

这样的苦，没有人比我知道得更清楚了。我那时，哦，我听说过的那个人就是这么白费了多少年辛苦，也许他曾经是放过了几次机会吧。后来他划着小船到了大水以外的地方，再不跟鱼打交道了。可是他什么别的本事都没有，什么别的事都不能干。那个地方的人不在乎谁能不能养出好鱼来。鱼在那儿就是鱼罢了，可以吃，也可以看。无论什么鱼，只要是活蹦乱跳的就都被认为是好鱼。可那地方对什么事都不能干的人还是看不起。你想，我听说的这个人怎么受得了？他觉得自己简直是个浑蛋，甚至连浑蛋都不是，什么都不是。他就又拿出那两粒药来……

你知道上回大赛上，鱼仙的交椅谁坐了？

谁坐了？

岛东的一个老头儿。他弄成了一条大鱼，有几尺长，浑身疙里疙瘩的像是穿了盔甲。其实是一堆肉瘤，瘤子有红的有蓝的，因为里头有丰富的动脉和静脉。这种瘤子割是不能割的。

那样会弄坏整个循环系统，对吧？

对了。这鱼本身并不大，那些瘤子占了三分之二还要多。

我听说的那个人那时又想死了，可拿出那两粒药来看看，心里便又觉轻松了许多，就又对自己说：只当是我已经把这药扔进嘴里了，可不是嘛。把这药扔进嘴里还不容易吗？只当我已经死了，什么都感觉不到了，干吗不再试试干点什么呢？他就又把药收起来，你猜他怎么着？

嗯。

他在那儿找了个打扫厕所的差事干。

那鱼很能吃，吃肉，那些瘤子需要足够的蛋白质和脂肪来养着。

那差事他一干就是好几年，干得挺平静。大伙都说他干得不坏。这样过了好几年，他才想起自己还没有老婆。

那老头儿和他老伴儿长年不断地给那条鱼喂肉。一分钟也不能间断，一断了肉那些瘤子就都瘪下去，再不那么五颜六色的引人注目了。老太太白天喂，老头儿夜里喂。老头儿白天还要出去挣钱，你想，还有什么时间睡觉呢？

很苦，这我知道。不过要真能弄成这样的好鱼，让我想，那老头儿一定还是挺着迷的。

着迷得都像中了邪。你知道他们怎么弄那些鱼？岛上所有的人都是怎么弄那些鱼？

嗯。怎么弄？

不管什么新鲜玩意儿都给鱼吃一点。譬如辣椒、醋、花椒水什么的。

这我倒是没想到过。说不定有点用？

无非是刺激刺激那些鱼，看能不能出现什么异变。后来又都在鱼缸或鱼池里兑点化学制剂，有些鱼居然还能活着，可再生出的小鱼就什么模样的都有了，三头六臂的、无尾无鳍的、没有眼睛的。这是很费神的事。尤其是硫酸和升汞什么的，比例要掌握得合适，多兑了鱼就全死，少了又变不出好鱼来。

我听说的那个人，以前是为了鱼，一直没有想过娶亲……

升汞和硫酸什么的都兑得合适了，就得昼夜监视着那些鱼。一旦发现有变了模样的鱼，赶紧就捞出来放到清水里去，捞晚了又要死，捞早了又要变回到原样去，所以一刻不能大意。你想，这还有时间睡觉吗？

可不是嘛，要想弄出好鱼来可不是玩的。那个人到了大水彼岸，干了几年扫厕所的差事，心想应该结婚了……

后来又有人给鱼吃点别的玩意儿，机器油、凡士林、炭黑、铅粉什么的，这办法要安全一点。有个人就这么弄成了一群奇怪的鱼，每条鱼身侧都多长了一根细长的软骨。那人对着它们说点什么，它们就都把那根软骨缓缓地高举起来。那人坐了几年鱼帝的交椅。不过你得不断对它们说点什么，否则它们就会把那本事给忘了。你说这人还能有多少觉可睡？

心想该结婚了，他这才发现自己只不过是个扫厕所的。"是个扫厕所的"和"只不过是个扫厕所的"，这可不一样。他在彼岸待了好几年，才明白哪儿都不是天堂。那时他已经四十岁了，再学什么也怕来不及了，思量还是不如死了的好。可是他有那两粒药哇，就揣在贴身的衣兜里呀，着什么急呢？不就是这么往嘴里一扔的事吗？先试着学学别的吧，学不成再去死也不晚不是吗……

近来全岛的人又都疯了似的到处找古钱、碎陶片、兽骨化石、远古的土和石头，找到了就研成细粉，调好了给鱼吃。听说已经有一种没有尾巴的鱼给弄来了。听说还有一种没有头也没有肉的鱼给弄出来了，光是一根箅子一样的骨头在水里跳。我也还没见到呢。那些陶片、化石什么的很难找。你说，没日没夜地找，没日没夜地研磨，什么工夫睡觉呢？

是不是有人到你这儿来找过什么药给鱼吃？

没有，那倒没有。我没有格外的药。他们要找的是稀奇古怪的东西，给鱼吃。

那你干吗总那么担惊受怕似的？

我？我担惊受怕？我这么大岁数了还有什么可怕的。

你干吗总觉得有人要到你这儿来搜查呢？

噢——，那不是因为鱼。你懂吗？他们不是怀疑我给鱼吃了什么坏药。他们知道我从来不摆弄那些鱼。他们是为了别的事。

什么事？

哼，等着看吧。

岛上到底发生了什么？

你一点都没看出来？

老人摇摇头，盯着老大夫的眼睛。老大夫又垂下眼睛，仍是不停地铡那些草药。

你不妨再注意一下。我倒是希望没那么回事呢。

老人告辞出来的时候，看见那两个孩子还在林间的草地上玩耍。

他没有惊动他们。那只小狗尾随在他身后把他送出很远，摇着尾巴似乎不再对他有敌意。老人站在山腰朝下望，小岛景象尽收眼底，嗡嗡隆隆市声喧嚣，处处显露着繁荣。太阳正要落山，全岛都被晚霞的红光照耀得灿烂。

岛上处处张灯结彩，无论是商店、旅馆，还是机关、工厂。主要街道的两旁都摆上了鲜花，摆成各种图案，摆成花塔，摆成花山和花海。香气扑鼻，醉人。各个赛鱼场上都已是旗幡招展，各色彩旗星罗棋布，场中央一条长幡上绣了鱼形标志，随风飘舞。看来大赛将近了。每个赛场上都有几十个上了岁数的管理人员在忙，费力地把一条红色的长毯在大理石地面上铺开，哼哼咳咳地喊。那地毯猩红夺目，有上百米长，一直铺上获奖台。获奖台在几十层台阶之上，镶金嵌玉如宫殿般辉煌，气派威严。乐队正在排练，从各处角落里发出轻响。时而有些断了线索的彩色气球过早地飞上了天空。

街上的行人都在谈论鱼赛的事，回忆着上回的赛况，预测这一次的四把交椅可能谁属，遗憾着自己的鱼种目前尚难惊人，又互相打探有关新奇鱼种的消息。一律兴致勃勃，谈笑风生，神采飞扬。

老人在岛上逛，走遍大街小巷，实在也看不出有什么异常。老人走得累了，便在近水处的一块岩石上坐下歇歇，吃点东西。于是困上来，他就躺在沙滩上，头枕岩石。

晚霞消失时，大水又涨了。

夜色弥漫开。

老人迷迷糊糊做了个梦。不知道为什么又梦见了两个孩子和那只小狗。两个孩子在他身边跳来跳去，管他叫太爷爷，摸摸他的眉毛揪揪他的胡子，唱那支他在孩提时便熟悉的歌……

忽然，岛上像是亮彻了一道闪电或是起爆了一座火山，那亮光带着轰响把小岛震了一下，把小岛乃至小岛的天空和四周的水面都点燃了一般。老人惊醒，凝神细看，原来是几个赛场上的千万盏华灯一齐亮了。这没什么奇怪，不过是在试灯光。那轰响也不过是人们兴奋的欢呼声。老人打了几个哈欠，又呆愣着想一遍刚才的梦，倒觉得这梦中似有奥妙。想了一阵想不清楚，老人便站起来走动走动。

不久又有闷闷的炮声，又有歌声舞声，又有锣声鼓声，又有号角声，又有口哨声和呐喊声……这都没有什么奇怪，多少年前每逢大赛将临也是如此，人们在为大赛做着准备罢了。

老人这一宿没有回旅馆去，调动起所有的视觉，听觉，嗅觉，注意岛上的一切。半夜，华灯熄灭，炮声也早停歇，岛上显出寂静。老人独自走街串巷，猫一样轻捷机警。家家都闭了门。家家又都黑了灯。家家也都没了人声。路灯也似暗淡了。夜里气温了降了不少。老人坐在一棵树下正有些冷，冷得有些无聊，忽闻一种奇异的声音从四周漫起，始而细碎微弱，继而唧唧咕咕嗡嗡嘤嘤便觉清晰，渐渐连成一片变得响亮。这却稀罕。老人起身蹑手蹑脚到一家门前，耳朵贴近门缝细听时，院里果然就有那声音。他再扒着门缝往里看，一支火烛摇摇跳跳照见一对老夫妇木讷的脸。中间一只鱼缸，老夫妇分左右面缸而跪，正给神鱼喂食。那声音不过是他们嘁嘁嚓嚓的低语罢了，或者也有神鱼吃食弄出的响动。他又扒着门缝看了几家，也都不过如此。唯人数不同，有的是一家几口念念有词如同祈祷，有的是孤身一人自言自语仿佛发愿，都同等虔诚木讷且有章法地小心翼翼喂那神鱼。老人暗自慨叹：自己离家多年，竟连这么熟悉的事也忘却。心中凄楚，不免潸然泪下，遂又安慰自己：六十年前还不是这样，弄鱼弄到这般着迷的人还不多，声音也不似这般响。

直到星稀月落天色微明，他也没觉察出岛上有半点不同寻常的现象。老人又爬上岛南的荒山。

一进门老人就说：兄弟，怕是你自己的神经出了什么毛病吧。

你还是什么都没看出来？老大夫说。

老大夫已经早早起来铡那些草药了。两个孩子坐在院当中捧了碗吃早饭，一边喂那只小狗。小院静谧安详，四周鸟语虫鸣，山上的空气清凉且有树脂的香味，阳光在树隙间把雾气染得金亮。连老人的铡草药声、两个孩子的吃饭声、小狗的喝水声都能传出很远去。

还是没看出来。当然没看出来，因为一切都很正常。我怕是你自己倒不正常。

老大夫笑笑，不以为然。

你别笑，实际上我头一回来你就认出我了，可你为什么不肯认我？

我确实不认识你。

看看吧，就是这两粒药，六十年前的那天夜里你给我的。老人从怀里掏出一个小瓶，倒出两粒白色的药丸给老大夫看。

老大夫看也不看就说：这药不是我给你的。

你何必这样呢？你的疑心太重了，弄得自己的精神都不太正常。事实上没人来搜查你，岛上任何不正常的事也没出。

老大夫招呼两个孩子快吃，吃罢饭就到树林里去。

我把这两粒药带回来是想还给你的。是想告诉你，是你这两粒药救了我。我得感谢你。

那不是我，也不是在这个岛上，不是吗？也不是你，是你听说过的一个人。不是吗？

不是。就是你，也就是我，而且肯定是在这个岛上。后来我划着小船到了彼岸。上回我说到哪儿了？

说到你忽然想结婚了。

不错。可是我四十岁了，除去扫厕所再没有别的本事。那地方也绝不是天堂，人们还是不大看得起扫厕所的。你信吗？只要有差别，就不可能有彻底的平等。我就又想死。我就又拿出这两粒药来，喝足了酒想借着醉劲儿把这药吞下去。死真不是件绝对的坏事，你想想，只要有那么一点勇气，你就可以和所有的人都平等了。不是吗？所有的人都得死，不管你是什么了不起的人物，死了，烂了，变作尘埃飞散了，化成轻烟不见了，就全一样了，谁也不会看不起你了，你也不必看不起谁了，这么想着，我又镇静下来。

你干吗不弄弄鱼呢？

我要是弄鱼，说实在的，凭我这两手在那地方没人比得了。可那地方的人不太关心鱼，认为一切鱼既然生出来了，就都是好鱼。

老大夫点点头。后来呢？

哦，我就又活下去，学了几年木工，学得挺一般。后来又学了几年打铁和裁缝，都学得很一般，对了，我忘了告诉你，在这期间我结了婚。老婆比我小十岁，也曾经中了魔障似的光想死。我头一回见到她是在水边的悬崖上。我看出她想往下跳可又不敢，就走过去对她说，你可着的什么急？她就哭，说自己活在世上算个什么东西。我说，能这么想就好了。我就把那两粒药拿出来，给她讲了那药的作用。她说她真想要一粒。我就分给她一粒。她说，那你还够吗？我说这样咱们俩就都够了。她就要吃。我说，你再想想，也许不用这么着急。她想了一阵子，问我，这药会不会失效。我说只要拿到了就永远有效。她又仔细看一遍那粒药，问我是不是肯定没骗她。我说这可怎么证明呢？现在我们都只有一粒了，没办法证明。她又问我，是不是对所有的人都有效。我说这也没办法证明，不过对已经死了的人肯定无效。她于是放了心，同意跟我回家去，做我的老婆。

这时岛上响起沉闷的炮声。

鱼赛快开始了？

是呀，又要开始了。

我实在看不出有什么不正常。

往下说吧。后来呢？

我们夫妻俩先开了个小杂货店，以后又做了些别的买卖，再以后又学了些别的手艺，总之，五行八作差不多样样都干过。仍不免常常惭愧、自卑，到底弄不清自己算个什么东西。想到死时就记起那两粒药，互相提醒，那两粒药不是稳稳当当揣在我们的怀里嘛。这样愈来愈活得平静，不去想自己算个什么还是不算个什么，自己想干什么就干什么，能干什么就干什么，愿意出去跑一阵便跑一阵，愿意扯开嗓子唱一阵便唱一阵，愿意读点什么或写点什么就读点什么写点什么。忽然有一天，我发现我已经九十岁了，她呢，八十了，这才意识到我们很久很久没提起那两粒药了，知道再也用不着它。

你们有没有孩子？

当然有。

有孙子吗？

有。

是不是连重孙子也有了？

也有了。

老大夫松了气，不住点头。

怎么了？

老大夫不回答，默默盘算一回。

直到炮声一阵响似一阵。

你这是怎么了？老人问。

老大夫说：兄弟我求你件事行不？把我身边这两个孩子带走。

出了什么事？

带他们离开这个岛，到大水以外的地方去。今天就走，现在就走。

岛上到底发生了什么？

你来这岛上三天了，除去在我这儿，还在哪儿看见过孩子？

老人幡然醒悟。

这两个孩子是岛上最后的孩子了。不孕症在这岛上流行多年了，岛上没人再能生养。

你也治不了？

他们怀疑是因为我给岛上的人都吃了坏药，没人敢来找我看病了。就这样吧，我留下来再试试，就把这两个孩子托付给你了。

老人带了两个孩子从山后小路下到岸边，早有一只小船横在那里。三人上船，砍断缆绳。

其时，岛上号炮声声不断，鼓乐喧喧不息，甚嚣，且尘上。

那老大夫立于荒山之顶，向他们挥手告别。

小船渐行渐远。不久听见船侧有哧哧喘息声，原来那只小狗凫水追来。两个孩子搂住小狗便有些凄然。老人想起那两粒药忘记还给老友，取出再看，连连叹息。两个孩子见了药丸，每个抢过一粒放在嘴里。老人惊时，却见孩子嚼得香甜，嚼了一会，吐出一块白色胶状物，放在嘴上吹成泡泡，泡泡爆响，清脆悦耳。

再看小岛，早无踪影，唯余一片茫茫大水。

最初发表于《上海文学》1986 年第 10 期

关于一部以电影作舞台背景的戏剧之设想

一　前言

酗酒者 A 临终前寄出了一封信，信上的字密密麻麻龙飞凤舞相互叠盖，多不可辨认。可以认清的，唯这样几句：

> ……每个人都是孤零零地在舞台上演戏，周围的人群却全是电影——你能看见他们，听见他们，甚至偶尔跟他们交谈，但是你不能贴近他们，不能真切地触摸到他们。……当他们的影像消失，什么还能证明他们依然存在呢？唯有你的盼望和你的恐惧……

A 的话，使我设想一种以电影为舞台背景的戏剧：

① 舞台的背景是一幅宽阔的银幕。放映机位于银幕背后。

② 银幕前的舞台上演出戏剧。真正的剧中人只有一个——酗酒者 A。

③ 其余的人多在银幕上，在电影里，或 A 的台词中——他们对于

A 以及对观众来说，都仅仅是幻影、梦境或消息。但不必拘泥于此，影中人亦可根据需要走上舞台，但那对于 A 正如对于观众——仍是不可贴近和触摸的，仍然只是幻影、梦境或消息而已。

④ 背景银幕上根据剧情需要放映电影，就是说，情节与 A 的视界、梦景、臆想、幻觉等等对应或相关。

⑤ 只有少量道具。有一个白发黑衣的老人负责搬运道具。

⑥ 如有可能按此设想排演和拍摄，剧名即为：一部以电影作舞台背景的戏剧。不要改动这剧名，更不要更换，也不要更换之后而把现有的剧名变作副标题。现有的剧名是唯一恰当的剧名，为了纪念已故的酗酒者 A，这剧名是再完美不过了。

二 夜梦

剧场灯息，舞台漆黑如夜，背景银幕上渐显 A 的梦境。

城市外景，白天。一条宽直的大街，一眼望不到头，两旁的楼房高低错落但显得过于规整。街上空无一人，沿街的阳台上也看不见一个人，人都哪儿去了呢？所有的窗户都关着并且都拉紧窗帘。那情景有点令人担忧，令人怀疑，所有的景物都像是电脑做出来的，有几分虚假。A 的主观镜头沿街前行。阳光朦胧，天色灰白，有微风，浓密的树冠不停地摇动但没有声音，什么声音也没有。

一尘不染的路面上，A 的影子停住，似乎犹豫，但只好还是缓缓前移。

画外，A 的梦中呓语，如吟如叹非常清晰："我死了七天才被发现。

他们发现我时，我已经臭了。"

如同回应，不知从哪儿传出一阵阵男女混杂的笑声——就像人们聚会时爆发的笑声，很正常，但很突然。

随之画面乱起来，一会儿天一会儿地，一会儿是楼顶、楼顶上苍白的太阳，一会儿是无人的窗口、窗口上晃动的树荫、玻璃反射的淡薄的阳光——A的主观镜头在上下左右地寻找。镜头最终一百八十度急转，画面稳定住：某一个胡同口上，露出一堆人呆望的脸。笑声戛然而止（又是什么声音都没有了），那些人都像被惊呆了似的，脸上毫无表情，只是睁大眼睛看着镜头、看着A。

镜头推向那群脸，直至叠摞的一团脸占满整个银幕。就是说，A向他们走近。

但是一眨眼间，稍不留神，那群脸全都消失，只剩下空空落落的那个胡同口。那些人呢，可能都躲进那条胡同里去了吧？

镜头很快地推到那胡同口。但是又细又长的那条胡同里一个人都不见，甚至连一个院门也没有，唯两道绵长的老墙夹着一条窄巷。非常奇怪，窄巷里种满了花，花朵丰满，或鲜红或雪白，一朵挨一朵蓬勃烂漫仿佛一条花的河流。顺着这花的河流举目远眺，胡同尽处豁然开朗，灿烂的阳光下是花的海洋，鲜花遍野直铺天际。

花浪随风摇荡。A的影子在浪面上起伏、扭动，仿佛漂移。渐渐响起嗡嗡的声音，先是细如虫鸣，继尔密如急雨，越来越强大、辽阔，终于听出是人声，是城市的惯有的喧嚣……A的主观镜头再次转动一百八十，缓缓转转向大街：怎么了？所有的阳台上都站着人，所有的窗帘都拉开了，所有的窗口都探出毫无表情的脸，睁大眼睛朝街上望，好像出了什么事……

A看见：有一个人，赤身裸体地在街上跑，左顾右盼，看样子是想找个地方藏起来。但街道空阔、规整，没有藏身之处。他是谁？面目不清。他想躲在一棵大树后面，但是大树后面的窗口里正有几张严肃的脸在注视他。他故作镇静地走开，去推路旁的一扇门，门锁着，他使劲推使劲敲使劲撞，但那门纹丝不动。这时，不仅所有的阳台上都站满了人，连所有的楼顶上也都是人，所有的人都是衣冠齐整表情严肃。人们都在看他，因为大街上除了这个赤身裸体的人再没有什么可看的，再没有什么值得人们这样惊奇甚或是恼怒，嗡嗡的喧嚣声正是出于人们对他的议论。他是谁？仍然看不清他的脸。他又敲了两个门，都锁着。他又去大街的另一侧，连着敲了几个门，都不开。就是说没有人愿意他进去。他看见一座门楼上垂挂下一面大旗，便去拽那面旗，想把它拽下来裹住自己。但那面旗发出金属声，原来是一块铁板焊成的旗。窗口里、阳台上、楼顶上的人都哄笑起来。看来只有逃跑，可往哪儿逃呢？他只好沿街跑起来，在光天化日之下众目睽睽之下，在沿街不断的哄笑声中赤身裸体地跑。但是这样跑，更等于是展览——他必是意识到了这一点，停住步，站在一面高大的玻璃橱窗旁绝望地喘息着。这时，我们从橱窗的玻璃上得以仔细地看看他了：一丝不挂，瘦骨嶙峋，形态猥琐，苍白的身体瑟瑟发抖……

橱窗的玻璃渐渐占满整个银幕。那个赤裸丑陋的形体渐渐占满整个银幕。响起城市醒来的声音，人的吵嚷声、自行车声、汽车声、无病呻吟的流行歌曲声……很正常，也许很动人，正是城市的白天应该有的那些声音。他慢慢转过脸……

画外忽然一声大喊——A 的喊声，声嘶力竭凄惨无比。随之我们从橱窗的玻璃上看清了那张惊恐的脸——A，那个人就是 A。

A：原来那就是你自己！

喊声中，A 朝那面玻璃一拳打去，玻璃无声地粉碎，银幕和舞台上一片漆黑。

三　在家

舞台灯光渐亮，黎明室内的亮度。背景银幕被黑色的帷幕遮挡住三分之二，另外的三分之一上映出一面拉着窗帘的小窗，晨光在窗帘上飘动，窗棂、房檐、树枝的影子随之飘动。上一节城市醒来的声音延入此节。

Ａ裹着毛巾被躺在台上，刚刚惊醒的样子，懵懵懂懂看一下四周，蜷着身子半天不敢动。

白发黑衣的老人推着运送道具的小车上台，车上一筐空酒瓶，再无其他。他像幽灵一样动作轻捷，把筐放在一个角落，把几个空酒瓶横倒竖卧地布放在Ａ周围，推着空车下台。整个过程一无声响。

街上的声音有所变化，主要是掺进了此起彼落的各种叫卖声。

Ａ慢慢坐起来，看着一道漏进室内的阳光发呆。

Ａ："妈的，又天亮了。"

说罢他又躺倒，双手垫在脑后，跷起二郎腿，一声不响地看着天花板。

他伸手摸到一个酒瓶，摇一摇，空的，扔到一边。又摸到一个，还是空的。他坐起来东找西找，但所有的酒瓶都是空的。他叹了口气，继而哈欠连天。

一个哈欠打到一半他忽然不动了，手举在半空慢慢扭过身子，望着一个角落。

A："啊，来啦伙计？来吧来吧，没事儿，干吗老那么鬼鬼祟祟的。"

他原地坐着转了九十度，饶有兴致地看着那个角落。

A："甭怕，有什么不好意思的？自信点，你也是主人，还得我老这么强调吗？我住这儿，你也住这儿，家里外头总之这个地球上，你们耗子是第二主人。那没错儿，论数量论本事你们都是老二。说不定你们比我们还多呢，你们够不够一百亿？一个人平均两只耗子我看差不离。喂喂，别走哇老弟？对，回来，对对，甭客气。"

他站起来，摸出烟想点一支，但又揣回兜里，可能是怕惊跑了那只耗子。他面向那个角落，晃晃悠悠地来回踱步。

A："邪了，现在的耗子一点儿都不怕人，你怎么盯着它，它怎么盯着你，好像它还有一肚子委屈呢。嘿，听我说，人比你们强的也就剩下能说话了。你说，你们还有哪点儿不如我们？我们吃什么你们吃什么，我们住什么你们也住什么，我们下饭馆、逛商店，你们不也照办？我们卡拉OK，可你们一宿一宿地在我床底下折腾也够卡拉够OK的。我们骄傲得不行，说是占领了整个地球，可我们到哪儿你们不是跟到哪儿？人老想消灭你们，是呀是呀，可指不定谁消灭谁呢。我看咱们是一路货，什么时候你们消灭了，估摸我们也就他妈的死绝了。你说什么，整天提心吊胆的怕这怕那？可你们以为人不怕吗……"

他忽然不说了，像是想起了什么，呆愣着。

背景银幕上又闪现几下他刚才的梦境：无人的大街，过于规整的楼房，寂静，虚假，令人生疑……

梦景消失。A站在舞台中央，呆愣良久。

A（自言自语）："老是这个梦，老是它。老是那句话，我死了七天才被发现……妈的！"

A摇摇仍然有些发蒙的头，缓缓蹲下，面对角落里的那只耗子。

A（声音比刚才柔和了些，或者低沉了些）："别走哇伙计，别忙着走。陪陪我，这世界上离我最近的就是你了，要说朝夕相伴，咱们才正格的是朝夕相伴呢。夜里你磕我的床腿，我埋怨了一句没有？那回你偷我的酒喝，醉得爬不回窝，我做了什么对不起你的事儿没有？可我最烦你老那么客气，客气其实最他妈虚伪。"

A蹲在地上，慢慢向那角落挪近。

A："甭怕，咱俩谁也不知道谁的底细，这挺好，谁也就不会出卖谁，谁也用不着担心被谁出卖，谁也甭嘲笑谁、看不起谁，因为……因为谁也没拿住谁的短儿。我看过一个电影——是呀是呀，这点你也不如我。不过这没什么可羡慕的，那么一层布，上头五光十色地亲呀爱呀、哭哇笑哇跟真的似的，可你千万别过去摸，一摸保险特没劲——就那么一层布，里头什么也没有。有几回，听报告的时候，我挺想过去摸摸讲台上那个人，他讲得真是不错……可说真的伙计，我不敢……我怕……怕又摸到那么一层布……一层布后头什么也没有……"

A坐下，搓搓疲倦的脸，侧目看着身旁那只耗子。

A："那电影，说的是两个人，谁也不认识谁，在火车站上偶然碰上了，你一言我一语倒是都说了好些真心话……你想想那是为什么？你慢慢想想吧伙计，因为什么？就他妈的因为他们俩谁也不知道谁的底细。所以……所以咱俩也可以说说真心话。说什么呢？说真的，我是愿意你知道一点我的底细，你要是愿意听，我可以把我的底细全告诉你。其实，我也没有多少秘密，我是个没出息的人，我知道别人都是怎么说我的，酒徒，醉鬼，没有自制力，一事无成，不可救药……他们说的也许不错，可是伙计，这跟酒没关系。我只能跟你说，我有病，大夫也闹不清是什么病，一种罕见的病，搞得我总是一点力气都没有，脑瓜子老跟一辆汽车那么大，发动机在里头整天'轰隆隆，轰隆隆'，可是打不着火……不不，这跟酒一点关系都没有。当然酒我得少喝，这点自制力我是有的。少喝点酒对人有好处。不过我这病跟酒没关系，我得休息，得休息一阵子，然后他妈的你们瞧着吧，我会证明我比谁都不差……哥们儿，这我不是吹，我从小的功课就老是全年级第一……伙计，我知道你不会看不起我，因为我也没看不起你，再说咱俩谁也不想弄清谁的底细……"

A 伸手想抚摸那只耗子，但是手悬停在半空。必是那耗子跑了。A 呆滞的目光一直追随着那只溜走的耗子，直到它销声匿迹。A 垂下头，半空中的手跌落下来。

A："唉，我早就知道，我早就知道全都是电影，全都是幻景，你摸不到谁，你甭想能摸到谁，你要是想看见他们你最好就别靠近他们，你要是想靠近他们，最……最好就别想去碰他们，最好跟他们保持一点距离，使他们不至于逃跑的距离，别把他们当真。可是……可是那你干吗不直接去看电影呢？妈的我又不是买不起电影票。问题是，问题是什么是真的……"

A 沉默着，很久，掏出烟来点上，脸上表情僵滞。一缕缕青烟飘摇，飞散……忽然他抽抽咽咽地哭起来。

A："杨花儿也走了，毫无疑问我在离婚书上签了字，他妈的我签了字呀……不过，不过我不怨杨花儿，真的，我还是爱她，我也不怨她变了心……我知道，我明白，我自己对自己也是这么说——我哪点配她爱？她是个好人，杨花儿，她是这个世界上最好的人，是最对我好的人，是最理解我的人，只是……只是我这病让我对不起她……"

他止住哭泣，忽然想起了什么事的样子，又像是专心地听着窗外的鸟叫。窗外的鸟儿声声啼啭，天已大亮。

A："不过我还有点事得跟杨花儿说……可我说过我不再缠着她

了……但要是真有事，总还是可以去找她的吧？"

A站起来，在台上快速走一圈，似乎也是这样快速地思索了一圈。

A："对，我得找她。杨花说过，要是真的有事是可以去找她的。我并不缠着她没完，我不是那种缠着人没完的人，我从来说话算话，我可不是那种娘们儿唧唧的人。"

A在台上转圈，速度放慢，似乎思索也跟着放慢了。

A："可是别人会怎么想，杨花她们家的人会怎么说？我见了她说什么？……对了，有件事我必须得跟她说。我就说我忽然想起有件事……对了，我确实是有件事非得跟她说不可。可是……什么事呢？"

他站住，不动，紧皱眉头全力回忆。

白发黑衣的老人推车上台，把地上的空酒瓶收进筐中，把筐放在车上，又推车悄然下台，一点也不惊动A。

与此同时，画外或幕后响起第二节梦中的那句近乎谶语的话，很轻，如同叹息："我死了七天才被发现……我死了七天才被发现……我死了七天才被发现……"

A环望室内。

A："对了，得把这个家留给杨花儿，房门的钥匙得交给她。"

他从兜里掏出一串钥匙，抛起来，接住，转身下台。背景银幕上的画面渐隐，舞台灯息。

四　在小公园

舞台灯光大亮，白天室外的亮度。城市的喧嚣声骤然强大辽阔，在远处隆隆不息。背景银幕上映出现实中的城市外景。近景是一个公园的围墙内：一道爬满了藤藤蔓蔓的老墙隔离出这一处清静的地方，鸟语声声，蝉鸣此起彼落，老墙下是茂密的草地，黄色和蓝色的野花星星点点。远景是浩瀚无边的城市：越过老墙，满目林立的高楼、饭店、商厦、电视塔、吊车转动的长臂、阳台上飘扬的被单、楼顶上的各色广告牌……甚至可以看见立交桥上连成串飞驶的汽车。引人注目的是最近处的一座淡绿色小楼——在老墙头上露出四个不完全的金色大字，但仍可认出是"少年之家"。（舞台灯光的亮度，以不影响背景电影为限，若能做到与背景电影融为一体当然是最好不过了。）

A 上台，慢慢踱步若有所思。

运道具的老人尾随 A 上台，从车上卸下一条石凳，用衣袖把石凳掸一掸，把一瓶酒、一只酒杯、一个破旧的挎包摆在石凳上，然后推车下台。

A 走到石凳旁，面对石凳席地而坐，仰望天空。一阵鸽哨声由远而近，渐渐又远去。他斟满一杯酒，一饮而尽，自言自语起来——好像他对面还有一个人。

A："我不喜欢对着瓶子喝，真的，什么都得讲究形式，喝酒也一样。真的真的我不蒙你，醉翁之意不在酒，在喝，在喝这种形式。不是有茶道吗？也有酒道。可以简陋，但不可以粗俗，你说是吗？酒可以低劣，但不能影响人的高贵。有一回我喝醉了——真正喝酒的人是不忌讳说醉的，真正喝酒的人承认酒的威力，承认它，敬畏它，爱它。爱它可并不等于仅仅是喜欢它，什么好东西你都会喜欢，但并不是什么好东西你都能爱它。爱它就是……就是……怎么说呢？就是……好吧我一会儿再告诉你。那回我真是喝醉了，坐在马路边吐得一塌糊涂，半夜，又下着雨，我一个人就那么吐了又吐，那叫难受，那叫痛快，我想我这回是他妈的是死定了……这时候有个人从我身边骑车过去，过去了又回来，下了车问我怎么样？我说操他妈喝醉了，没事儿，走你的。那个人不走，也在马路边坐下，说是陪陪我。我说哥们儿不用，走你的吧哥们儿。他把雨衣给我盖上，又把我拖到一处房檐底下。我说这就行了，你走吧，歇会儿我也走。他背对着我抽烟，看雨，我看不大清他的脸。半天，迷迷瞪瞪的我又说，这么晚了，赶紧回家吧你。你们猜他怎么回答？你们不大能猜得出他怎么说，他说……他说……（A 的声音有些颤抖）他说哥们儿你说什么呢？咱们都是喝酒的人。"

A 擤鼻涕，忍着眼泪，同时连连点头，深深地点头，动作有些过分。呆愣了片刻，又斟满一杯酒，一口喝光。

A："我顶看不上一小口儿一小口儿抿酒的那帮家伙，抠抠搜搜小里小气娘们儿唧唧。要不就甭喝，喝就喝得像个爷们儿样。我见过一个小子，个不高块儿也不壮，可那小子行，喝起酒来是块料，一个搪瓷把儿缸子差不多装半斤，一仰脖儿完了！抹抹嘴该干吗干吗去。我最烦那帮人，弄二两酒在酒馆里穷泡，喝三咣四地滥吹牛。……噢我想起来了，爱它就是……总之爱它可不是借着它无病呻吟、装疯卖傻，爱它就是……就是得懂得它，崇拜它，甚至甘愿屈服于它把自己交给它！"

A 站起来，绕着石凳转圈，被自己刚才的话感动、激励得一副志得意满的样子。然后他盘腿端坐在石凳前，挪开酒瓶和酒杯，从挎包里掏出笔和本，飞快地写了些什么。接着，他侧耳细听，站起来，倒退着步朝老墙外张望。

A："哎？杨花儿她们少年宫里今儿是怎么了，怎么这半天一点响动都没有？今天不是礼拜日吧？"

他站到石凳上去张望，一脸疑惑的神情。

A：“弄不好今儿真他妈的是礼拜日吧？”

他慢慢蹲在石凳上，点一支烟，就势再成坐姿，良久无言，望着墙外发愣。出人意料，他的思路忽然跑到一个与刚才的情绪不大搭界的地方去了。

A：“我真怀疑那些房子里到底有没有人。这么多房子，这么多窗户，这么多空调，好像是说那些房子里都住着人。可是，你怎么能知道都住着人？”

背景银幕上，固定的画面开始随着A的视点有所变动。镜头横摇：从一片高楼到另一片高楼。镜头推近：一个个窗口的特写，有的敞开着，有的紧闭着，有的窗帘轻轻飘动着。

A："好吧，我同意你说那里边都有人，可你怎么证明？谁能证明？谁他妈的证明过？你能到所有的房子里都确证一下吗？你不能。那是一件不可能的事。你不能证明，你凭什么说有人？关键是，你说有人可你又不能证明，那对你来说跟没人有什么两样？我说没人，对，我说没有！不错，我也不能证明，可这正说明我说对了。说没人，可以因为不能证明，而说有人就必须得能证明。我胡搅蛮缠？倒他娘的是我胡搅蛮缠？好吧好吧，那我问你，地球以外这一大片宇宙里还有人吗？你不敢说有，因为你无法证明，但是你可以说没有，虽然你还是无法证明。因为无法证明就等于是没有。因为不管它有人没人，对我来说都是没人，有人也与我无关，就跟没人一样，与我无关。反正与你无关，你一定要说有人那可真是比放屁还没用的一件事，那可真是比当众放屁还麻烦的一件事。”

背景银幕上的画面又稳定下来，繁华喧嚣如初。因为刚才的宏论，A又显出扬扬自得的神气。再喝一杯酒，从挎包里抽出一条黄瓜清脆地嚼，仰卧在草地上。

A："我在报纸上见过一条奇闻，说是有一个新娘，在婚礼上当众放了个极其响亮的屁，惹得哄堂大笑，结果她羞愧得一下子脑溢血了要不就是心肌梗塞了，总之一命呜呼。还听说有个总统，在就职演说的时候放了个屁，马上就职演说就改成了辞职报告。总统就不说他了，他本来就不必去当那个总统。可是那个新娘碍着你们哪儿了？况且那是人家自己的婚礼，自己的婚礼自己却因放屁而死。唉，可怜的人，真是可怜的人，再没有比她更可同情的人了。那条消息好多人看了都他妈的笑个不停，笑个狗！我真想把那些笑的人掐死。你们就不想想那是个多么不幸的人。你们就不想想你们他妈的也保不准会在你们的婚礼上溜出个屁来。你们就不想想，她绝不是放屁放死的，毫无疑问她正是让你们这些乌龟王八蛋笑死的！人人都要放屁，这是科学，是我们宝贵的功能和权利，可是人人却都耻笑那个可怜的新娘。这就像人人都有一肚子真心话想说，可你要是真说了，一百次有九十九次你要遭到耻笑。唉，这个世界就这样儿，真诚永远是一个弱者，不信打赌，永远和到处，真诚都是一个弱者，就像一个乞丐，一个因为被剥夺而后被轻蔑的人。不是有人说吗，真诚压根儿就是弱者渴望的依靠，是强者偶尔送给弱者的一块干粮。这小子说得在行。真诚的逻辑和放屁的逻辑是一样的，你当众放出真诚和当众放出响屁那效果是一样的，你马上觉得需要请求原谅、请求宽容，可你要是憋住了不放——不管是屁还是真诚——那你就可以选择原谅或不原谅别人。唉，那个可怜的新娘，你何必这么在意别人呢？你是一个可爱的女人，你是一个会放屁的美妙的新娘，你是一个真实的人……要不是我还爱着杨花儿，要不是我还想杨花儿她能回来，我会追求你的，要是你那个新郎因此抛弃你看不起你那你就到我这儿来……唉唉，你干吗要死呢？换了我，我会再放一个给他们听听，妈的这帮畜生你们没听过吗？不过……不

过说真的我也不敢，我虽然这么说可是轮到我我也得憋着，不管是屁
还是什么，如果那可能引得众人笑你你就只有憋着……杨花儿说过我，
说我是个厾包，说我光说不练……杨花儿说得全对，杨花儿她哪样都
好就是不能理解酒，其实我喝的又不太多……唉，要让我说那个新娘
应该算烈士，是一个壮烈赴死的英雄，全人类都应该纪念她……反正
我不敢，我只敢憋着，也许屁我还敢放一点，但是很多比屁更重要的
东西我只敢憋着。上帝保佑，像那样的事最好别落到我头上，我有时
害怕我会憋不住……恐高症的人有时候会不由自主从高处跳下来，我
也许他妈的得了恐放症。有一回我有幸见了一个名人，我请他在我的
本子上签名，他低头签名的时候我忽然有一种强烈的欲望——把本子
夺回来然后对着他那张扬扬自得的脸说'孙子，千万可别把你那龟名
字写在我的本子上'。谢天谢地我忍住了，终于成功地憋住了，我恭
恭敬敬接过本子热泪盈眶地跟那家伙握手，那家伙一定以为我是感动
涕零了，其实我心里清楚，我是哭我自己呢，我他娘的才是个不折不
扣的龟孙子！不过老天保佑我没惹乱子……"

他在胸前画着十字，又双手合十默望苍天，那样子有点魔魔道道
的。然后他猛地一个鲤鱼打挺坐起来，再次眺望远处阳光下浩瀚的
楼群。

A："也不知道那些房子里到底有没有人？那些窗户里，门里，墙
后面……？你可以说没人，可毕竟你不能真正相信那儿没人，毕竟你
得小心，即使离得这么远你还是得小心那些窗口里的眼睛。就算那儿
真的没人，你敢怎样呢？问题是你总觉得那儿有人，有很多人，很多
眼睛盯着你，在品评你，在挑剔你，褒贬你，轻蔑你要不谴责你。要
是你总归得防备，那儿有人没人其实还不是一样吗？所以我要说那儿
有人！关键是你不敢真正认为那儿没人，你不敢放松警惕，你不敢放

松警惕这一点证明了那儿有人。有人没人，其实用不着去现场核实，用你是否需要警惕就能证明……是呀是呀，只有他妈的把自己关进一个封闭而且不透明的六面体里去，也许你才能稍稍放心一点儿，只有那样你才敢说周围没人……而在太阳底下，其实你找不到一个没人的地方，只要你走在光天化日之下就到处都是人……"

他侧耳细听。隐隐地有钢琴声，很轻。他站起来，随着琴声的节奏缓缓踱步。

A："看我说对了没有？少年宫里有人在弹琴。"

接着有一个童声随着钢琴唱起来，是电影《英俊少年》中的一首插曲，大意是日子过得很快，小小少年长大了，因此一天比一天多了烦恼。

A（低头自语）："是杨花儿，是她，是她在弹琴，她的琴声我一听就能听出来，一听就听出来……"声音有些颤抖、哽咽，"一听……就……就听出来。"

背景银幕上，叠印杨花儿弹琴的特写镜头：一个年轻、安静、文雅、纤弱的年轻女子。琴声很久，歌声如梦如幻。杨花儿弹琴的特写占满银幕，城市的喧嚣声渐隐，只有琴声和歌声，琴声清朗跳跃，歌声纯净无邪。

琴声和歌声中，A一杯接一杯地喝酒，步履渐渐不稳。

琴声和歌声骤止，银幕上杨花儿的影像随即消失。

A僵滞的手，颤巍巍地摸索到石凳，坐下来。他摇摇手里的酒瓶，空了，甩到墙根的草丛里去。酒杯塞进挎包，他双手捧头，浑身抖动着啜泣不止。

A："没什么说的，真……真的，没什么可说的，是我对……对不起杨花儿，杨花儿你走得对，我觉着我要还算是个男人我就应该答应你离婚，可是……可是杨花儿，我离不了你呀，我一直不相信你就能这么一甩手走了……"

刚才的酒喝得太猛，他有点支撑不住了，便在石凳上躺下，揪过挎包来枕着。

A："杨花儿，杨花儿你知道吗，你就在那边弹琴，我……我就在这边听着，我们就隔一道墙，咱们其实离得多……多……多近哪。杨花儿，你怎么不弹了？弹哪，再弹一首，我听……听……听着哪，听着你的琴声，我好像……好像就……就觉得安……安全了点儿，就觉得安全……安全了……点儿……"

背景银幕渐暗，画面渐隐。A 酣然入睡。他翻了一个身，扑通一声翻下石凳，但他一无知觉，仍在黑甜之乡，躺在石凳下的草地上鼾声如雷。舞台灯光熄灭。

五　白日梦游

舞台上，一束灯光慢慢亮起来，但不要太亮，如同唯在梦中才有的那种微明。灯光在舞台上画出一块小小的圆区，中心是依然沉睡的 A 和那条石凳，四周更趋幽暗。层层帷幕垂挂在幽暗中，时而微微摆动。黑色帷幕从两侧向中间合拢，直到把背景银幕遮挡得只剩下二分之一。

轻轻地、朗朗地又响起钢琴声，弹奏的是舒伯特的一首儿童曲。有童声集体无字的哼唱，似来自很远的地方。

一群十三四岁的女孩子先后蹦蹦跳跳地上台，一律白色的衣裙。

她们好像偶然到这草地上来玩耍的，一个招呼另一个，两三个引来了四五个，一共七八个。她们四处采摘野花，或者只是张望、寻找着什么，偶尔有一两个闯进灯光画出的圆区，但多数时间她们都在四周的幽暗中游逛，衣裙尤其显得雪白甚至闪亮。猜想她们必是有说有笑，但听不见她们的声音，舞台上仍是深睡般的静寂。只从遥远的地方，或者是从天上，传来童声的合唱；慢慢可以听出歌词了，大意是：五月，一起到河边去，看紫罗兰开放。歌声清彻明朗、悠扬淡远。

女孩子们采了野花，编成花环戴在头上。然后她们手拉手，以那块圆形的灯光为中心，拉成一个圈，跳起舞来。她们轻盈地跳着，围着 A 转着圈跳，一会儿顺时针转，一会儿逆时针转……却好像根本没有发现 A 的存在。于是琴声和歌声更真切了，更欢快更热烈了。

A 坐起来，愣愣地看着她们。

A："喂，你们是……是谁呀？喂，我问你们呢，你们是从少年宫里来吗？"

女孩子们不理他。

A："那，你们那儿是不是有……有个老师姓杨？你们认不认识一个叫杨花儿的老……老师？"

女孩子们不答。她们只管跳，旁若无人，完全沉浸在纯洁美妙的歌舞中。

A 只好看着，看一个个轻捷、窈窕的身影从他眼前转过去。A 看得入迷，不由得也跟着哼那支歌。

A："喂，我说，这歌我也……也会唱。"

没人理他。女孩子们根本连看都不看他一眼，那意思似乎是说：我们是来跳舞的，与你何干？你会唱就会唱呗，与我们何干？

A 尴尬地笑笑，站起身，厚着脸皮走近女孩子。

A："喂，也带我一……一块跳好不好？我不见得不行，小时候我也进过少年宫的舞蹈队，只是这么多年有点生疏了。喂，行不行你们倒是说……说话呀？"

情形毫无变化，女孩子们踢腿、抖肩、扭腰，只顾自己享受欢乐，只顾欣赏自己的青春和美丽。A 急得团团转，无计可施。

A（自言自语）："你说这可怎么好？她们光是跳，光……光是跳，光顾了自己跳，跳得什么也听不见。要是无论你说什么她们都听……听不见，这事就不好办。"

A 蹲在地上，继而跪在地上，抱着头撅着屁股，苦苦思索的样子。很久，他忽然抬起头，仿佛心生一计。

A（大喊一声）："嘿——！"

这一计果然奏效，女孩子们都停下来不跳了，一动不动地站着。琴声和歌声也随之停止。

A 喜出望外，站起身，走近女孩子们，挨个端详她们。女孩子们的脸上却都没有表情——美丽，但不真实。

A："喂，我说，你们干吗一下子都……都这么严肃？"

A 的话音未落，琴声和歌声又响起来，女孩子们又跳起舞来，跟刚才一样，欢快、热烈。A 看看这个，又看看那个，茫然无措。

A（急中生智，又大喊一声）："嘿——！"

音乐停止，女孩子们又都站住，一动不动。

A："我只想说一……一句话，我只求你们带……带我一块玩儿。"

气死人了——音乐又响起来，女孩子们又跳起来。但 A 这回没有慌，反倒笑了。

A："我懂了，她们这是说……说你要来跳你就来……来跳吧，一个人在那儿瞎……瞎嚷嚷什么？"

A 便走上前去，试图拉住其中两个女孩子的手插进队中。

这一下可坏了，女孩子们四散而逃，逃上了背景银幕——当女孩子们逃到层层垂挂的黑色帷幕后面时，背景银幕上开始出现她们继续跳舞的画面。这一次音乐并不中断，但又变得遥远了，似有回声，仿佛从天上传来。舞蹈依然如故，只是从舞台上挪到银幕上去了，舞台上的真人变成了银幕上的影像。银幕上光线微明，背景幽暗，女孩子们认真、投入、自由且欢快地跳着。

A 有些后悔，叹口气，就像不小心把什么东西弄坏了那样很是惋惜。他看看自己的手，心里大约是说：我干了什么？什么也没干呀？怎么刚一碰她们就弄成这样了呢？ A 快快地退回到石凳旁，坐下。

可是，他刚一坐下，银幕上的女孩子们又都下来了——随着背景银幕上的画面消失，那群女孩子又都从帷幕后面跑出来，依旧手拉手围着 A 跳舞。音乐又近了。

A 高兴地跳到石凳上，蹲着，转着圈看她们。

A："喂，刚才怎么回事？我还以为你们都生……生气了呢。我想也不……不至于嘛。你们应该看得出来，我没什么歹意，我只是想跟你们一起跳。你们互相拉着手跳，我要参加进去，你们想，是不是我也得跟……跟你们拉着手？好吧好吧，刚才不算，咱们重……重新来。我可没有一点怪你们的意思啊，我这人浑……浑身是问题、是缺点，也许只有一个优点，就是我从来不怪罪谁，因为……因为你们想啊，谁心里都挺孤单的，都活得挺累，挺苦，挺……挺不容易的。好啦，咱们重新来吧。"

A 从石凳上跳下来，走近女孩子们，小心翼翼地去拉她们的手。得！又跟刚才一样，她们四散而逃，又都逃到银幕上去了。音乐声远了，女孩子们在银幕上若无其事地跳着，一切都是刚才的重演。

如是者再三。

A 傻了一样地站着，看着银幕。他"吭吭"地哭起来，又"哧哧"地笑。又哭又笑了一阵子，他毫无缘由地觉得那条石凳碍眼、可恨，对那石凳又踢又踹，仍不解恨，便用尽全力去掀那石凳，不可思议——那石凳居然被他掀翻了。掀翻了，又怎样呢？好像一切都更无聊了。他转身再去看银幕，女孩子们还在跳。

A（大喊）："回来！你们都……都……都回来——！好像我是个坏……坏人似的，好像我是个臭……臭流氓，好像我是个不能靠近的人。下来，下……下来呀——！你们下来，下来和我一……一起跳就不……不行吗?！"

他踉踉跄跄地扑向背景银幕，试图去捉住那些女孩子。就在他迎头撞上银幕的时候，只听得一声女人惊恐的尖叫，随之舞台灯光大亮，银幕上的女孩子们无影无踪，层层垂挂的帷幕拉开，银幕上恢复到第四节的画面——仍是那面挂满了攀爬植物的老墙，和墙外浩如烟海的楼群，时近正午，骄阳下的城市喧嚣不息。

A 颓然摔倒。

白发黑发的老人上台，运来一把椅子，把椅子摆在舞台右侧，把掉落在地上的酒瓶、酒杯收进挎包，把挎包挂在椅背上，再把那条掀倒的石凳运走。随即舞台灯光熄灭，背景影片中断。

六　在派出所

右二分之一背景银幕被黑色的帷幕遮挡住。左二分之一背景银幕上映出一扇大玻璃窗，窗门敞开着，一个老警察坐在窗边的办公桌前，由于玻璃窗的衬照，老警察的侧影显得昏暗、朦胧，眉目不清。窗外仍可见刚才那些高层住宅楼、饭店的大字招牌、电视塔等等——只是换了个角度。

舞台上是白天室内的亮度。A坐在舞台右侧（即以黑色帷幕为背景的一侧）的那把椅子上，与银幕上的警察遥遥相对。

老警察："嘿，明白点了没有？这儿是派出所。"

A："派出所？我上这儿来干……干吗？"

老警察："干吗？先问你自己，今天喝了多少？"

A："哎？您的问题不大好理解，喝……喝酒跟……跟派出所有什么牵连？"

老警察："但是你又喝醉了。"

A："您真爱开玩笑。再……再……再喝半斤也不见得就……就能怎么样。"

老警察："拉倒吧老兄。知道你刚才都干了什么吗？"

A歪着头想了一会，想不大清楚，心神仍有些恍惚。

A："干了什么？是好像发生了点什……什么事。您不见得是说跳……跳舞什么的吧？"

老警察："要我告诉你吗？第一，你破坏公共设施；第二，就算你不是调戏妇女，你也是恐吓妇女。"

A吓得站起来，踉踉跄跄几步蹿到警察跟前（舞台右侧），连连摇头、摆手。

A："喂喂喂，这话可不是随……随便说的，您不能乘我睡……睡着了一会就……就给我栽赃。"

老警察："栽赃？推倒的石凳还在那儿呢，要不要看看去？你又喝多啦！你喝多了，然后就睡了，然后就做梦，然后就梦游，然后就把公园的石凳推翻了，你的劲儿可真不小，你梦见什么了那么大劲儿？然后你又拉着一个老太太的胳膊，冲人家一个劲儿喊'下来，下来'，那老太太得过中风你知道不？那老太太正在那儿练气功呢你知道不？那老太太要是让你给吓犯了病，你知道你得负什么责任不？唉，你呀，要不是我知道你的底细，真应该让你坐几天牢。"

A好像终于想起了一些刚才发生的事，面对警察，呆愣着，打嗝。

老警察："回去回去，别凑到我跟前来，酒气醺醺的呛人，到你的座位上去。"

A慢慢朝椅子那边走，一路打着酒嗝，若有所思。走到椅子跟前，忽然浑身一激灵，酒醒了一大半，猛转回身。

A："您说什么，要不是知道我的底……底细？您都知……知道什么？"

老警察："什么我都知道。"

A慢慢坐在椅子上，心惊胆战地看着银幕上的老警察。

老警察："你喝酒喝出了名！喝得单位把你开除了，喝得杨花儿也跟你离了婚，喝得你老爹不让你进家门，你老娘提起你就掉眼泪，喝得你哥哥、妹妹谁都不搭理你，我说的不错吧？"

A（松了一口气似的）："噢——闹了半天您是说……说这个，不错不错。这么说您对我们家挺熟悉？当然当然，我们家有俩名人，著……著名的老演员，对不对？也叫著名的艺……艺术家，谁……谁能不知道他们呢？可我……我这么跟您说得了，我爹我娘除了是演……演员之外什……什么都不是。我这么跟您说得了，我……我顶烦台上台下满不是一回事的那种人！当……当然了，他们是我亲爹亲娘，照理说我不该跟别人说他们的坏话，可我实在是不……不欣赏他们。不欣赏他们这总可……可以吧？"

A站起来，显得有些兴奋或者激动，一个趔趄，连忙抓住椅背。他就这么扶住椅背，以椅背为圆心，像推磨那样，脚底下磕磕绊绊地踱步，嘴里滔滔不绝。

A："不过我真说不好，他们俩谁更是表演天……天才。因为我妈是在台上演戏，我爸到了台下才……才开始演戏。也……也就是说，我妈到了台下变回她自己，可我爸呢，一上台才变成他……他自己。我爸总演些铁……铁腕人物，什么不可一世的皇……皇上啦，统领千……千军万马的将军啦，或……或者万众拥戴的领……领袖什么的，问题是他怎么会演得那么好，那么出……出神入化？我告诉您吧，那才是他的本……本性！他骨子里就是个帝王，要人服从他、恭维他，你要是不赞成他，他就说你是愚昧、庸俗、小人、狗屁，再不就说你喝……喝多了，不配跟他这个那个的。我跟您说得了，很多人都有这种帝王本性，很多人骨……骨子里都是这样，不信您就留……留神看着，只要有俩人，肯定就有一个强者，只要有仨人就……就出一个领……领袖。但要是几千几万几亿人不……不巧都到这地球上来……来了呢，那可就不……不见得人人都有当……当领袖的机会，所以我爸只好到……到舞台上去满……满足他做帝王的快乐。那他当……当然演得好喽，他骨子里就这样他……他能演得不……不像吗？但……但那不是表演那是他的本性，他真正精彩的表演是……是在台……台下，在……在家里。我还不知道他吗？我一生下来就看着他，看了三……三十多年了，你……你以为！一下台他可就满嘴的另一套台词，一天到晚什么谦虚吧、谨慎吧、自己多么渺小吧，群众才是了……了不起的吧，不管到哪儿都要跟群……群众打成一片吧，屁！演……演戏！你是谁？群众本来就是一片，你要打进来你……你是谁？你这么渺小你凭……凭什么混到了不起的群……群众里来？要是每一个群众都跟你似的渺……渺小，搁一块儿怎……怎么就了……了不起了呢？跟您说我实……实在是受够了，要……要不谁会这么说自个儿的亲……亲爹？”

A一不小心摔倒，椅子翻了，挎包掉在地上，他就势把挎包垫在屁股底下坐在那儿不起来。可能是头疼，他使劲掐着太阳穴，很久一声不吭，一动不动，可能是头疼得厉害。

白发黑衣的老人上台，把椅子运走。背景银幕上的画面渐隐。舞台灯光熄灭。

七　在动物园

舞台上轰然大亮，中午室外最强烈的光照度。黑色帷幕完全拉开，背景银幕上是动物园小湖旁的景象，游人络绎不绝，各种水禽在水面上、湖心岛上争相引颈高歌，一片欢腾。

A坐在空荡荡的舞台中央（即小湖旁的草地上），仍是上一场的姿势，屁股底下垫着那只破挎包。过了一会，可能是那阵剧烈的头疼过去了，他从挎包里掏出纸和笔，飞快地写，走笔之声清晰可闻。写罢，又开始喃喃自语起来。

A：“我教……教您一个诀窍，识别一个人是不是在演戏的诀窍。比如说，一个人总说自己机灵，机灵机灵机灵，那……那他就是演戏，他在表演机灵其实他弱……弱智。要是一个人总说自己傻呢，我真傻我真笨我净他妈的吃……吃亏，他也是演戏，其实他什……什……什么亏也不吃。什么话说……说多了都难免是演戏。我妈总说我爸爱她，逢人就说我爸是多么多么爱她，他们俩互相是多么多么恩爱、亲密无间，坦率说我……我可看不出来。我妈她老想跟她舞台上扮演的那些角色比。她这辈子演的都是什么热恋的情人哪、幸……幸福的妻子呀、度尽苦难终于破……破镜重圆的恋人啦、要不就是殉情的烈女、冲破什么什么去投奔自由爱情的女性……总的来说她演……演得不错。说她演（！）得不错，就是说看得出来她是……是在使劲演，她不可能像我爸那样没有表演痕迹，因为她没有那样的体验，或者说她根……根本就不是那种人。她实在只不过是我爸的应……应声虫！"

背景银幕上，来往的游人开始注意到草地上（即舞台上）的 A。男女老幼走过这里都扭过脸来，露出惊奇的神色，然后朝草地（舞台）这边走近。渐渐地，很多条腿占满银幕，很多条腿之间有一张小男孩儿天真的脸。小男孩儿索性蹲下来，津津有味地吮着雪糕，同样津津有味地看着 A。

旁若无人，A 顾自说着。

A："只配我爸跟她打……打……打成一片。她下了台还是想演戏，可她不行，不行就是不行，演着演着就演不下去，不像我爸台上台下都演得比她自信。演戏你得有信心，坚持到底就……就能骗人，我妈她一到裉节儿上就跑戏，就像做着做着梦忽……忽然醒了，演戏演戏你可醒什么呀？得，于是乎回到现实里来，哭着喊着问我爸到……到底是不是爱……爱她？这一下观众还不看出破绽来？看出我爸其实是我妈……妈的主人、领导、皇上！可……可我妈她并不是皇后，皇后得容得下三宫六院七十二妃，我妈她行吗？她哪儿行……行啊！"

背景银幕上，人越聚越多，各式的裤子、裙子、丝袜、皮鞋和凉鞋，围得不见天日。一片嘈杂，听不出人们都在说什么，或者干脆就不像人发出的声音，噪音！（效果师或录音师注意：只要是噪音，嗡嗡嘤嘤、喊喊嚓嚓、叽里咕噜、轰轰隆隆……只要是噪音就行，只要是噪音像什么都合适，并不太强，但是很辽阔。）噪音中，唯那男孩儿的问话声清晰、明朗："妈妈，这是什么呀，这不是人吗有什么可看？"但听不到他妈妈的回答。

A："听我大姨说，我爸压根儿就挺性……性解放的，打二十来岁起就拈花惹草的一辈子也没断了，不敢说七十二个，可二十七个总……总是够的。其实你解……解放就解放吧可你别骗人哪，我多几个同父异母的兄弟姐妹没什么不好，说实在这年头多几个亲人只会有……有好处？可你不能骗我妈那样的人，你不能连你的应声虫都一起骗，你不能总是演戏，世界虽说是个大舞台也……也总得有个地方是用……用不着演戏的呀。唉，我也看不上我妈，真的，我看不上她。没人的时候她自个儿哭，一来人就歌颂我爸，歌颂得连自个儿都被感动，但是你注意她的眼睛，她的眼……眼睛总是溜着我爸，就像笨蛋学生总……总是溜着老……老师的脸色那样。唉，您说我妈她就一定是爱我爸吗？屁，演戏！她其实是怕我爸，我真不明白你可怕……怕……怕他什么？他不顶多说你是愚昧、是无知、是喝……喝……喝多了，不让你在家里待吗？有……有什么了不起，值得你老是演戏，演不好还老演？这其实也是我妈的本性，人是有这种本……本性的，不信您留神着看，只要有俩人，就有一个弱者，只要有仨人就有俩群众互相争风吃醋，要是几千几万几十亿人不……不巧都跑到这球……球面上来了，结果大家就都恨皇上又都怕皇上，结果就谁也不敢说真话，生……生怕有谁告密给皇上，把你杀了把你砍了把你发了把你弄得人不人鬼不鬼，怕他的结果您猜是什么？是一……一起唱颂……颂歌！您没猜对吧？那就一……一起唱……唱颂歌吧，万岁万岁万万岁。您以为醉……醉鬼又是什么呢？醉鬼恰恰就是被人告……告了密，被人告了密又被皇上发……发配出去的倒霉蛋，然后墙倒众人推，大伙就一块说他是无……无能之……之辈，没志气，没有自……自制力，一事无成，说他这……这也不对那……那也不行，是社会的累……累赘……"

背景银幕上，那个小男孩儿站起来，可能是觉得这一切毫无趣味，转身挤出人群——费了好大劲才从栅栏一样密立的腿群间钻出去。

A："不演戏的只有杨花儿，只……只有她和我，我和杨花儿在一起什么戏都不……不用演，谁也不会看不起谁，谁也用不着歌颂谁，我们的身体全……全在这儿呢，我们的灵……灵魂也全……全在这儿呢，我们的胆怯和我们的欲……欲望全在这儿呢，我们的可悲可怜可敬可爱我们的平庸和高贵我们的怯懦和勇敢我们的凡俗和神圣我们的无能和伟大全……全都在这儿呢，用……用不着他妈的演……演戏！这就是酒，我告诉你们吧，这就是酒……酒的意……意义！什么是爱？爱就是不演戏！把你的一切都敞……敞开，把你愿意敞开的和不……不愿意敞……敞开的都敞开吧，像对待酒一样地对……对待它们，敬畏它们，服……服从它们，迷恋它们，狂饮它们，被它们醉……醉倒，打倒，烂……烂醉如泥，烂醉如泥又……又他妈的有什么关系？那时候你就是酒，酒就……就是你，没有界线，没有边际，灵魂和肉体互……互相歌颂，就像天和地互相盼望，那时候我们和你们，你……你们和他们，互相崇拜，互相爱惜，就像天和地互……互相呼……呼唤着。我知道爱就是这样的，我体会过，她就是这……这样的，爱和酒是一样的，用……用不着装……装孙子，谁要是不知道这个谁，就是根……根本没有爱过……"

A呆愣着，大约是说累了，也可能是沉入到某些回忆里去了，两眼直勾勾的好一阵子。

这时白发黑衣的老人推着一条绿色的长椅上台。他把长椅放在舞台左边，觉得不合适又改放在右边，仍然觉不大合适。他像个影子似的在台上走了一圈，看看背景银幕上的图景，又看看 A 的神态，发现这一件道具送来得太早了，便摇摇头，抱歉地笑笑，又推着长椅下台。（诸如此类的情况，导演可以即兴添加、发挥，不必拘泥，因为命运之神有时候也难免出点儿差错。但你不能怪他，你无权怪罪命运之神——这一点是由其身份决定的。）

A："我得去找杨花儿，我还是得把她找回来，否……否则你就不得不演戏。当然我不会缠她，我不是那种赖了吧唧的人，杨花儿就是不懂酒，不懂得我们喝酒的人其实都……都是体面的人，我说了我不会缠她那……那就是说我一定不会缠她，很少有人能懂得喝……喝酒的人都是最说话算数的人。不过我还是得找到杨花儿，有些事我还是得跟……跟她说一下……什么来着？啊对了，钥匙。"

A 蹲起来，捡起那只破挎包拍拍上面的土，环顾四周，忽然面露惊讶之色。

A："哎？这是在哪儿呀？我不是在……在一间屋子里的吗？怎么是在……在这儿呢？本来是在一间屋子里，没错儿，好像还有一个警……警察什么的呀？"

周围一片哄笑。

A 仰脸看背景银幕（即看周围的人群）。镜头拉起来，从密立的腿拉到拥挤的身体，再拉到排列不齐的脸。摇拍一圈：不同年龄、不同性别的脸，高高低低一张挨着一张，但表情却是一律地严肃，不露声色，都低头看着 A。

A 有些发毛，站起来，怯怯地走近背景银幕（即走近围观的人群），从银幕的一边慢慢走到另一边，仔细看那些人。

银幕上的人表情毫无变化，像行注目礼那样看着 A，目光紧跟着他。

忽然，A望着背景银幕呆如木鸡。

银幕上的一张张脸在变形（通过电脑技术使之变形），变得光滑、规整、缺乏生气。镜头拉开，整个画面都变了，变成第二节中A的梦景：那些脸都是拥挤在一个个窗口间的，那些人都是默立在一个个阳台上的，所有的人都低头朝大街上望着……宽直的大街上，两旁楼舍错落，也都像是电脑制作的图景，树叶摇动得缓慢且无声，有些虚假，令人担忧令人怀疑……一个裸体的男人孤零零地在大街上走着，跑着，东躲西藏……

画外音，如吟如叹："我死了七天才被发现。那时，我已经发霉了。"

A抓起他的破挎包，抱头鼠窜——他先往左，又往右，再往左，再往右，在银幕上的一片笑声中跑下舞台（即逃离围观的人群）。

八　单纯电影

空空的舞台。只剩下背景银幕上的电影：

黑熊在峭壁围困的池底仰望游人，无可奈何地站立起来作揖，用嘴灵巧地接住人们投来的食物，憨态可掬。

大象在铁栏里前摇后晃，重复着单调的动作，目中无人，像在练气功。

金钱豹趴在干枯的树杈上，懒洋洋地睡着，偶尔半睁开眼睛看看吵闹得过分的游人。

猴子们在假山石上乱蹦乱跳，在秋千上悠来荡去，抓住笼壁上下攀缘，但终逃不出"如来佛的手心"，或者是像人一样参透了：既然一切不过是游戏，那还有什么可发愁的？

公孔雀耐不住寂寞，不失时机地炫耀其美丽的装扮，享受异类的赞叹。而同类异性呢，则被冷落在一旁因而萎靡不振。

秃鹫蹲在接近笼顶的地方，眺望长空。

长颈鹿以慈悲的目光俯视一眼人间，然后两袖清风，转身走开。

野驴独自发情，不知羞耻地意淫。

虎，雄风已败，声声虎啸之后获得的不过是一只雪白的来亨鸡。

狼已经像狗。有个小姑娘的声音："哎呀妈妈，这只狗好难看哟！"

热带鱼悠闲自得地漂游、浮沉，没有天敌只有食物的生活是惬意的，故乡早扔在脑后。

蛇"咝咝"地吐着芯子，一副兜售禁果的阴险嘴脸。

两只小羊乖乖地站在羊栏里，在哪儿也是逆来顺受。

紧挨着羊栏是马厩，一匹野马在那儿甩着尾巴轰苍蝇，眼睛一眨不眨地看着面前的栅栏，仿佛百思而未得其解。

镜头固定在羊栏的马厩前。

九　幻觉

舞台上以及背景银幕上的光线，都不像刚才那样强烈了，在放映上述影片的过程中，光线渐渐变得柔和了些，是午后两三点钟的样子了。远处虎啸猿啼狼嗥鹤唳狗吠人喧，这儿相对安静些，或者是冷落，没有什么人关心羊和马。

白发黑衣的老人再次推着那条长椅上台，把长椅安放在舞台偏左的地方，看一下银幕，这次对了，转身下台，与A擦肩而过。

A拎着挎包气喘喘地上台，一屁股坐在长椅上。挎包里沉甸甸的，是酒。

A："哎哟妈呀，可算找着块清静地方了。这是什么鬼地方呀，到处是穿着衣裳和不穿衣裳的动物，这地方还真……真他娘的大，怎么走也走不出去了，出了一个门是'动物凶猛不可靠近'，进了一个门是'动物珍贵不可靠近'，干脆直说哪儿都不可靠近不就得了嘛，真啰唆。"

他从挎包里摸出酒瓶和酒杯，端端正正摆在地上，想想不好，又把酒瓶和酒杯摆在长椅上，自己坐在地上，端详一会，贪馋又兴奋的样子。

A："不不，我不会过分，绝不会。我讨厌那帮一喝酒就像发了情似的家伙，好像进了红灯区，互相迫害然后又互相抛弃。酒，你得尊敬它，你得欣……欣赏它，得像对待艺术品那样对待它，你得这么一点儿一点儿地理解它……"

他谦恭又谨慎地斟了半杯酒，轻轻地抿了一小口，闭上眼睛体会着。

A："你得能跟它沟通，人们不是常说吗——理解，理解万岁。是这样。你不能糟蹋它，你糟蹋它难免它也就要糟蹋你，理解是互相的，因此宽容也必……必……必须是互相的。咕咚咕咚猛灌那叫什么？畜生！"

他被自己的妙语逗笑了，又抿了一口酒。

A："不不，也用不着什么酒菜，鱼呀肉哇的，不不不，你那倒是解馋呢还是喝酒哇？岂有此理岂有此理，岂有此理。"

他连连摇头，难于克制的兴奋，再喝一口。

A："事实上一般人不理解酒也正在于此，他们总以为这是解馋，不懂得这是交流，是沟通，是贴……贴近，倾心，无私地给予，是毫不见外地接受，是……啊对了，那些笼子里的东西为什么是低等动物呢？那些低等动物为什么掉到笼子里去了呢？并没有什么深……深奥的理由，就是因为它们不会喝酒！不会喝酒也不理解酒，就为这个！所以它们总是铁着个脸谁也不知道谁在想什么，谁也不看重谁的困……困苦，于是互相隔膜、怨恨、防备、争夺、厮杀……"

他一口喝干杯里的酒，再斟一杯。这回却已不像开始时那么谦恭谨慎了。

A："人要是总不能理解酒，早早晚晚也得是这个下……下场。历史书上不是说吗，人是怎么变成猿的？怎么变的？就这么变的——劳动和……和不喝酒！劳动和不会喝酒创造了猿。不会喝酒，当然也就不会造酒，当然也就不用再劳动，所以猿再也就变不回人来了。可人呢，光会劳动就叫人……人……人吗？大错而特错。光会劳动的叫作驴！会劳动也会喝酒的才是人。人，懂不懂？会喝酒因而会交流的那种动……动物才能叫人。"

他举杯一饮而尽，潇洒又豪爽。再斟一杯。

A："酒为什么能使人交……交流呢？我告诉你们，首先，它能让人走进过……过去。你们不信是不是？我原来也不信，可是有一回我走进去了，我是靠……靠……靠酒走回到童年去了，真的，我没必要骗你们，就是靠这么一杯酒，啊不，两……两杯。那回也是像现在这样的天气，这样晴朗的午……午后，我躺下想睡一会儿，可总是不大睡得安稳，正这会儿就听见过去悄悄地来了，我是说过去，悄悄地到了窗外，到了窗外就停下了，不……不肯进来，在窗帘上飘呀飘呀的就是不……不肯进来。过去，没错儿我听见就是它来了，在窗外叫卖，在窗外走动，在窗外的树上啼……啼叫，在窗外的屋檐上吹拂，在窗外的小街上踢足球，又喊又笑，球踢在墙上嘭嘭地响我就知道过……过……过去来了，过去它来了但是它不肯进来，它只是在窗帘上飘呀飘呀没……没有酒就不肯进来。我爬起来想出去找它，但……但是我知道，我一出去它就会走开，我只要一出去找它它就没……没了，这是肯定的，毫无疑问它就会消失得一点儿都不剩，又都变成现在。这时候我真是急……急中生……生智，一下子就懂了，得有酒，必须得有酒，只要一杯酒……啊不，只要喝上两大杯酒过去就会在窗外原原本本地等我了，就不……不会那么无情无义地消……消失，它就会还是像原来那样儿不……不躲也不……不藏跟我亲密无……无间。所以我就喝了两大杯酒，走出屋，一下子就走到过去里去了。就这样，其实多……多么简单哪，就又回到我的童年去了。小街上有一块宽阔的空场，我跟小时候的那群朋……朋友就在过去里踢球，把两棵树当球门，踢完了就到小街口上去买玉米花儿，一边吃……吃着玉米花儿一边看天……天上的风筝，风筝飞得又高又稳，因……因为过去就……就是这样。有个孩子还买了一条小金鱼，有个卖小金鱼的老头儿总是吆喝'大小~哎~小金鱼嘞……'，他总是这么吆喝，声音传得很……很远，传遍了过……过……过去，充满了过去，因为过去就是这样……"

他再尽一杯。背景银幕上，来了个小男孩，扒着栅栏看那匹野马。从服装上可以认出，他就是刚才挤出人群的那个男孩。

Ａ："这样说你们可……可能还是不信，我也并没要求你们一定得信，但是你们信不信也没……没什么了不起，事实总……总归是事……事实。而且酒不仅能让你走进过去，还能让你走……走进未来。未来是什么样你们一定很感兴趣，是呀是呀，你们不喝酒所以你们不知道，其实未……未……未来就在你们身边，真正会喝酒的人都知道，走进未来其……其实比……比走进过去还……还要容易得多呢，只不过我们喝酒的人不大愿意走进未来，因为那可不是什么好……好玩儿的事……"

他连着又喝了两杯。

背景银幕上的那个男孩儿转过身来，看着舞台上的A，愣愣地看了一会儿之后向A走近（出画）。与此同时，小男孩儿走上舞台（穿戴、相貌都跟银幕上的一模一样），走近A，在A身旁蹲下，好奇地看着A，听A独自喋喋不休。

A："走进未来可不像走进过去那……那么好玩儿。当然，未来之后还有未来，未来之未来也还有未来，但是我跟你们老……老实说吧，都不好玩儿，你会看见一些很……很让你不愉……愉快的情景。比……比如说，有一次我走进了一座被抛弃的城市，大街还是铺……铺……铺在那儿，楼房也还……还是竖在那儿，可是没有人了，一个人都没有了，人都走光了，都走到哪儿去了可……可是不……不大好说，为什么走……走……走了也他妈的闹不大清楚，反正你走到那些楼里去，什么都有就是没有人，电……电视机也还……还在那儿，但是没电，水龙头也拧不出一……一滴水，什么英雄呀好汉呀了不起的大名……名……名人呀他们的雕……雕像也还都气宇轩昂地站在那儿，可是轻轻一碰就稀里哗啦地碎掉了，什么理论呀主义呀思想呀也都一摞一摞地码放在书……书……书架上，可是轻轻一摸就都像灰烬似的飞……飞起来，就像是弄破了一个鸭绒枕头，漫天飞舞，飞得倒是很……很……很好看，很潇洒。走上阳台往下看，河早干了，风正把一堆……一……一堆的沙子搬到河道里去，搬到马路上，搬……搬到楼门里去，搬到窗户里来，把你的脚都……都埋起来，不知道哪儿来的那么多沙……沙……沙子。所以我跟你说那可并……并不怎么好玩。未来的未来呢，就更……更不让你愉快，在那儿我……我碰见了三……三个人，真不好意思，是三个赤身露体的女……女人。我说真不好意思我不是故……故意要……要在你们这副模样的时候到你们跟……跟前来，她们说没关系。她们说现……现在什么关系也没有了，因为全世界上就剩了我们仨了。您应该懂得这……这是什么局……局面，您应该想得出，要是全世界只剩了三个人而这三个人又都是女……女的，那会怎样，那会有什么后果。我问，男人呢，他们跑到哪儿去了？三个女人说，没了，全没了，他……他们老是打……打仗，老是打、打、打的，互相憎恨，互相咒骂，互相指……指责，互相轻蔑，没完没了地打仗，结果不巧，点……点……点着了一个大火球就全没了，只剩下我们三个。为什么打仗呢？鬼知道为……为什么，可能是争着要上天……天……天堂。那怎么你们仨活了下来？因为我们仨那会儿刚……刚巧在地……地狱里。那三个女人要我留下来，她们说那……那样的话咱们的人就还可以再多……多起来，就可能不断地再多起来。可是我的酒劲儿就快过了，我说那可是办……办不到，我是过去的人，我不能不回……回……回到过去去呀……"

那个男孩站起来，走到 A 跟前，坐在长椅的一端。

男孩："你是谁呀？"

A 也站起来，坐到长椅的另一端，捧起酒杯饶有兴致地看着那个男孩。

A："这就怪了，我没问你是谁，你倒问起我……我是谁了。你叫什么名字？"

男孩："我叫 B。"

A 惊得跳起来。

A："神了，我小时候也叫 B，我来到这……这个世界上先……先叫 B，后来长大了才改叫 A 的。说不定我又……又走进过去了吧？喂，小家伙我问你，你父母呢，他们在……在哪儿？"

男孩："他们去演出了。"

A："什么？他们是演……演员吗？"

男孩点点头。

A："我说什么来着，我说什么来着？我又走到过去里……里去了。不过嘛，嗯……不过也许是他走进未……未来里来了？"

A："小兄弟，我再问你一件事，你喝……喝酒了吗？"

男孩："呵，我喝过，好难喝好难喝哟，辣死了，就像嘴里着了火。"

A 深深地点头，仿佛先知似的围着长椅昂首阔步。男孩的脸跟着 A 转。

A："这么说，你就是我。"

男孩笑起来："叔叔你真逗，我为什么是你呢？"

A："不是你走进了未……未来，就是我走……走进了过去，总而言之，你就是我的过去，我呢，就是你的未来。"

男孩："叔叔我有点儿喜欢你了，你说话跟别人不一样。叔叔你叫什么呀？"

A："我叫 A。哦，等你再长大一点儿，那……那时你也会改……改名叫 A 的。"

男孩："为什么？"

A："因为我们就是在比你更大一点儿的时候，改……改名叫……叫 A 的。"

男孩："是不是所有的人，到那时候都要叫 A？"

A："不不不，别人随便他们叫……叫什么吧，只有我叫 A。"

男孩："可你说我也要叫 A 的呀？"

A："你就是我。"

男孩："叔叔，我不太懂你的话。不过，不过你说的挺好玩儿。"

A："嗷，可不见得那……那么好玩儿……"

A 又在长椅一端坐下，仰天默望，喝酒。男孩离开长椅，蹲到 A 对面去看这个言行奇怪的人。

A："B，我建议你做……做事要小……小心些，无论什么事都要谨慎些，考虑得周……周……周到些，那样你才可能永远都是 B，不……不至于走到 A 的这……这一步。"

男孩："什么事呀，叔叔？"

A："别叫我叔叔，叫我 A，我不过是 A 呀，是你……你……你的未来，是 B 的未……未来。"

男孩："A？"

A："对，这就对了。B，你要耐心些，听……听我跟你说，我已经走到 A 了而你幸好还……还没有，所以我的话对……对……对你是有益的，你要耐……耐心一点儿听，好吗？啊，是这样，当……当你还是 B 的时候，当然这个世界会是挺……挺……挺好玩儿的，一切都是亲切的，都是亲……亲近的，真实的，你一伸……伸手就……就可以摸到你的母亲、你的父亲，摸到你的兄弟姐妹，你的朋……朋友，到处都似乎是可……可以信……信赖的，是安全的，在你还是 B 的时候，你可以哭，也可以闹，可以肆……肆无忌惮地笑，可以说你想……想说的话，做你想做的梦，因为那时你还……还……还是 B 呀。可是，可是你要是一味地这样毫……毫无顾……顾忌，毫无防备，不会掩饰你心……心里的愿望，那你可就要倒霉了，你就难……难免要有一天成为 A 了。"

这时幕后（或画外）又响起了第五节中的音乐，继之歌声，唱的还是那个小小少年，他渐渐长大了，原来没有的烦恼现在有了，原来不知烦恼可现在烦恼越来越多了，一天天长大着烦恼就一天天地多起来。歌声缥缥缈缈，同时背景银幕上的画面渐渐模糊、消逝，然后又渐渐清晰，变成一片夕阳下的草地，没有远景，一片孤零零的草地，周围的幽暗仿佛是无边的宇宙，只这一片草地似被绚丽的晚霞映照。

男孩："A，你是说什么事呀，要我小心？"

A 不语，俯身于膝，双手捧面。

银幕上的草地愈加灿烂，从四周的幽暗中跑来了七八个十三四岁少女——就是第五节中的那群小姑娘，白衣秀发，身姿窈窕又蓬勃。她们在那片草地上，在夕阳的辉映下，又随着音乐跳起舞来。

男孩："A，你怎么啦？累了吗？"

A 不答，也不动。

银幕上，那群少女中间，夹进了相同数目少男。音乐变得欢快，清朗的童声合唱着：五月，我们一起到河边去，看紫罗兰开放……于是草地上青岚缭绕，紫雾飘飞，野花盛开，蜂飞蝶舞，幽暗的地方出现一条小河，水草茂盛，波流潺潺，在夕阳下泛着金光。少男们和少女们跳着集体舞，轮流为伴，跳得热烈、优美……

男孩："A，你睡着了吗？你这样睡着了会不会感冒呢？"

A："B，你要耐心些，耐……耐心些好吗？"

银幕上，舞蹈的速度放慢（高速摄影），音乐和歌声的节奏也随之轻缓悠长。少男中有一个很像 A，他尤其跳得投入，他痴迷地看着每一个舞伴，每一个都很美丽。一个个美丽动人的少女的脸庞（特写镜头），川流不息地在镜头前旋转而过，秀发飘扬，目光流盼……

男孩:"什么事呀 A ? 你干吗老是说要耐心些呢?"

A:"因……因为,你爱她们你……你就不要那么鲁……鲁……鲁莽,B,你要记住这一点,因为你就快要爱上她们了,你迟……迟早要爱上她们的,但是你不要着急,不然的话你就会走……走……走到 A 里去,那时就糟了,一切就都来……来不及了,那时你再……再懂得这个世界的规矩就……就……就有些晚了……"

银幕上,那个很像 A 的少男情不自禁搂住一个少女,吻了她,并且继续热烈地不顾一切地吻着她。于是舞蹈停止了,音乐和歌声都停止了,其余的少男少女愕然呆立。一团尖厉嘈杂的噪音响起来,如同闹市中不断有急刹车的声音,如同不规则的心跳声被放大千倍万倍,如同噩梦纷纭夹杂着声声惊叫,由弱渐强,由稀而密,直到人的耳鼓难以承受时戛然而止,画面亦随之消失。银幕上先是一片幽暗,渐渐地幽暗中又浮现出那个很像 A 的少年,在他周围,河流没了,草地没了,晚霞也没有了,唯有他赤裸着的青春荡漾的身体——仿佛已没有了灵魂,头垂伏在膝头,孤零零地坐在无边无际的幽暗与沉寂中,就像旋转着漂流在浩瀚宇宙中的一粒尘埃。

A 猛地从长椅上跳起来,蹿到男孩跟前,气喘吁吁地跪下,想去抱住那男孩,但是他扑了一个空。男孩后退着,躲开他。

男孩:"叔叔,你怎么了?"

A:"B,你知道吗,我就是从那次之后改名叫……叫……叫了 A 的。当……当然你还不可能知道,但是,你将来就是要这样变……变成 A 的呀。你不得不变成 A,因……因为否则不管你走到哪儿,别人都知……知……知道你就是 B,你就是那个坏孩子,那个心……心灵不……不干净的人……"

男孩:"我有点儿害怕。"

A："B，不要怕，我来保……保护你，不……不要怕他们，没啥了不起的，我来保护你，我和你，我……我们会互相保……保护的，你说是吗？"

男孩："A 叔叔，我得走了，我想去找我妈妈了。"

A："不，你不要走，千万不要走……走……走进 A 里去，趁……趁着你还小，趁你还是 B 还没有做出什么丢人的事，你要听……听我说，听我告诉你，你要做一个安分的孩子，愿望不……不太多的孩子，宁可让人们说你傻也不……不……不要让人说你坏，要像你的父母那样，学会演……演戏。是呀，你要爱我们的父母，不要不……不理……理解他们，因为那是没有办法的事，这世界上有很多没有办法的事，这世界上的事差……差不多都没有什么办……办……办法可想。但即便是这样你也不能老是喝……喝酒，你不要走进 A 里去，千万不要，因为那是走进去就回……回不来的呀。你只能偶尔回……回去一下，就像征……征战在外偶尔去探……探一回亲，然后匆匆忙忙地又得跑回到 A 里去，更多的时候你喝……喝酒也他妈的不……不见得管用。最好的办法是你压根儿就不要变成 A，永远都……都是 B，都是一个无忧无虑讨……讨……讨人喜欢的孩子……"

男孩："A 叔叔，求求你让我走吧，我真的想去找……找我妈妈了。"

A："怎么，你哭了？跟你的未……未来在……在一起你也不快活吗？那好吧。不过，你能不能让我摸……摸你一下？不不，我不是坏人，我向你保证我绝没有恶意。我只是有一种感觉，总是摆……摆脱不掉一种感觉，觉得每个人都……都是孤零零地在舞台上演……演戏，周围的人群却全是电影——你能看……看见他们，听见他们，甚至偶尔跟……跟他们交谈，但是你不能贴近他们，不能真……真……真切地触摸到他们，在见不到他……他们的日子里你只能猜想他们依……依然存在，但这猜想永远无……无……无法证实。你能不能给我证……证实呢，B？让我相信你是真实的，让我摸到你而相信那不只是一种影像，不只是一层布和一……一片光影其实后面什……什么都没有，你能吗B？你毕竟是我……我的过去呀，我毕竟是你的未来。"

A要挨近男孩。男孩倒退着、倒退着，猛地转身，惊惶地逃上了银幕。背景银幕上，画面恢复到马厩前，暮色浓重。男孩在马厩旁的小路上找到了他的妈妈，牵着他妈妈的裙裾，一步一回头地走去，慢慢走远了（出画）。

舞台上的光线也沉暗下来。A颓然走回到长椅前，摇摇酒瓶，空了，他甩掉空酒瓶，就势趴在长椅上，不声不响，一动不动。

舞台灯光越来越暗，越来越暗，直至一片漆黑。

背景银幕上却慢慢亮了起来，野马躁动不安起来，咴咴嘶叫，在栅栏里又踢又跳……忽然它纵身一跃，跳出了栅栏。

黑暗的舞台上，响起A的呕吐声。

背景银幕上，野马奔跑起来，跑上小路，跑过草地和假山，跑过小湖和树丛，在游人中横冲直撞，但没有声音。它跑出园门跑上马路，闹市中的人群惊叫着四散躲避，但没有声音。它跑过十字路口，警察按亮了所有的红灯，所有的车辆都停下来给它让路，路旁的人、阳台上的人、窗口里的人惊慌地望着它，但没有一点儿声音。它跑过商店，跑过楼群，跑出城市……

只有舞台上A的呕吐声不停，没有其他声音。

银幕上，野马跑向旷野，跑向山林。音乐声起，辉煌畅朗如江河一泻千里。

舞台上，A的呕吐声一会儿比一会儿剧烈。

银幕上，皑皑的雪山顶上太阳缓缓升起，照亮着雪山下的森林和森林边缘的溪水。野马在溪水旁畅饮，举头嘶鸣，声震山林。音乐变得悠扬、深稳、旷远。

舞台上，A的呕吐声令人揪心。

银幕上，野马悠闲地走进开满鲜花的原野。像第二节中A的梦境：蓝天下，一片花的海洋，鲜红或雪白的花硕大丰满，开得蓬勃烂漫，一团团一片片在微风中轻摇曼舞起伏如浪，在灿烂的阳光下直铺天际。音乐变得飞扬而隆重。

舞台上，A的呕吐声渐渐有所缓解。

银幕上，日光曚昽乱云飞渡，野马孤独地走向无边的草原。草原似有不祥的消息，野马驻步张望。茂盛的草丛中蹲着狮子，埋伏着狼群。秃鹫贴着在云层盘旋，云的影子和秃鹫的影子在草地上游弋，音乐低沉忧郁，且时时跳动着警醒的梆音。

舞台上，A的呕吐声停止，代之以急促的喘息声。

银幕上，长河落日，大漠孤烟，彳亍于荒原的野马忽然望见了地平线上的野马群。它长嘶不止，抖擞鬃毛，向马群跑去。音乐又如一开始时那样昂然流畅了。

舞台上，A的呕吐声却又猛地高亢起来，干呕，那声音简直就像一辆发动不起来的破摩托车。

银幕上，孤独的野马终于跑回了马群。马群悠哉游哉，一心一意啃着青草，甩着尾巴，打着响鼻。音乐温馨、安详。

舞台上，A的干呕声中加进痛苦的呻吟，同时断断续续地响起那句近乎谶语的话：我死了七天才被发现……被人发现时……我已经臭了……

银幕上，一些马跑起来，另一些马也跟着跑起来，于是几百匹几千匹上万匹一齐跑起来，先是缓跑继而急奔，马蹄声惊天动地隆隆不息，淹没了 A 的呕吐声。

白发黑衣的老人上台来，在黑暗中把绿色长椅和躺在长椅上的 A 一起推下台。

背景银幕上，画面渐隐。画面消失后，暴风雨般的马蹄声延续很久，直至渐渐远去，消失。

十　童声合唱队的演出

马蹄声消失后，响起童声的合唱，歌声虚幻、轻缓，可以是任何一首儿童歌曲，譬如：《听妈妈讲那过去的故事》《送别》《卖报歌》《让我们荡起双桨》《小白船》。

舞台灯光大亮。背景银幕上映出一条红色横幅：少年宫童声合唱团音乐会。

这是一场真实的音乐会：三四十个男女少年精神焕发地走上台，三个一堆，五个一组，或站，或坐，或蹲，或跪，找好自己的位置。一架钢琴位于舞台左侧，钢琴伴奏者的是一位女教师——我们慢慢会认出她就是杨花儿。指挥者上台，向观众鞠躬，转过身去，看了看孩子们，举起指挥棒。这一次歌声真切、嘹亮，朗朗童音令人神往；可以是任何一首少年儿童歌曲，中国的外国的都可以，只要是孩子们的歌就肯定是恰当的。（甚至，《一部以电影作舞台背景的戏剧》的每一次公演，此场所选用的歌曲都不相同。当然了，可以不同也可以相同——自由，是其要义。）

几首歌之后，剧场中响起 A 的声音，轻虚如梦呓，飘忽似醉语："杨花儿，我找了你一整天了，不不，好……好……好几天了，啊不，我找……找了你一——一辈子了！你却不回来，你却不……不回家，你就坐在这儿管……管别人家的孩子……"

A 的声音既非来自台上，亦非来自幕后。台下的观众势必四下里张望、寻找。这时一束灯光打向剧场入口处：A 背着那只破挎包走进来，步履不稳，扶墙而立。

台上的演出照常进行。譬如剧场里闯进来一个醉汉，演员们要镇定，不受其干扰。随便观众都站起来看 A，舞台上又一首歌开始，唱的是：五月，我们一起到河边去，看紫罗兰开放……

A 试图找到自己的座位，但一低头就要摔倒，连忙又靠在墙上。剧场服务员走到他跟前，轻声问了他一句什么。

A 的声音很大："我找……找杨花儿，就是那个弹钢琴的，对，没……没错儿，她的琴声我一听就……就能听……听出来。"

服务员先是轻声制止他的大声喧哗，又对他说了些什么。

A 的声音略小一些："好……好吧，那我就看……看演出，反正哪儿都一——一样，都是演……演……演戏。票？呵，我有。"

服务员打亮手电筒，看他的票，然后带领他走向舞台。那一束灯光一直跟随着他们。

与此同时，白发黑衣的老人在舞台最前沿布置了一把椅子——跟剧场中的椅子一模一样——椅子背对观众，椅背上的号码是：0 排 0 号。

服务员带领 A 上台时，A 与正要下台的白发黑衣老人撞个满怀，老人退闪。服务员指指 0 排 0 号，让 A 坐下。

舞台上的孩子们变换了队形，排列整齐。又唱起了那首关于一个小小少年正在长大的歌。

A一声不响地听完了这首歌。歌声一停，他开始喊杨花儿，双手在嘴边做成喇叭形。

A："杨花儿，喂，杨花儿——！唉，她听……听不见。喂杨花儿，是……是我，这儿，我在这……这儿哪——！唉，她光顾着照看那的孩子了。"

杨花儿毫无反应，专心致志地弹琴。歌声又起，唱的（比如说）是一首外国儿童歌曲《照镜子》：妈妈她到林里去了，我在家里闷得发慌，镜子镜子请你下来，快快照照我的模样……

A："杨花儿，你看……看不见我，听……听不见我，也想……想……想不起我了吗？唉，人可真是不……不可思……思议呀，我们曾经离……离得那么近可现在又……又离得这么远，我们曾经离得很远却从人山人海中互……互相找……找到了，现在离得这么近却……却又互相丢……丢失了……"

他伸开双手在眼前摸索，僵硬的手指像是触摸着一面玻璃。

A："这中间肯……肯定有一道墙，你摸不到它但你可……可以感……感觉到它。几千里几……几万里那中间可以没……没……没有墙，但是几十米、几米、几……几公分，中……中间却可能是一道墙。要是有……有一道墙，你就毫……毫无办法可想，哪怕只是一毫米厚，又坚固又光滑，又高又……又长你爬不过去也走不到头，那……那就算完了，对你来说，墙那边就等于什……什么也没有，你就最好死……死……死了那条心吧……"

服务员走到他的座位旁边，低声劝他不要说话，不要影响其他观众。

A沉默了一会儿。

这时候台上唱的是《小白船》：蓝蓝的天上银河里，有只小白船，船上有棵桂花树，白兔在游玩，桨儿桨儿看不见，船上也没帆，漂呀，漂呀，漂向西天……

A："是呀是呀，什么也……也没有，漂向西天也没有。杨花儿，我找你找得走遍了天……天涯海角，你知道吗？我找你，找得差不多走……走……走完了一辈子，你该回……回来了吧？我知道，我知道你喜欢孩子，你喜……喜欢跟孩子们在……在一起，我何……何尝不……不是这样呢？可是杨花儿，你应该懂呀，我为……为什么不……不想帮你生……生个孩子？你是懂的呀！我是怕我们又让一个人、一个可……可爱的孩子来这世界上受……受孤独，一个平白无……无辜的灵魂来……来受人间的讥笑，一颗满怀希……希……希望的心到这儿来遭人抛弃呀，杨花儿你……你说，他要来他是要干……干吗来？他是要……要找我们，找你们……"

他站起身转向观众。歌声和伴奏忽然都低下去（关掉麦克风），是一个女孩的独唱，和其他孩子们无字的伴唱。仍然是那首歌：漂呀漂呀，漂向天边……

A："找咱们大家呀！可……可咱们未必能容得他，未必能不……不让他灰……灰心失望。不是有一首歌唱吗——'千年等一回，千年等……等一回'？他在那边忍受了一千年的寂……寂寞，所以他要来，来跟我们一起快快乐……乐乐地唱啊跳……跳哇来跟我们一起相……相亲相爱，来跟我们说……说说憋了一千年的心……心里话。可咱们，可咱们这儿早……早就立下了不知多少规矩，他哪儿知道呀，他刚来，那么小，那么天真那么任……任性，他还不可能懂得那……那么多规矩，他只以……以为这儿就……就是家呀……"

服务员又走到他身旁，轻声劝告他几句。他坐下来老实了一会儿。

等服务员走开了，不见了，他又站起身面向观众滔滔不绝地说起来，先是小声说，如同耳语，但他根本管不住自己，越说声音越大。

A："他漂呀漂……漂呀漂向天边为了什么？就是为……为了回家，可是他一来他就知……知道了，家也不过是这……这样，到处都是墙，到……到处都是，大家不过是都在墙与墙之间整……整天乱……乱撞，被各种墙分……分隔着，隔离着。空气的墙，阳……阳光的墙，目光，语……语言墙，还有笑容、咳……咳……咳嗽、摇头、长……长出气、眨眼、撇……撇嘴、捂鼻子、吐……吐唾沫，多啦，都是墙。就是挤在公……公共汽车上挤……挤得喘不过气来，其实谁跟谁也……也没有更……更近些，就是在澡堂子里大家都……都是一丝不挂，其实也……也还是相隔千里万……万里，那些墙一……一点儿不比钢筋水……水泥的墙好……好对付，撞在上面岂止是头破血流哇，简……简直就……就……唉，那你让他干吗来？让他来受罪？来演……演戏？来……来学习伪装？是的是的，毫无疑问，他们会的，他……他们终于会变……变得跟我们一样，不……不……不得不学会傲慢、威……威严、潇洒、轻视别……别人、仇恨、掩饰、欺……欺骗、讨好、躲闪、指……指桑骂……骂槐、旁敲侧……侧击，结果互相隔膜、抛弃，人人都免不了孤……孤独，四周都是墙，很薄，发着金……金……金属的闪光和金……金属的声音，很薄可是很重很……很……很结实能压死你，你信……信不信？再没有说说真心话的地方了，没……没有，没有了，否则人们就……就要骂你是醉……醉鬼，没出息，没能耐，没……没长大。是呀酒，酒，酒这坏东西，所有的坏……坏东西加……加在一块酿……酿出的这东西，难道让孩子们从那边到……到这边来就是为了来喝……喝这玩意儿的吗？还是别让他们来吧，酒这东西有……有一种强……强大的诱惑力，不是谁想不喝就……就能不……不喝的，实际上并……并不见得是你喝它，更可能是它喝……喝……喝你，它魅力无穷，因为它是所有那些坏……坏东西酿……酿成的，所有那些坏……坏东西都是魅……魅力无穷的，加在一块还了……了得吗？啊，不过话虽是这……这么说，该喝还……还是要喝的，否则怎么办呢，你既……既然来了？"

他又从挎包里摸出酒瓶，仰脖喝了一大口。正要再说什么，服务员再次走到他跟前，服务员身后还跟着两个保安人员。服务员向 A 说了几句什么，A 大吵大叫起来。

A："小姐们先……先生们，我有票哇，我……我是有……有票的呀！为什么？为……为什么要我出去？不不，我没有义……义务出……出去，恰恰相反我有权利听孩子们唱……唱歌！难道有谁比我更有权利听他们唱歌吗？岂有此理！而……而且我认识杨……杨花儿呀，我们虽然离……离了婚但……我们仍……仍然是朋友哇，仍然是这……这个世界上最……最亲近的人呀……"

钢琴旁，杨花儿站起来，她终于发现了 A。她惊讶地看着 A，呆立不动，面色如土。然后她慢慢坐下，呆呆地坐着，不知所措。

两个保安人员一人架起 A 的一条胳膊，把 A 往剧场外拖。A 一路喊着杨花儿。

A："杨花儿你回……回来吧，我给你送……送咱们家的钥……钥……钥匙来了，我知道你没有自己的房子，咱们那……那个家永……永远都是你的，只要你回来，那个房子就……就……就是你的家。我可以住……住到别……别处去，随便哪儿，只要你回……回来，回来吧杨花儿，快回来吧，今晚上弹……弹完琴就……就回来好吗？你要还是讨……讨厌我，我可以走开，只要有……有一点儿酒，我是可以睡……睡……睡在街上的，是的我睡过，哪儿都……都行，我冻不着，因……因为有……有酒哇。你们放开我，放……放开我一……一会儿，让我把家……家……家里的钥匙给杨花儿，放开我……"

他猛地挣脱开两个保安人员，发疯似的往舞台上跑。

他跑上台，跑到杨花跟前，掏出一串钥匙在空中晃了一下，那动作近乎优美，又近乎荒唐、滑稽。

杨花儿面如死灰。

A一步一步接近杨花儿，就在他把钥匙交到杨花儿手中就要触到杨花儿的一瞬间，舞台灯光唰地熄灭。

背景银幕上唯有那条红色横幅微微飘动。舞台上，依稀可见演员们（唱歌的孩子们，杨花儿裹挟于其中）慌慌忙忙地下场，脚步声、咳嗽声、低语声清晰可闻——在此过程中，背景银幕前的黑色帷幕缓缓收拢，那条红色横幅亦隐没不见。舞台上一团漆黑、寂静。

十一　城市夜景

舞台灯光昏昏暗暗，是街道一角。黑色帷幕拉开，背景银幕上映出城市夜景，万家灯火，车流如潮仿佛条条闪耀的龙蛇游走，霓虹灯在夜空中变幻出种种五彩图形，以至星月为之暗淡失色。

A踉踉跄跄走上舞台，边走边哼哼唧唧地唱，举着酒瓶滥饮。

白发黑衣老人推上来一盏高高的路灯，舞台上比刚才亮堂些。老人又推上来一只绿色的邮筒，安置在灯杆下。

A走到路灯下，靠着邮筒站稳。

A："人们都……都说酒是坏东西，可是，你们干吗不……不听听酒是怎么说？酒说，人才是最坏的东西。又不信是不是？好好，那……那我问你，酒看不起人了吗？酒把人分成三……三六九等了吗？酒不让你说你想说的话了吗？酒搞过什么他妈的阴……阴……阴谋诡计吗？没有！可……可人呢，人怎么样？好，我再问你，酒把河……河流给弄干了吗？把草原弄……弄成沙……沙漠了吗？把很多很多动物都弄绝种了吗？把臭氧层弄出一个大……大窟窿了吗？那好，我再问你，酒说假话吗？可是人说！人说我们是平……平等的，可我们什么时候平等过？人说我们是自由的，可……可我们什么时候自……自……自由过？人说我们是伟大的民族，那么请……请……请问，哪一个民族是……是渺小的？人说我们是光……光荣的，再……再请问，谁又是耻辱的呢？我们是神圣的，好好好，那……那……那谁是庸俗的你最……最好先告诉我。动物？植物？石头？云……云彩？风？还是别人？是的，只能是别人！可所有的别人也都……都说……说他们是光荣的、神……神……神圣的。问题是，谁都可以自称我们，可是谁又都逃……逃脱不了被称为别……别人，结果大家都是说着屁……屁话。放屁并不要紧，我赞成放……放……放屁自由。但是屁话来回说，这里面就必定有点儿不……不……不可告人的玩意儿了……"

他把酒瓶放在地上，自己也坐在地上，歪着头想，啃着指甲想，大约终于想不出那究竟是什么玩意儿。然后他从挎包中掏出纸和笔，久久地埋头疾书。最后，他把那张纸叠好，居然又从挎包中摸出个信封，把那张写满了字的纸装进去，左顾右盼找不到胶水或糨糊一类有黏性的东西，便吐口唾沫好歹把信封粘好。他把粘好的信封放在一旁，长长地舒了口气，好像完成了一件什么大事似的。

A："人是唯……唯一会说话的动物吗？不，人其实是唯一会说瞎……瞎……瞎话的动物。比如吧，人们赞美爱、颂扬爱、说他们最渴望的就是爱，可实……实际上呢？倒是战争越来越多，武器越来越精良，掠夺和复……复……复仇的手段也越来越高明越残忍，这你怎……怎么解释？难道渴望东，结果必定要跑到西……西边去吗？再比如，十个人有八个会对你说，他们看重的绝不……不是物质和金钱，而是精……精神的富……富有，可是，到富……富庶之地去的人很少回来，到穷乡僻壤去……去的呢，倒是保证待……待不住。莫非物质的富有和精……精神的富……富有一定是成正比的吗？要是那样当……当然好，可要是那样还……还用你来废话说……说……说什么你更看重精神的富……富有吗？再比如，你去问孩子，问……问……问他们是创造好，还……还是享乐好？他们肯定会告诉你，是创……创造好，可是你给他们一道难……难题和……和一桌美味，你看他们挑哪样吧。还有，谁都会说自己爱劳动，可……可快……快乐的节日是啥意思？连小学生也能告诉你，首先是不……不用去上……上学了。还有，老虎可怕不可怕？我这辈子头一回听说老……虎，就是听说老虎要……要吃人，可现在呢——人说瞎话真……真是说得精彩极了——人就快要把老虎吃……吃光了！当……当然了，人有时候也说漏嘴，一方面说诚实是可贵的，另一方面又……又说物以稀为贵，那么可贵的诚实是很……很多呢还……还是很少？他们绝不会承认是很少，你要是说很少，他……他们就会愤……愤怒，我估计现在就有人愤怒了。是呀是呀，总是这样，人的骨……骨子里就倾向于自……自欺欺人。可是人为什么要这样？我告诉你们吧，我活了很……很久了我可以告诉你们了，我说不定很快就……就要死了，我没有什么再害怕的了所……所以我可以告……告诉你们了。第……第一，凡是人们提……提倡的，其实就正……正是人们的本性难……难于做到的；第二，人都想当……当一个被颂……颂扬的人，比如让别人称赞你是舍己为人呀，是坦……

91

坦诚待人的人呀，是没有一点儿贪……贪欲的人呀，等等等等，但他们又知道，他们未……未必能做成那样的事；第三，他们希望别人做成那……那样的事，而自己可以不必，可这样又怕让别人看……看不起；第四，他们未必不希望自己是……是坦诚的，可又怕别人并……并不坦……坦诚，结果自己反而要吃亏；第五，他们希望所有的人都是相……相亲相爱的，可他们知道，那仅仅是一种希……希望，那不过是一种梦想罢了，因为他们自……自己就恨着别……别的什么人；第六，要么干脆就别去抱着这样的梦……梦想了，随便人们去互……互相欺瞒、互相猜疑、互相算……算计、互相防备、互相看不起又互……互相硬着头皮充……充好汉吧，可那样的话这个世界又太……太可怕了，实在是受……受……受不了；第七第八第……第九……总而言之人是互相依恋又互相害……害怕的，这真是一件奇怪的事，就好像注定了南……南辕北辙，就好像喝酒，你越是对自己说别……别再喝了别再喝了别……别……别他妈再喝了，你越是喝！"

他叹口气，继续大口大口地喝酒，望着远远近近的高楼，望着一排排一摞摞亮着灯光的窗口。

A 自言自语地说："我还是不能确……确定，那些窗口里是……是不是真有人。灯倒是亮着，那意思好像是说有人。但是星……星星也亮着，难道就能说……说明那儿也……也有人吗？唉，我早说过了，人是一……一种会说瞎话的动……动物，他们称赞透……透明的心，可是他们要用不……不……不透明的墙把心都遮住。"

他扶着灯杆晃晃悠悠地站起来，忽然冲着近处的那座高楼大喊。

A："嗨！嗨——！让那些墙也变……变成透……透明的吧！嗨！嗨嗨——！听见没有？让墙也……也变得透明吧！！"

背景银幕上映出 A 的幻觉——那座楼的墙壁开始一点一点地变得

透明起来。

A："对，对了，就是这样！全都变成透明的吧！你们不是赞……赞美透明的心吗？那就不……不要让不透明的东……东西把我们遮挡住、隔……隔离开吧。"

背景银幕上继续映出A的幻觉——那座楼全部变成透明的了，远远望去就像一只巨大的鸽笼，一个个格子中都有人在活动。

A挥舞酒瓶，在那盏路灯下手舞足蹈，大笑着，大叫着。

A："好哇，好哇，就应……应该这样，本来就应……应该是这……这样的！"

背景银幕上的一个个格子中间，人们各自做着自己的事情，互不相干，互不理会：有的高朋满座，有的对影成双，有的在引吭高歌，有的在默然独泣，有的在拥抱亲吻、情语缠绵，有的在大吵大闹、呼天抢地，有的在沐浴，有的在喝茶，有的在看电视，有的在拉肚子，有的在炒菜，有的在读书，有的在下棋，有的在报警，有的在喊喊密谈，有的在呓呓梦语，有的刚刚出生，有的就要死去，有的在为新生者祝福，有的在为将逝者祈祷……

A："不，不光是这样，还应……应该让他们互相都……都看得见，让他们互……互相都能触……触摸得到！应该让他们不受那些格……格……格子的限制，应该把所……所有的墙都拆掉！哈哈，对啦，拆掉，统统拆掉！让那些墙都消失！应该让……让他们看看，大家其……其实都……都是一样的！"

于是，背景银幕上，所有的楼墙都像融化了似的消失了，所有的格子都像蒸发了一样，不见了。

A："哈，棒极了，就这样就……就要这样，妙透了！这样他们就能从……从一个格子走……走到所有的格……格子里去了，这样他

们就能从一颗心里走到所有的心……心里去了，这样他们就会知道
了，每一个人都是平凡的，每一个人也都是高……高贵的，每一个人
都是可爱的、可亲的，每一个人也……也都难免有……有时候是丑陋
的、可……可笑的，其实每一个人都是孤独的、软弱的，他们在梦……
梦里都是要想……想念别人的，要依……依靠别……别人的，也都是
想给别人一点儿依……依靠的，可是他们平时都不说，他们害怕，不
好意思，怕人笑话，好像那倒是可……可耻的，现在让他们互相看看
吧，互……互相了……了解吧，让他们在没有墙的地方坦白吧，承……
承认吧，承认互相害……害怕才是多么丑陋多么可……可笑的吧，害
怕互相贴近才……才……才是多么可耻的吧！让他们互相坦白，他们
其……其实是没日没夜地互相思……思念的呀！他们平时装……装得多
么傲慢，多……多么冷静，一副不需要别人的样子，一副多……多么
强悍的样子，一副多么自……自以为是的样子，一副不……不能触……
触动的样子，不识人……人间烟火的样子，屁！妈的狗屁！全是假装
的。其实只要把那墙都……都拆掉，你就明……明白了，他们都跟我
一……一样，爱……爱别人，又……又怕别人，想要别人爱，可又怕被
别人看不起，所以就喝酒，喝……喝酒，因为他……他们想走回到过
去，想……想走进到未……未来，因为那样总……总比待在墙里好……
好过些，所以他……他们就喝酒，对，喝……喝酒，因为他们想……想
让那……那些墙都消……消失，所以他们就都喝……喝了酒，喝了很多
酒，因为酒确……确实是一种好……好东西，所……所以墙就都消……
消失了，他们互相就看见了，互相就能触……触摸到了，就不……不
会再互……互相猜疑、害怕，和……和看……看不起了。"

A忽然呆愣着不动了。他发现背景银幕上的墙虽然已经没了，但
是悬在半空中的人们依然各行其是，互不相干，互不理会：高朋满座

的依然高朋满座，对影成双的还是对影成双，引吭高歌的尚未疲惫，默然独泣的已经泣不成声……刚刚出生的在号啕，行将就木的也含泪……如是等等，并不为他的期待提供佐证。

他两眼发直，浑身发抖。

A 自言自语："怎么了这……这是？出了什……什么事？"

他看看酒杯，晃晃酒瓶，又干一杯，再干一杯。但背景银幕上的情况并未有任何改观。

A 自言自语："见鬼，这是怎么了？"

他又干一杯，再干一杯。背景银幕上的情况反而变本加厉。

A 自言自语："不行，不，不行，我……我得去看看了，我得亲……亲自去……去看看了。"

这时，远远地但不知是哪儿，管风琴奏响了《婚礼进行曲》。

A 挣扎着离开路灯下，趔趔趄趄走，走了一圈，又回到那盏路灯下。他发现了遗忘在那儿的那封信，捡起来看看。

A："啊，一封信。"

他看见了那只邮筒，笑了。

A："谁这……这么马虎，把信塞……塞……塞到了邮筒外头了？"

他认真地把那封信塞进了邮筒。

他继续踉踉跄跄地往前走，却依然是绕着圈子，如同鬼打墙。走了好一阵子，终于两腿拌蒜，摔倒。

舞台灯熄。同时，背景银幕上的画面恢复正常，仍是万家灯火的城市夜景，仍是林立的高楼，仍是铺天盖地的墙壁，和被墙壁遮挡、隔断的万千心魂——唯在墙与墙之间来回碰撞的种种噪音，或可证明他们的存在。《婚礼进行曲》庄严隆重，渐渐压倒了城市的喧嚣声。

十二　时间漫游

《婚礼进行曲》响着，节奏始终如一，仿佛在空阔的穹顶下回旋，有嗡嗡的回声。

黑衣白发的老人上台来，把所有的道具都运下去。

舞台幽暗，空无一物。A慢慢爬起来，在舞台上顺时针绕行。

背景银幕上是A的主观镜头：晃晃悠悠地走进了刚才那座楼的门厅，磕磕绊绊地上楼梯，摸索着走过又长又暗的楼道。《婚礼进行曲》响着，似乎总在近旁。

A在舞台上机械地转着圈（形同哑剧）。他偶尔停下来喘口气，这时背景银幕上的画面也随之停下来。

银幕上出现一个门。

A停住脚步，敲门（哑剧的动作）。

银幕上门开了。开门的是一个老太太。

老太太："您找谁？"

A："啊，对……对不起，我……我……我……"

老太太："呵，没什么，走错门儿也是常有的事。您要是不嫌弃，就请进来坐一会儿好吗？"

老太太身后跳出好几只猫来，"喵喵"地叫着，仰起头看着A，那眼神简直跟老太太的一样。

老太太："我们家没别人，就我跟这群猫，一共九只，算上我正好十口。"

A："我只是想……想问问，是谁在结……结婚呢？"

老太太侧耳听一会儿。《婚礼进行曲》依旧。

老太太："那谁知道？听说现在几秒钟就有一个孩子出生，照这么算，岂不是每分钟都有人结婚？你怎么能知道是谁呢……"

忽然，老太太愣住了，惊愕地看着 A。

老太太："请问，您是……？"

A："我叫 A。我曾……曾经叫 B，但后……后……后来叫了 A。"

老太太盯着 A，半晌无言，突然痛哭失声。

老太太："你是 A 吗？你还活着？你是怎么回来的？……那年你死后，咱爸和咱妈都伤心坏了，得了病，一病不起。可难道，难道你并没有死吗？ A，你回来了吗？真的是你吗？啊，好，好哇，你回来了就好。你要知道，我们都是爱你的。父亲母亲、弟弟和我，我们都是爱你的呀。"

A："大……大妈，您是谁？"

老太太："你怎么了，A？你叫我什么？我是你的妹妹呀！怎么，你认不出我了吗？"

A："妹……妹妹？"

老太太："是我呀，A，仔细看看我，是呀是呀，我已经老了。"

A 自言自语："噢天哪，我又走到未……未……未来里去了……"

老太太："那年你死了，七天后才被发现。"

A："可你还……还说你们是爱……爱我的。"

老太太："可你那时候整天就是喝酒，我们劝你也没用，一天到晚喝得醉醺醺的，弄得我们之间连话都说不成。"

A："是呀，我……我是个酒鬼，一个不……不可救药的人。"

老太太："A，别伤心，你到底是回来了，回来了就比什么都好。可是，我们发现你时你已经死了七天了呀，怎么你又……？"

老太太仔细端详着 A，端详很久，惊喜之色慢慢收敛，代之以满脸迷惑。

老太太："咦？怎么回事，怎么你一点儿也不见老呢？你怎么还是跟很多年前一样，跟你死的时候一模一样？你这是怎么回事……"

老太太的表情由迷惑转为惊恐，惊恐之状不断加剧。

老太太："啊——！怎么回事？你是谁？你是什么呀?！走开！你不是 A。A 已经死了很多年了。你到底是什么？你走——！走开——！！"

老太太声嘶色变浑身发抖，退步回身，"砰"地把门关上。

A 想了一下，转身走开。他身后的那扇门还在"嘚嘚"颤抖，那九只猫高一声低一声地叫着。

A 继续在舞台上顺时针转着圈走。背景银幕上的画面随之移动，变换。《婚礼进行曲》仍然不远不近地奏响着。

银幕上又出现一个门。门开着，但是屋里好像没人，到处都是书，书架林立，一层层接到天花板。

A 走到那个门前。

A："请……请问，屋里有……有人吗？"

不知从哪儿，传出一个孱弱的声音："啊，当然得算有人，我还有口气。"

A 的主观镜头进屋，在布设得近乎迷宫般的书架间寻找那个声音。镜头沿着书架间狭窄的通道推进，颠簸晃动，偶尔在某些书上停留一下，几次撞在书架上碰落了几本书。《婚礼进行曲》有条不紊。终于，在昏暗的墙角处出现了一个老头。老头秃顶而且没牙，半坐半卧在床上，混浊的目光看着 A。

老头："什么事，年轻人？"

A："我只……只想问……问一下，是谁在结……结婚？"

老头一激灵坐起来，看着 A，看了很久。

A："对不起，也……也许我不该打扰您，不……不该就这么闯……闯进来。"

老头："啊，不不不。A，这是你的家呀！ A，不是你吗？我一直在等着你来呀。看看我，看看我是谁？"

A："你是……是……？"

老头："认不出来了吗？是呀，我们都老了，只有你永远年轻。"

A："你是……是我弟弟？"

老头："是我呀，A，我已经快八十岁了，我知道你会来的。"

A："你……你怎么知……知道我会来？"

老头："因为你活着的时候说过，说是两大杯酒一下肚你就可以走进未来。后来你死了，死了七天我们才知道，那时我就想，要是你早已经走进过未来，那么未来，我就还能有机会再见到你，还能有机会告诉你……"

A："告诉我什……什……什么？"

老头："你过去说的很多醉话，也许说得都不错。"

A："什么话？啊，我不过是信……信……信口开河，不过是酒给人的那么一点点儿自……自由，你不……不要往心里去。"

老头："你说，当别人的影像消失，什么还能证明别人依然存在呢？唯有你的盼望和你的恐惧。"

A："是吗？我这么说……说过吗？我倒……倒是忘了。"

老头："你要是不喝酒，也许你本来是可以做成一个哲学家的。"

　　A："哲学家？笑话，我只是喜……喜欢喝一点儿酒罢……罢了。啊，我只是想来问问，是谁在结……结婚，你没听见《婚……婚……婚礼进行曲》吗？"

　　A再次入神地听着那辉煌的音乐。老头笑了，点着头，笑了很久。

　　老头："那么，你能否告诉我，人为什么要结婚？爱情！对对，你不用说我也知道，是因为爱情！大家都是这么说的。可是，爱情呢，爱情是什么？不不，不用回答，我知道你回答不了，我知道你就是因为回答不了才那么没完没了地喝酒的。可既然这样，是谁在结婚又值得你这么操心吗？你看我，我都快八十岁了，还就是一个人。因为什么？啊，因为我从来就没有见过爱情。你看看，这么多书，差不多每一本上都有'爱情'两个字，可是有哪一本说清楚了爱情是什么？现在我懂了，快八十岁了我终于懂了，这个世界上根本就没有什么爱情。"

　　A："弟弟，你别这样，别……别这样。我觉得，我觉……觉得我是爱……爱你的，我从来都……都是爱……爱你们的。爱你，爱妹妹，也爱妈和爸。我爱杨花儿，我还是爱……爱……爱着杨花儿的，我相信是有……有爱……爱情的。因……因……因为那是不能没有的，爱情，如果她不在这儿她一……一……一定在别的什么地……地方，因为爱情是不可能没……没……没有的啊……"

　　老头："她在哪儿？指给我看。"

　　A呆愣着，不断地拍拍额头。

　　老头哧哧地暗笑着。

　　A："可那……那也许不是能寻找到……到……到的，因为她本身很……很可能就是寻……寻找。你甚至不……不能知道她到底是什……什么，因为她可能永……永……永远是一个问题。"

老头哈哈大笑，满脸嘲讽的神情。

老头："你知道你自己是什么吗？知道因此人们把你叫什么吗？醉鬼，笨蛋，可怜虫！哈哈哈……"

老头大笑不止。

A呆愣着，默默地看了那老头一会儿，转身走开。在他身后，老头的笑声渐渐被咳痰声、擤鼻涕声取代，最后变成孤苦无告的叹息声和啜泣声。

A站在舞台中央，连连摇头。

A自言自语："也……也许我还是应该走回到过……过去，说不定还是过去更……更……更有意思。"

他蹲下，双手捧头，很久一声不吭。忽然，他拍了一下额头站起来。

A自言自语："就是说，我应该逆……逆时针走，那样就能走进过……过去了。"

他开始在舞台上逆时针绕行。

背景银幕上，画面亦随之改变移动的方向，移动的速度越来越快，画面让人看不清楚，并发出录像机倒带的声音。

倒带声止。银幕上又出现一个门，门开着。

A停住脚步，朝门里张望。

A的主观镜头进门，屋里的陈设很简单。镜头在书桌前停留一下，书桌上有一摞小学生的课本和作业本，树影在平滑的玻璃板上无声地移动，玻璃板下压着稚拙的图画。镜头摇起来，停留在阳台的门上，纱帘飘动，门被风轻轻推开了。镜头推向阳台，越过阳台的栏杆推向远处的风景：并没有那么多高楼，青山历历，远树如烟，落霞暮鸟，夕阳晚钟。镜头转回室内，又在一面雪白的墙前停下，夕阳的一线红光照耀着墙上悬挂的一张照片，照片中是年轻的父母和三个孩子，中间最大的男孩就是 A——准确说，是 B（即在前面动物园里出现过的那个小男孩）。《婚礼进行曲》一直不间断。镜头停在大衣柜前，衣柜的镜子里映出 A 的影像。

舞台上的 A 望着银幕上的 A。

这时，银幕上，从 A 背后走出一个男孩子——B。镜头转向 B。银幕上的 B 惊喜地看着舞台上的 A。

B："A，你怎么来了？"

A："啊，这……这回不是你走……走进了未来，是我走进了过……过去。是 A 来看看 B，也……也就……就是说我来看看你，看看我……我们的童年。"

B 笑笑："什么 A 呀 B 呀的，你来了我真高兴。要不要我去告诉我的妹妹和弟弟？"

A："啊不，不不。"

B："那，我去告诉爸爸和妈妈？"

A："不，也……也不要告……告诉他们。"

B："可我还小，我不知道怎么招待你呀。"

A："不，不用什……什么招待，我们自己用……用不着跟自己来……来这一套。"

B："你为什么说我就是你呢？"

A："这个嘛，你还小，还不……不可能懂，我们还……还是 B 的时候我们都……都不会懂。"

B："那你愿意看看我画的画吗？"

A："啊，不用看，我早……早都看过。是呀，都是些非……非常美的图……图画。但是 B，你最好从……从现在就有些心理准备，未来的日……日子并不都是那么美的。还有，如果它们并不……不……不是那么美的，你也不要总……总去喝酒，好吗？"

B："为什么？"

A："听我的吧，我不……不会骗你。"

B："那，你喝酒吗？"

舞台上，A 转过身，面对观众。

A 自言自语："是呀，这可怎……怎……怎么办？如果 A 是喝……喝酒的，那么 B 将来也就一……一定是要喝……喝酒的，他会跟我一样，什么都看得明白，可是却什么用……用处也没有，醉鬼，庸才，傻瓜，笨蛋，整天都……都在做梦，除了做梦还是做……做梦，还有什么？什么都没有，偶……偶尔从梦里孤零零地走……走出来，还不是在这舞……舞台上演……演戏？看着四周的电影，还是一场噩……噩……噩梦……"

A 呆站着。

B："A，你在想什么？"

A："也许唯一的办法，B，就是你不要长……长……长大。"

B："为什么？不，我要长大，我多么想快点儿长大呀。"

A 慢慢蹲下，苦思冥想状。

A："是呀，我们还是 B 的时……时候，我们都是这样想的。况且，我已经长……长大了，那就是说，你也一……一定要长大，一定要经历我所经历的一……一切。"

B："什么经历，能告诉我吗？也许你跟我说说，你就不会这么难过了呢。"

《婚礼进行曲》，越来越隆重、盛大。

Ａ："啊，必须得有个另……另外的办法才……才行，啊，我得好好想……想一想，你让……让我好好想一想，得有一个最……最根……根本的办法，我们才能躲开那些可……可怕的经历……"

舞台上，Ａ慢慢地欠起身，不由自主地、以哑剧的方式做出（罗丹的）"思想者"的姿势，那样子非常滑稽——一手托腮，浑身绷紧，唯屁股是悬空的。

银幕上的Ｂ先是一愣，继而哈哈大笑。

Ｂ："Ａ，你这是在干吗？你可真逗。Ａ，这就是你的经历？哈哈哈……Ａ，你这样子可真丑哇！"

在《婚礼进行曲》声和Ｂ的嘲笑声中，Ａ慢慢站直身体。

Ａ："我知道了，我必……必须要走进更……更远的过……过去才行。"

Ａ又在舞台上逆时针转着圈走起来。

背景银幕上，Ｂ的影像消失，景物随之更快地移动、变化，又出现类似录像机倒带的声音。

倒带声停止。背景银幕上又出现一个门。舞台上，Ａ停住脚步。

镜头推进门。室内有一张带栏杆的小木床，床上睡着一个两三岁的男孩。中午阳光很安静，照耀着孩子熟睡的小脸，照耀着床栏上五颜六色的玩具，照耀着墙上的一幅照片。照片上是年轻的母亲抱着刚刚满月的孩子。镜头停留很久，可以认出这幅照片上的母亲与前面那幅照片上的母亲是同一位母亲。

镜头移动，画面继续飞快地变化，伴以录像机倒带的声音。

舞台上，Ａ仍旧逆时针往前走。

倒带声停。银幕上再出现一个门。A驻步。

镜头推进屋。这是医院产房的婴儿室，刚刚出生不久的婴儿，一个紧挨一个躺成一排，相貌相差不多。早晨的太阳照进来，摇动的树影落在孩子们身上，轻起慢伏仿佛是孩子们的呼吸，或是他们的梦境。

倒带声。画面飞快变化。A继续逆时针前行。

倒带声停。银幕上出现一群孕妇。A驻步。

盛开的藤萝架下，孕妇们骄傲地挺着大肚皮，或散步，或闲谈，或为未来的儿女织着毛衣。摄像机逐一地辨认她们。其中一个，与前面照片上的母亲一模一样，镜头从她满足的脸上下降，降落到她高高隆起的、伟大的、可歌可泣的肚腹。《婚礼进行曲》声愈加高昂。

倒带声。画面飞快变化。A继续逆时针前行。

倒带声停。背景银幕上出现了婚礼的场面，一间宽敞的大厅里，张灯结彩，觥筹交错，喧声鼎沸。A驻步观望。

镜头越过众人推向新郎和新娘，他们穿着结婚礼服，正在饮交杯酒。当他们饮罢酒，抬起头来时，我们和A一起看清了他们的相貌——正是前面那幅照片上的父亲和母亲，只是要年轻得多。

舞台上A情不自禁地叫出声。

A："爸，妈。"

银幕上的新郎新娘微微一愣，相互笑笑，相信那是自己的幻听。

A："爸，妈，是我呀，我在这儿！"

银幕上，新郎新娘诧异地四下张望，但并没有发现什么。

A："听我说，爸，妈，你……你们听……听我说，我只问……问你们，你们真的相……相爱吗？你们可……可知道，什……什么是爱……爱情吗？"

《婚礼进行曲》戛然而止，所有的声音都沉落下去，仿佛万籁俱寂。背景银幕上，大厅、鲜花、灯火和人群……一齐骤然消失，一片幽暗，幽暗的背景前只剩了新郎和新娘。新郎、新娘终于发现了舞台上的Ａ，他们惊讶地看着这个素不相识的人。

Ａ："我从遥……遥远的未来来，所以我知……知道你们还……还不知道的事，这是一场悲……悲剧，因为你们并……并不懂得什……什么是爱情，你们不光要制……制造你们自……自己的悲剧，还要制造我的悲……悲剧。"

新郎新娘："我们？我们跟你有什么关系？"

Ａ："你们将会看……看重我的弟弟，而轻视我。你们将……将会看重我的妹妹，而忽……忽……忽视我。那只是因为，他们更……更符合这……这个世界的要求，因为他们更会学你们的样儿去演……演……演戏罢了。"

新郎和新娘很久不说话，表情慢慢显出惊惧之色。然后，他们互相看看，转身，携手，同深处的幽暗走去，白色的婚纱飘飘扬扬。

舞台上，Ａ慢慢跟随（以哑剧的方式，原地行走）。

幽暗中出现了一个贴着大红"囍"字门。新郎新娘走到了门前。

舞台上Ａ大喊："爸，妈，不……不要进去，你……你们不……不要进去。"

银幕上，新郎新娘转回身。

新郎："你是什么人？你到底是什么人？"

Ａ："我是Ａ呀！我曾……曾经叫Ｂ，后……后来叫……叫Ａ，我是你们未……未……未来的儿子呀！"

新郎："你这个人，是不是喝多了呀？你要是再这么胡说八道，我们可要喊警察了。"

新娘："你，为什么不让我们进去呢？"

A："如果妈只是一……一味地崇拜你，服……服从你，怕你，爸你……你说，这是爱吗？如果爸只是喜……喜欢你对他的颂……颂扬、阿谀，还有什么奉……奉……奉献，妈你说，这是爱……爱情吗？"

新郎："滚，你这个醉鬼！滚，快滚——！"

新郎新娘臂挽臂，走进洞房，房门"砰"地关上。

A跪倒在那门前（银幕前），绝望地喊着。

A："我只求你们一……一件事，不要让我出生！我只求你们这一件事，千万不要在没……没有爱的时间里把我生……生……生出来！"

影片中止，背景银幕一片黑暗。舞台上一片黑暗。黑暗中又响起A的呕吐声，一阵强似一阵。

十三　回家

A的呕吐声延入此节。

舞台灯光渐亮，深夜，室内，景同第三节。银幕被黑色帷幕遮挡住三分之二，另外的三分之一上映出一面小窗。窗帘收拢在小窗一侧，窗外已是灯火稀疏，夜阑人静，树枝的暗影间有几点星光。

A躺在台上（与第三节同样的位置），时而翻过身，趴着，狂呕滥吐一阵。

白发黑衣的老人推着运送道具的小车上台，车上一筐空酒瓶，再无其他。他像幽灵一样动作轻捷，把筐放在一个角落，把几个空酒瓶横倒竖卧地布放在A周围，推着空车下台。整个过程一无声响。

A 喘息着坐起来，呆望着窗外的星光和树影。

A：“妈的，天又黑了。”

说罢他又呕吐起来。呕吐稍息，他惊讶地看着手中的手帕——白色的手帕染红了一大片。

A：“妈的，这好……好像是……是血呀。”

白发黑衣的老人上台，又推来一筐空酒瓶，布放在 A 周围——全部动作与前一回分毫不差。

A 吭吭哧哧地笑起来。

A：“你们还……还别他妈的拿死来吓……吓唬我。别人是什……什么都不怕就……就怕死，我可不是那么回事，我是什么都……都怕，就是不……不……不怕死。”

他伸手摸到一个酒瓶，摇一摇，空的，扔到一边。又摸到一个，还是空的。他坐起来东找西找，但所有的酒瓶都是空的。他叹了口气，继而哈欠连天。一个哈欠打到一半他忽然不动了，手举在半空慢慢扭过身子，望着一个角落。

A：“啊，你又……又来啦伙计？来吧，来……吧，没事儿，说你多少回了，别老……老是这么鬼鬼祟祟的行……行不行？”

他原地坐着转了九十度，饶有兴致地看着那个角落。

A：“伙计，这一整天你都干……干吗来着？我不在家，你闷得够……够呛是吧？唉，有时候我顾……顾不上你。我好歹还算个人不是？比不得你们那……那么逍……道遥自……自在，我们得出去奔命去。其实也弄……弄不大清都是奔……奔的什么，无非是去说废话，赔……赔笑脸，干……干傻事，忙活半天，末了儿跟……跟你们耗子也差不了太多。唯独比你们多……多喝点儿酒。唯独喝……喝点儿酒还……还算是件正经事。怎么着伙计，你是不是也来……来……来上一杯？"

他又在一堆堆酒瓶中翻找起来，但酒瓶都是空的。

A："酒，酒！快来酒！酒在哪儿？"

白发黑衣老人再次上台，这回推来一筐包装精美的酒，布放在 A 周围。

A 捡起一瓶酒，豪饮。

A："我想问……问你一个问……问题，伙计，你们也怕……怕死吗？噢噢，我懂你的意……意思！怕！为什么？"

他一边喝酒，一边笑眯眯、扬扬自得地看着那只耗子。

A："什么什么，不怕？好，说说看，那……那又是为……为什么？"

白发黑衣老人继续一筐一筐地往舞台上运酒，一瓶瓶色彩浓艳的美酒，渐渐摆满舞台。

A："怎么样伙……伙计，想不大明白是不？所以你还得甘……甘心做你的耗……耗子，别他妈不……不服气。我告诉你，其实非常简单，活着是什么？对，活着就……就是一个人孤……孤……孤零零地在这舞台上演……演戏。那么死呢，是什么？还是想……想不出？你可真他妈笨！死就是回……回到后台去歇……歇一会儿，然后再……再来，所以死并……并没有什么可怕。不光不……不……不可怕，而且那时你就有……有机会换一个角……角色干干了。你甚至可以选择一个更……更可心的世界，比……比如说，在那儿用不着说废话，用不着赔……赔笑脸，用不着干你不……不想干的事。你到了后台看……看看前台，保险你得笑，你能看见谁在说真……真话，谁在装……装孙子，你一眼就能看……看得明……明白。伙计，那时候你还可以修……修改一下剧……剧本，让这个舞台更可心些。你说要有光，就……就……

就有了光。你说要有真……真诚，就有了真……真诚。你说不要有差别，好，就没……没有了差别。不要有歧视，就没有歧……歧视，就没有谁看……看不起谁那一回事了。你说要……要有酒，就有了酒。你说但……但是不要喝……喝得太多，好了，你就不会喝得太……太多。你说杨花儿你不要离……离开我，于是杨花儿她……她就回来了，就不……不再离开你了。懂吗伙计？死就是这么一种改……改正错误的机……机会。现在你告……告诉我，你还怕死吗？"

A 越说越激动，爬起来晃晃悠悠地走，踩在一个空酒瓶上，酒瓶滚动，A 一跤摔进酒瓶堆中。

半天没有动静，半天不见 A 起来。

白发黑衣老人仍旧不停地往舞台上运酒，酒瓶、酒罐、酒坛大小不一，小不盈尺，大可容人，五彩纷呈琳琅满目，几乎把 A 埋在其中。

这时，黑色帷幕渐渐拉开，随之背景银幕上的画面忽然变化，如同第二节中 A 的梦境：蓝天下，一片花的海洋，鲜红的或雪白的花朵，硕大丰满，开得蓬勃烂漫，一团团一片片在风中轻摇曼舞起伏如浪，在灿烂的阳光下直铺天际。在辽阔的花海中，出现了杨花儿的身影，她从遥远的天边慢慢走来。

舞台上，A 从酒瓶堆中缓缓坐起，痴呆呆地望着银幕，望着花海中的杨花儿。

银幕上，杨花儿继续走近，直到她微笑的脸部特写占满银幕。

杨花儿："A，不要再喝酒了，好吗？"

A："杨花儿，你回……回来了，我知道你一……一定会回……回来的。"

杨花儿："不，我还是要走的。"

A："走？到……到哪儿去？不不，你别走，要走也……也是我应该

110

走。我知道你没……没有家，这个家永……永远都是你的，我可以住到随……随便什么地……地方去的。杨花儿，你回来吧。我去找……找你，找了你一整天，不不，找了你好……好多年了，就……就是为了把房门的钥……钥……钥匙留给你，我知道你没有别……别的地方住，别的地方都住……住满了人，他们不会让你住……住下来的。"

杨花儿："不，我来，是想带你一起走的。"

Ａ："带我一起走，真……真的？"

杨花儿："当然真的。"

Ａ："那，咱们去……去哪儿呢？"

杨花儿："去你最想去的地方，去你好多次在梦中对我说起过的那个地方。"

背景银幕上再次映出辽阔的蓝天、花海。有咴咴的马嘶声，但不见马。

Ａ慢慢站起来，走向银幕。

杨花儿："但是有一个条件。"

Ａ："什么？"

杨花儿："不要带酒，扔掉你的酒，全都扔掉。"

Ａ看看满台的美酒，有些舍不得。

Ａ："杨花儿，让我少带一……一点儿行……行不行？你知道吗，当你不……不在我身边的日……日子里，是它们陪……陪着我的呀，现在我要到那么好……好的地方去，我怎么能甩……甩下它们呢？"

杨花儿："不，要么你跟我走，要么你跟它们在一起。"

Ａ："杨花儿，你听……听我说……"

银幕上，杨花儿已经背转身去。

Ａ："好好，杨花儿，我……我跟你走。"

杨花儿又转回身。这时银幕上出现了第二个 A——就是说，我们同时看到了两个 A，一个在舞台上，另一个走上了银幕。

银幕上的 A 走到杨花儿跟前，非常简单非常轻易地就拉住了杨花儿的手。

杨花儿："A，你的手怎么这么凉呀？"

舞台上的 A："啊，没……没什么，杨花儿，我到……到底是又摸到你了。你的手这……这么暖和，这么真实。我真怕你忽……忽然又……又变成电影。"

杨花儿："变成电影？"

银幕上的 A 使劲攥着杨花儿的手，摩挲着。

舞台上的 A："是呀，有好……好多回，我刚要碰……碰到你，你就变……变成了电……电影，我只摸到了一层布，布后面什……什么也……也没有。"

杨花儿："现在呢？是真的了吗？"

银幕上的 A 激动得热泪盈眶。

舞台上的 A："是，是……是真……真的了，这……这回总算是……是真的了。"

杨花儿："那咱们走吧。"

舞台上的 A："我梦里对……对你说的那个地方，你找……找到了？"

银幕上的 A 向远处张望。

杨花儿："不，你在这儿看不见，在地平线的那边，在你看不见的地方。"

银幕上的 A 和杨花儿挽起手，走进花海，走向天边。

舞台上的 A："喂，杨花儿，你等一等，怎么回……回事？我呢？

我……我在哪儿？这是怎……怎么回事？怎么我跟你走了，可我却还……还……还在这儿?！"

A在银幕上摸索着，好像要找到一个门——可以进到电影里去的门。银幕随之晃动起来。

银幕上的A和杨花儿却只管朝天边走去，不顾到舞台上的A的叫喊。

舞台上的A："杨花儿，那不是我，那个我可……可能不……不是我，杨花儿，我在这儿，我进不去，那个我进……进去了，可这……这个我怎么还……还在这儿呀……"

银幕上的A和杨花儿已经走远，好像根本听不到舞台上A的叫喊。

舞台上的A："杨花儿——，回来！回来呀——！你是说要带……带我走的呀，可我怎么还……还是在这儿呢？杨花儿，快……快回……回来吧……"

银幕上的A和杨花儿越走越远，蓝天花海中他们相依相伴，飘动的衣裙和跃动的身影渐渐隐没在地平线那边。

舞台上，A呆若木鸡。

呆愣良久，他忽然又呕吐起来，吐的完全是血。他冲着银幕干咳，呕吐，银幕上也溅上了鲜红的血，与盛开的鲜花混淆难辨。

他小心翼翼地摸摸幕布，然后捻动手指，体会着手指上的感觉。

A："妈的，好……好像还……还是一层布哇？"

他再摸摸幕布，继尔揪一揪、拉一拉，幕布大幅度地晃动起来。

A："是，是，还是他妈的一……一层布！"

他扑向银幕，又踢又打，又喊又叫。

A："杨花儿回……回来，回来！回来呀——！你为什么总……总是抛……抛下我？那边是什么？告诉我，那……那……那边到底是什么？"

他抓住幕布，又撕又扯，又揪又拽……终于力气用尽了，生命到了尽头，他摔倒了，一声不响地倒下去。但他抓住幕布的手并未松开，随着他摔倒在地，银幕轰然坠落。

我们看见了后台：空阔，昏暗，杂乱，所有刚才用过的以及刚才并未用过的道具都堆放在那儿。比如说，我们可以从中认出一张石凳、一只邮筒、一盏路灯，以及运送道具的那辆小推车。更多的是我们不曾见过的道具，堆积如山。

昏暗中有什么东西动了一下，原来是那位白发黑衣的老人，他独自坐在道具堆中，正平静地饮酒、捋髯，饮得很慢，很有节奏，动作深稳，神色泰然。

老人就这么旁若无人地自斟自饮，很久。

直到台下的观众有些耐不住了，烦了，起疑了，老人才慢慢站起身。老人打开那只邮筒，从中掏出一个信封——就是第十一节中 A 扔进邮筒的那一封。然后他朝前台走来，走到 A 的尸体前，漫不经心地看了看，绕开，走到舞台前沿，向观众展示那封信。

那是一个没有写地址也没有写姓名的信封，雪白的信封上一个字也没有。

老人随即谢幕。老人不断地鞠躬，鞠躬……

当性急的观众起身退场时，老人低头看看 A，说了一句话。

白发黑衣的老人："这要等到七天之后，才会被人发现。"

十四　后记

我相信，这东西不大可能实际排演和拍摄，所以它最好甘于寂寞在小说里。

难于排演的拍摄的直接原因，可能是资金以及一些技术性问题。

但难于排演和拍摄的根本原因在于：这样的戏剧很可能是上帝的一项娱乐，而我们作为上帝之娱乐的一部分，不大可能再现上帝之娱乐的全部。上帝喜欢复杂，而且不容忍结束，正如我们玩起电子游戏来会上瘾。

最初发表于《钟山》1996 年第 4 期

关于詹牧师的报告文学

序

想给詹牧师写一篇报告文学，已经有很久了。——仅此一句，明眼的读者就已看出，我是在套用伟人的路数。事已至此，承认下来是上策。我选择上策。

原本我甚至想题名为"詹牧师×传"的，可眼下不时兴作传了，无论是什么样的传。"正传"也不适宜。一来文体旧了，唯恐发散不出恰当的气息。二来有鲁迅先生，而且至今魅力犹存，只有常冒傻气的人才不懂：步伟人之后尘，只能愈显出自己的卑微和浅薄。由此也可见，我的套用绝非是想也做一名伟人，实在倒是冒了"卑微和浅薄"的风险呢！不宜作传的第三个原因是：天有不测风云。明白说，你摸得清谁的底细？换言之，你敢担保谁的历史就完全清白？倘若你要为之作传的人当过三五天特务，或出卖过一两分钟灵魂呢？尤其是从那动乱年月中活过来的一些人，谁敢拍拍胸脯说自己一向襟怀坦荡、彻底问心无愧的呢？为了给别人立传，竟至过早地为自己竖起了墓碑的

116

人又不是没有过，所以得"悠着点"。这两年情况变了，但一般来说，"悠着点"总没亏吃。所以我还是决定不作传，而是给詹牧师写一篇报告文学。有说"为阶级敌人树碑立传"的，没有说"为阶级敌人树碑立报告文学"的。想来，"报告"二字妙用无穷，无论什么事，报告了，总归没错儿，就算遇见的是个特务，不也是得报么？

我要写报告文学，还因受了一个棋友的启发。那天我刚要吃掉他的老将儿，他忽然推说他还有些要紧的事得赶紧去办，这盘棋就先下到这儿。算我赢了。他说他预备写一篇报告文学，关于一位著名的女高音的，也可以是关于一位著名的老作家的，或者关于一位著名的别的什么的。

我忽然想起了詹牧师。

"牧师？"棋友竭力笑出几个高音，把输棋的尴尬完全替补了下去。

"那是他年轻的时候，做过一个基督教会的主讲牧师。后来他负责传呼电话。"

棋友的笑声更加响亮。等我把棋子码入棋盒，光从双方的表情判断，谁都会认为输棋的是我了。

"你还是自己去写那个传电话的牧师吧！"棋友说，"纸笔都现成，又不是生孩子，只有女人才会。"

我心里一动，觉得这话不无道理。

现今知道詹牧师做过主讲牧师的人不多了，知道他获得过神、史两项硕士学位的人就更少，多数人只记得，那个传电话的詹老头儿一向服务态度很好。这倒很像一篇报告文学的开头。一般报告文学都是从一个人的怀才不遇写起，写到其人终于蜚声某坛或成就了某项大事业上，顶不济也要写到被伯乐发现。可是，詹牧师末了还只是个传电话的。我相信这与他的面相有关：虽然天庭饱满，但下巴过于尖削，一直未能长到地阁方圆的程度。据说，年轻时，詹牧师为此曾很苦恼，查考过几本相书，也不使人乐观。而立之年一过，他转而愤懑，在一篇论文里曾写道："基督精神本是一种自强不息的精神！"接着他引申了马丁·路德的思想，认为人要得到上帝的拯救，既然不在于遵行教会的规条，当然也不在于听任命运的摆布。最后他写道："耶稣是被侮辱与被损害者的救星，在他伟大精神的照耀下，苦难众生都有机会得救，唯逆来顺受的宿命论者除外。"于是招来了反动统治阶级的怒目，甚至怀疑他与共产党有牵连。不惑之年的詹牧师更加成熟，时值全国已经解放，国计民生蓬勃日上，他进而怀疑了有神论，并于无意中贬低了他的主。他说："有神论者都是因为并没有弄懂基督教的真谛，马列主义才是苦难众生的大救星！"这又得罪了很多同事。一些人说他是"墙头草"（相当于后来所说的"风派"），甚至干脆说他是犹大。詹牧师处之泰然，说："倘不是为了三十块银币，而是为了真理，主耶稣是会赞同的。"

棋友正一心一意地琢磨着，一篇报告文学的字数以多少为宜。

"五万两千七八百字，你看够不够？"棋友问。

"凑个整儿吧，十万字，够一台彩电。"

棋友频频点头。

就在那一刻，我决心写一篇报告文学了。

上集

写法嘛——？其实和写新闻报道相去不远（顺便提一句，我在一家不大不小的报社工作），大概也都是记述一些事业的成功之人及其成功之路。说一说该人是怎么落生的，怎么长大的，具有怎样出色的品质和智能，于是克服了什么和什么，就怎么样和怎么样了起来。所不同的是，常常兼而介绍一下海燕和雄鹰的生活习性。比方说，海燕喜欢划破阴沉的天空，雄鹰则更善于"击"——鹰击长空。还有联系一下松树风格的、黄金品质的、某一星座之光芒的，等等。也有侧重于气象及地理环境记载的，譬如：闪电，雷鸣，暴风雨震撼着这个小山村，在一间低矮的茅草棚里，一个婴儿呱呱坠地，一个伟大的生命来到了人间。

相当不幸！上述诸条，詹牧师一条都不占。前面已经说过，詹牧师因为差一项"地阁方圆"，始终没能伟大得了；而且连出生时的史料也早已散失。他自己当时过于年幼，又没记住是否下过雨，是否有过电闪和雷鸣；父母早逝，连生辰八字也是一笔糊涂账。并不是我一味地要套用伟人的路数，实在是因为詹牧师当时只顾了哭，倒把顶重要的事给忘记了。那时的户籍制度又很松懈。非要写一写他的出生情况不可的话，我只能说，是在一个秋风萧瑟的日子里，南飞的雁阵正经过一座小城的上空，教堂（帝国主义列强的一种侵略方式）的钟声悠长而凄惶地敲响，路旁的落叶堆中传出一个婴儿微弱的哭声，一对贫苦却善良的老人经过这里，毫不犹豫地收养了这个奄奄一息的弃婴，以至后来的七十多年内，世上有了詹牧师其人。不过我至今拿不准，这会不会也是依据了想象和杜撰。詹牧师常把一些颇具传奇色彩的事物记得很牢，记得久了，便以为自己也不过如此。譬如就说这生日，他早年总是在各式的表格中填上十月十日（按他被善良的老人收养了的那天算）。"文化大革命"期间，有一个出生于十月一日的红五类人士，狠狠地嘲笑了他的十月十日，说是"这也不无阶级性"。詹牧师先是羡慕人家，继而慢慢回忆：自己在落叶堆中未必只是待了一天，而且生母在遗弃自己之前是不会不痛苦的，不会一生下来就拿去扔掉，想必是犹豫了一个多礼拜的，如此算来，自己的生日也应该是十月一日。为这事詹牧师跑了不少次派出所，申明了理由，要求把颠倒了的历史重新颠倒过来。他儿子问他，为什么不把生年也改成一九四九呢？"那样，我在学校里的日子也会好过一些。"他儿子说。詹牧师无言以对。詹夫人一向的任务就是在父子间和稀泥，此刻为丈夫解围道："你爸爸不是那种……"哪种呢？没有下文。其时，詹夫人边洗菜，边考虑应不应该告诉儿子，詹牧师小时候的名字叫"庆生"，虽然是为了庆贺于落叶堆中侥幸存活而起，而且是在辛亥革命之前，但与十月十日联在一起想，总不见得会有好处。詹夫人抬头望望丈夫那一脸花白的胡茬、那一脸愁苦的皱纹，心里一阵阵发酸。那个和她一起戏水、撑船的少年庆生到哪儿去了呢？那个教她糊风筝、放风筝的快乐的庆生到哪儿去了呢？岁月如梦如烟，倏忽即逝哟——！她于是只对儿子说："你也会老哇——"儿子不耐烦地走出去。詹牧师蹲过来，帮着夫人洗菜。

"你不要往心里去。"詹夫人说。

"我没有。"

"他还是个孩子。"

"我知道。"

"我看得出来，你心里不痛快。"

詹牧师一个劲儿洗菜，不言语。

"别总瞎想。"

"你是不是也嫌我老了？"詹牧师说，洗菜的手有些发抖。

詹夫人呆愣了片刻，故意笑笑："谁嫌谁呀，咱们俩都老喽！"

"可我要做的事，还都没做。"

他们默默地洗菜。

再有，写报告文学势必得懂些音乐。人家问你，《命运交响曲》是谁作的？你得会说：贝多芬。要是进而再能知道那是第五交响曲，"嘀、嘀、嘀、噔——"乃是命运之神在叩门，那么你日后会发现有很广泛的用途，写小说、写诗歌也都离不了的。美术也要懂一点，在恰当的段落里提一提毕加索和《亚威农的少女们》，会使你的作品显出高雅的气势。至于文学，那是本行知识，别人不会在这方面对一个写报告文学的人有什么怀疑；有机会，说一句"海明威盖了"或"卡夫卡真他妈厉害"也就足够。等等这些吧，我都还行，重要的是怎么把这些知识联系到詹牧师身上去。詹牧师当年做牧师的时候会弹两下子管风琴，可等我认识了詹牧师的时节，这早已成了历史。教堂里的管风琴年久失修是一个原因，人家不再让他进教堂也是一个原因。唯一能把詹牧师和音乐联系起来的，是第九交响曲中的那支歌："欢乐女神，圣洁美丽，灿烂阳光照大地……在你光辉照耀之下，四海之内皆兄弟……"这歌詹夫人爱唱，她年轻时懂一些贝多芬，嗓子又好，中学时代就是校合唱队的主力。詹牧师也就会唱。其实詹牧师还会唱很多歌，但可惜都与我主耶稣有关，后来没有机会再唱了。小时候在故乡，不知怎么一个机缘，詹牧师（那时是詹庆生）被选进了小教堂的唱诗班。可以想见，那时他的嗓子还很清脆，眼睛还很明澈，望着窗外神秘莫测的蓝天，虔诚地唱："我听主声欢迎，召我与主相亲，在主所流宝血里面，我心能够洗净……"门边站着个小姑娘，听得入迷，痴痴盯着少年庆生。那就是后来的詹夫人，姓白，名芷，听起来像一味中药。

爱情是个永恒的主题，照例不该写。然而，詹牧师对自己的罗曼史从来是讳莫如深的。在他活着的时候，我也没有深问过他这方面的事，如今既然决定写一篇报告文学，便只好额外下了些功夫——向他的亲友们做了一些调查，片片段段汇总起来，所能写的也不过这么几条：

（一）詹牧师的老丈人是个开药铺的小老板，兼而也做做郎中，家里还有几亩好地，雇了人种。詹庆生十四岁上到这药铺做了学徒，起早恋晚地跟师父里里外外地忙，人很勤俭，懂得爱惜各种草药，脑子灵，算盘又打得好，很为小老板赏识。虽然出于某种规矩，学徒的生活照例清苦，但少女白芷对他明显的关照，小老板亦均认可。至于小老板膝下无儿，是否有意把少年庆生培养成继承人一节，现已无从考证。

（二）少年庆生绝非甘愿寄人篱下之辈，平生志愿也绝非仅一小老板耳。每晚侍候得师父洗了脚，师母也喝完了芦根水，他便到店堂里去读书。什么《医宗全鉴》《本草备要》《频湖脉诀》《雷公药性赋》早已不在话下；《三国演义》《水浒传》《东周列国志》更是读到了烂熟的程度；连《玉匣记》《枕中书》《择偶论》，乃至《麻衣相法》《阴阳八卦》，都读；甚至不知从哪儿淘换来一批孔、孟、老、庄的经典及诸子百家的宏著……小老板见他是读书，也就不吝惜灯油。那时白芷已经上了初中，时常悄悄溜进店堂，带来了各式各样的新书：天文、地理、生物……乃至一些新文学的代表作。据说也有鲁迅先生的《狂人日记》，也有胡适的文章。两小无猜，在灯下兼读、兼嚷、兼笑。老板娘虽看不上眼，小老板却开明而且羡慕。小老板逐渐明白，这徒弟是不会长久在此耽误前程了。

（三）青年庆生学识日深。凭着小老板的灯油，他自学了全部中学课程。靠了白芷的鼓励，他决定弃商就学。不料，机会却决定了人生。每逢礼拜日，他照例去小教堂唱诗，听讲，竟被"信主兄弟不分国族，同来携手欢欣，同为天父孝顺儿女，契合如在家庭"一类的骗局所惑，决心去学神学了。他对他的少女说："这不和你唱的四海之内皆兄弟是一样的么？"两人都很高兴，觉得比小老板的"回春堂"要妙多了。"那你还能结婚吗？"白芷问。"能，当了牧师也能。"庆生回答。白芷放心了。他们在故乡的小路上边走边想，边想边唱："在主爱中真诚的心，到处相爱相亲，基督精神如环如带，契合万族万民。"故乡欢畅的小河载着阳光和花瓣，流过山脚，流过树林，流过"回春堂"，流过小石桥和小教堂。教堂的钟声飘得很远，小河流得很远，青年庆生也将走向很远的地方。他们不知道有什么骗局，远方有没有深渊。

（四）青年庆生考上了一所著名大学的神学院，课外帮助别人抄写文稿或出一些别的力气，工读自助。其间一直与他远方的姑娘通信。可惜这"两地书"均于"文化大革命"期间烧毁，欲知二人之间是从什么时候改变称呼的，有没有冠以"亲爱的"或者干脆是"Dear"，都不可能了。单从那所著名大学的校志上查到，庆生已于大学期间改名"鸿鹄"了——詹鸿鹄。

（五）小老板不久去世（据推测是癌症），引起过一场风波：老板娘为生活计，愿意女儿嫁给一个大药铺的少掌柜的。女儿心里有着原来的小学徒，执意不肯，险些闹得出了人命。先是女儿要吞马钱子[①]，幸亏是错吞了车前子[②]。后是老板娘中风不语，好在"安宫牛黄丸"和"人参再造丸"都现成。最后还得感谢旧社会的黑暗与腐朽，故乡的

---

① 马钱子：亦称"番木鳖"，种子可入药，有毒。

② 车前子：种子和全草均可入药，无毒。

生活日益艰难，不说哀鸿遍野吧，总也是民不聊生，小药铺终归倒闭，大药铺岌岌不可终日；正当詹鸿鹄翻译了几篇文稿，倾其所得寄与母女俩，老板娘方才涕泪俱下，深信小老板在世时的断言是不错的。

（六）詹鸿鹄拿下了神学硕士学位，在一所教堂里任职。经济情况稍有好转，他一定要未婚妻到大地方来进一步学习，于是白芷和母亲也就离开了故乡小城，到鸿鹄身边来。不久，詹鸿鹄与白芷在一所大教堂里举行了婚礼仪式。一位洋牧师（詹鸿鹄的老师）操着生硬的中国话问："你愿意他做你的丈夫吗？"答曰："愿意。""你愿意她做你的妻子吗？"也说愿意。詹鸿鹄又开始攻读史学，白芷也考进了师范学校，老岳母精心料理家务，曾有一段很富诗意的生活。对教堂里的信约，鸿鹄夫妇恪守终生，二人如形如影，没有发生过任何纠纷。后来虽然介入了第三者，但那是他们可爱的儿子。只是由洋牧师做了证婚人一节，倒惹得老夫妻于"文革"中参加了一回学习班，写过几份交代材料。这是后话。

（七）还有一个疑点有待查明，即：詹鸿鹄是否也跟白芷热烈地亲吻过？有一次，詹牧师曾对"现今的年轻人在光天化日之下就搂搂抱抱"表示过不满，或可推断他绝没有过类似的过火行动，但由詹牧师也协助妻子生了一个儿子这一方面想，又觉得证据不足。

我料定，要给詹牧师写报告文学，在爱情这一永恒主题方面，无疑是要有所损失了，只能写到干巴巴、味同嚼蜡为止。没有诗意。可以有一点趣味的是风筝。詹牧师住家在一个厂办专科学校里面（校方曾多次想把他们迁移出去，可又拿不出房来），学校里有两个篮球场，可以放风筝。傍晚，学生们打完了球，都回家了，校园里宽阔又安静。那年，詹夫人已经病重，裹着线毯坐在门前的藤椅上，仰起头来看——詹牧师正认真地放风筝。糊得很好的一只沙燕儿，上面画了松枝和蝙

蝠，晃悠悠升起，詹牧师撒出了一段线。飘悠，飘悠，风筝又急剧下
栽，詹牧师又收回一段线。詹夫人喊："留神电线，挂上！"忽忽，摇
摇，风筝又升起来。"小心楼顶！"詹夫人说，攥紧拳头。詹牧师一下
一下熟练地拽着线，风筝平稳地升高，飘向夕阳，飘向暮色浓重的天
空。詹夫人松开了拳头。詹牧师把线轴揣在衣兜里，坐到夫人身边来。
风筝在渐渐灰暗的天空中像一个彩色斑点，一动不动。两位老人也一
动不动。四只眼睛也一动不动。

"有多少年不放了？"詹夫人说。

"十年还多了。"詹牧师说。

其时为一九七七年春。

"你放起来倒还没忘。"

"生疏多了。"

"我以为你放不了了呢。"

"不至于。"

"在老家时放的那种'双飞燕'，我还是最喜欢。"

"一上一下，一下一上，那种确实好。"

"那是用绢做的。"

"最好是用绢做。"

詹夫人久久地看着篮球架后边那片开始发绿的草地，不再说话。

詹牧师给她倒了一杯水，让她把药吃了。

对面的楼房成了一座黑色的墙，风筝看不见了，只有从衣兜里抽
出的那段白色的线，证明风筝还在天上。

天上朦朦胧胧地现出一个月亮。

詹牧师安慰老伴儿说："让我想一想，也许还能做成那种'双
飞燕'。"

"还有那种鹰形的风筝，我们在家乡时也常放，像真的鹰在盘旋。"

"那叫纸鸢。"詹牧师纠正说。

"你不要总是怕人提到鹰。"

"我没有。那确实叫纸鸢。"

"你总是怕人提到鹰。"

"我没有。"

"做人不见得非得干成什么大事不可。"

"这我知道。"

可是，直到第二天把风筝收回来的时候，詹牧师的思绪还在天空中盘旋。

[注一]詹牧师的住房条件很差，说是两间小棚子，一点不过分。早在六十年代初，詹牧师曾在自己小屋的门上挂过一块匾额：大鹏屋。取棚屋之谐音，抒远大之志向。几个朋友凑了一首打油诗，嘲笑他："鸿鹄误入棚，大鸟错居屋，呜呀呜呜呀，鸦乌鸦鸦乌！"詹牧师看罢一笑，奋笔回敬道："孔明居草庐，姜尚做渔翁，雄鹰一振翅，鸦雀寂无声。"

时间过去了十六七载，詹牧师依然住着"大鹏屋"，这倒没关系，问题是雄鹰何时能振翅高飞呢？詹牧师时常为此而烦恼。看见年老的白芷仍然撑着重病之身，在为他补衣服，悲酸之感油然而生。他看着那只风筝发愣。他想，他对不起白芷。他又想，他还是能够在很多事业上取得些成就的，以报答他的夫人。

我本来想说：詹牧师更是为了报答祖国和人民。但是，我又犹豫了：詹牧师至死都没能取得任何成就，有什么理由这样褒奖他呢？我甚至怀疑，我还应不应该给他写报告文学？虽然风风雨雨之中，不知他给别人传了多少电话，其中说不定也有一些伟大的信息，也有一些于祖国和人民非常有益的内容，但够格为文学所报告的人，都必须是自己先不同寻常。记者的胶卷有限，报刊的版面有限，电视台的时间有限，正好堪称为人物者也有限。对了，得是人物。即不可单单是人，又不能仅仅是物，得是人物！这很要紧。分开说，前者会遭漠然之面孔，谁不是人呢？后者则要吃耳光。合在一起说效果就好。"人物！"——你这样说谁，凭良心，谁心里也保险不难过。

　　然而发现一个人物又谈何容易！尤其是当你想写报告文学的时候。平摆浮搁着的人物均已被报告完毕，再想报告，就得多搭进些工夫去了。我盘算，要是报告一位准人物（即尚未成为人物的人物苗子），是有远见的，既避趋炎附势之嫌，又可望作一伯乐。还有一层，常言道：落难公子多情，登科状元寡义。倘一村姑，绝不该对着相府的高墙发痴，最好是注视着自家矮檐之下，看有没有一个落汤鸡在那儿一边避雨一边背外语单词。当然，根据需要，村姑可以换算成德貌齐备的现代化姑娘，落汤鸡随之就是德智体全面发展的水暖工或烙大饼的。我绝不是想影射詹夫人，因为詹牧师虽曾做过硕士，但最终毕竟只是传传电话，而水暖工和烙大饼的最后都考上了研究生。倒是詹夫人一直是位小学教师，凭了微薄的收入维持全家生活，而且对丈夫的感情始终不渝。我只是说，采访常与谈恋爱相似，多数历史经验教我这个末流记者识趣：还是到猪圈里去寻千里马。如果不知深浅地去采访某位已知人物，则难免横遭一面挂满了问号的脸。你报告了贱姓小名，又通禀了籍贯和属相，对方依旧一脸"你是谁？"的表情。那时你才会约略品出些"名不见经传"之苦呢。我很嘲笑我那位棋友，上来就想写一位著名的什么，真真"此物最相思"，单相思。不通世理到这般水准，也想写报告文学?!

　　我又坚定了写这一篇报告文学的信心。詹牧师就是一名准人物，我至今笃信不疑。这与生死无关，死人也有突然又成了人物的。这样的事，古今中外屡有发生，未必我就碰不上。

　　詹牧师被我发现的那年，一圈白发围着个亮闪闪的脑瓜顶，正是古稀之年。斗室之中，全是一摞摞发黄的笔记本和稿纸、一摞摞落满灰尘的书籍和一摞摞没有落满灰尘的书籍。临街的窗台上摆着一尊电话，为灰暗的小屋平添了许多气派。

　　他从摊开在桌上的书堆中抬起头来，摘掉一又二分之二镜片的老花镜。"办长途吗? 本处代办国内长途电话。"他说。

　　"请问，詹小舟同志在吗?"

　　他稍事审度，慌忙起身，从一堆堆蔡伦的遗产中绕出来，满腹狐疑地伸给我一把骨头："我就是。詹天佑的詹，小舟么，就是小船的意思。"

　　　[注二] 詹牧师于五三年自动退出教会，之后在一所私立小学任教务副主任之职，五五年他又自动辞去了这一工作。从最近的调查和采访中得知，就是在那时，他又改了名字，改"鸿鹄"为"小舟"了。据说，当时他的书桌前挂过一张条幅，写的是苏东坡的一句词："小舟从此逝，江海寄余生。"其名大约取意于此。

　　　据当年与詹牧师在小学校共过事的人讲，鸿鹄与教务正主任常常意见相左，可能是促其退职的一个原因。据那位现已退休的正主任讲，詹鸿鹄一直惦记着考取博士学位，对自己仅仅是个硕士老大不甘心，所以对教小学兴趣不大，深恐耽误了他的前程。

由此再联想到苏轼词中的另一句："常恨此身非我有，何时忘却营营。"或可对詹牧师二改其名的缘由有一个初步的印象。

我又走访了当年那所私立小学的校长。据校长回忆，詹鸿鹄确有郁郁不得其志的情绪，虽然对工作一向还是认真的。詹牧师离开学校的那天晚上，校长为他饯行，酒至半酣，他忽然捉笔狂书，什么"忆呼鹰古垒，截虎平川"，什么"淋漓醉墨，看龙蛇飞落蛮笺"，最后是"君记取，封侯事在，功名不信由天"。其情其景，令老校长也感慨万千，想少年壮志，看白发频添，不觉潸然泪下，于是赞成詹鸿鹄趁年富力强之日，回家专门去做学问了。

"您是？"詹牧师问我。

我坦然地报了姓名，又报了我们那个不大不小的报社的名字。

他的手却忽然在我手里变软，慢慢地抽回去，他又直着眼睛接连地咽唾沫，像是有个药丸卡在嗓子里。他的脖子很细，喉结很大。

"您这地方不好找。"我说。

"噢，请坐，请坐。"他让笑容在脸上挣扎，脸色却发白。

我坐在一只小木箱上。

他继续咽唾沫，挖挲着双手，站着。

我又重申了一下我的身份。

他的微笑愈显得艰苦了，颤抖着嘴唇，说不出话来。

我明白我的公事已经办完，准确地说——已经用不着进行了。

这么回事：我在报社负责"表扬与批评"专栏，我经常于来稿中见到詹小舟这个名字，他总是写表扬稿，譬如：某某中年人，十八年如一日地为大家扫厕所，不取分文；某某老头儿，常常留心邻居家是否中了煤气，果然救了三条人命；某某姑娘，坚持为邻居老太太取奶，倒垃圾；某某眼镜店的青年营业员，认真负责地为一个老学者配了眼镜，态度和蔼可亲……如此等等，两年多来总也有二十几篇。发表了一半左右。不料前两天发表的一则却惹来争议。公安局的同志来信认为，"这篇表扬稿很可能是伪造的。"（原文如此）"因为文中所说的'艾珂寺外街一百号旁门的魏启明'现正在狱中服刑，根本不可能为邻居的高中生们义务辅导英语，请报社同志进一步核查，以正视听。"

詹牧师呆坐着，笑容残余在两个嘴角，其他部分的皱纹显得苍老、僵化。

门前火炉上的水壶，沙哑地喷出一缕缕白气。

有那么一忽儿我很担心，希望生命还在与他为伴。

先后有几个打电话的人站在窗外打电话，然后放了四分钱在窗台上，走了。

太阳西斜了，几点黄光落在詹牧师弯曲的脊背上。四周的光线开始变暗。

真不知道他在盘算什么。注意到他的嘴并没有歪向一边，鼻翼还在翕动，我觉得不如趁早悄悄溜掉。

詹牧师忽然自语道："这么说，真有个艾珂寺外街。"

"真有。"我说。

"真有，在狱里。而且魏启明也不懂外语。"

"总没有杀人吧？"詹牧师急切地问，紧张地盯着我，双唇做好了发出"没"的形状，似乎深恐我不会发这个音，随时都愿意帮我一把。

"倒没杀人，"我说，"只是偷偷东西。"

"这就好，这就好。"他松了一口气，连连点头，"这样就好了……"

"这样怎么会就好了呢？"我说。

詹牧师又不断地咽起唾沫来。

几天之后，我收到了詹牧师退还的两元钱。我这个专栏的稿费一律是每篇两元。有人说，这老头很精明，如果胡编批评稿，稍有不慎，被批评者一定不会甘蒙不白之冤，闹得真相大白而致影响了两元收入是可能性极大的，表扬稿就很少这种危险性，这次实在是碰巧了。也有人说，这老人真可谓"千虑一失"，本不必写出姓名和地址的；做了好事而不留姓名地址，也于情于理十分顺通。我心里却别扭，觉得就这样削减了老人的一项经济收入，很缺德。他在风风雨雨中要传多少电话，才能挣到两元钱呢？成千上万元地拿稿费的人，也未必都不曾逢迎杜撰、见机胡编过。

随即又收到詹牧师的一封信。信中却对稿件的事只字不提。信的大意是，他知道我是一位编辑后，心情久久难于平静；得以与我相识，实乃三生有幸；我能亲临其寒舍，更使他坚信了命运是公平的。信中引用了很多典故，什么"文王渭水访贤""汉主三请诸葛""萧何月下追韩信"等等，弄得我也踌躇满志起来。信的最后说："老夫不才，如蒙不弃愿结永好。古今中外，忘年之交而助成大业者，不胜枚举。况你我志同道合，一见如故，本当携手共济，于国于民有所贡献才是。"

我决计再去看他一趟了。信的文体既如此风雅，字里行间又流露出崇高的志向，古稀老人而童心不泯，可料绝非等闲之辈。再说又是头一遭有人这么看得起我。虽然詹牧师前后言行略显怪异，但怪异常常是人物的特征。大凡能够印成铅字的人物，总都是与"疯疯癫癫""木讷乖张""不识人间烟火"一类的情趣有染。这情趣，在凡人是一种缺陷，在人物却是一项优点——大智若愚者也！

再去的时候是晚上。詹牧师正伏案挥毫。工整的楷书，颜筋柳骨，一丝不苟。写的是两首七律，备忘于下：

其一

销声匿迹三十年，隐姓埋名两地天。

闹市凭窗深似海，空庭倚门淡如烟。

良宵独盏书为伴，恶浪孤舟纸作帆。

未破禅机空自娱，报国无径枉陶然。

其二

几度沧桑春似梦，箫声吹断古城秋。

时光易逝人易老，壮志难酬意难休。

弱冠已读千卷破，古稀犹冀四化谋。

伏枥老骥安自弃？沥胆披肝为国忧。

　　"好诗，好诗。"我说，"好一个'古稀犹冀四化谋'！"

　　"哪里哪里，信口胡诌，聊以自慰罢了。"

　　詹牧师又把那把骨头伸给我，此一番却颇凛然，像列宁。大概是因为他刚写完"沥胆披肝为国忧"吧。列宁在说"忘记过去就意味着背叛"的时候，就是那样把手伸出去的。我们握了很久的手。我几次觉得应该松开了，但试了试，依然抽不出来，也就再次握紧，上下左右地摇。

　　电话铃响了。詹牧师抓起话筒，边问边记录。然后他对我说："实在抱歉，我去去就来。"点头弯腰，倒退着走出门去。

　　门还未关严就又开了，詹牧师探进头来："受民之托，不能不尽力而……请稍候，稍候。"

　　我把门轻轻关上，觉得又有人在外面推，詹牧师又侧身进来："一定不要走，晚饭也就请在我这儿将就一下。不不不，一言为定！回头还有要事向老弟请教。"

　　他蹬上自行车，很快地消失在昏暗的小巷深处。我在窗玻璃上照了照自己的模样。老弟?！我想起父亲还不到六十岁，心里不由得惶然。

　　墙上挂了一幅没有托裱的水墨画。我仔细辨认了一会，还是没弄清画的是一只树獭，还是一头马来貘。后来詹牧师告诉我："是一匹小马驹，画得不算好。"画上的题词却写得好：来日方长。

　　前面说过，屋子里书很多。我随手一翻，已经肃然，整整一书架的英文书！我只认得出几个作者的名字：Schopenhauer（叔本华）、Dante（但丁）、Byron（拜伦）、Spinoza（斯宾诺莎）、Dewey（杜威）、Shakespeare（莎士比亚），其余的全茫然。再看另一个书架上有译成中文的普列汉诺夫的《论艺术》，有罗丹的《艺术论》，有黑格尔的《小逻辑》，费尔巴哈的《基督教的本质》；有线装的《史记》和《离骚》；有精装的《资本论》《列宁选集》《毛泽东选集》；平装的《心理学》《美学》《精神分析学》《政治经济学》；影印的《东塾读书记》《西域番国志》《南疆逸史》《北词广正谱》；杂志有《哲学译丛》《音乐欣赏》《外国文学》《世界美术》和《足球》。幸而有《足球》，我抽得出来，也能读懂。

　　［注三］詹牧师一生做过的最有远见、最富胆略的事（詹牧师的儿子语）就是："文化革命"开始不久，他就把他的全部藏书都寄存在一位出身很好、既不识字又无亲无故的孤老头子家了。七八年，他把这些书搬回来的时候，既令夫人吃惊，又使儿子折服。

这时候进来一个人，年轻的。

我站起来，和他面对面站了约半分钟。然后我们同时问："您要办长途吗？"然后都笑了，互相介绍。他说他是詹牧师的儿子。我说我是詹牧师的朋友。

"学外语来了？"詹牧师的儿子问我，态度立刻变得很不友好。

[注四] 后来詹牧师的儿子向我解释了这件事：七四年冬天，早晨，来了一个打电话的小伙子，一进门就冲詹牧师来了一句："Good morning！"詹牧师随口应道："Morning！"——就一个单词！发音之准确，表情之自然，都不在美国人之下。小伙子顿时被震住，本来无意卖弄，不料却遇到了能人，尴尬万分。詹牧师赶紧改口："你早，你早。"小伙子却不依不饶了，偏要詹牧师做他的老师，并讲了一番不小的抱负。詹牧师一贯爱惜人才，想起自己当年自学之苦，不免感动；想到在这动乱的年月中仍有人如此好学，不免更感动。于是约好，每星期日早晨八点至十点小伙子来学口语。詹牧师为此写了教学方案，一连几天都很激动，总对詹夫人念叨："能够把他教好，也算为国家尽了一点力气。"詹夫人忙里忙外，顾不上多说，只是说："这样的事要不要向居委会请示一下？"詹牧师默然。很明白，这事一经请示，准得告吹。詹牧师沉思良久，横了一条心："精忠报国，死而后已。"儿子又笑他胡发激昂慷慨之辞。詹夫人则又说："你爸爸绝不是那种……"至于哪种，还是没说。

星期日早晨，詹牧师五点钟就起了床，做早点，收拾屋子。这些事平时都是詹夫人的分内，詹牧师虽已沦落为一个传电话的，但在夫人面前（也只有在夫人面前）仍不失学者风度。他又特意铺了一条新床单，抹得很平整，只等学生到来。七点半，老人便耐不住了，到门口去瞭望。中午十二点，老人无言地回到屋里，坐了一会儿，换下了那条新床单。幸亏儿子出去了。詹夫人悄悄地把饭菜端到他面前，说："那个小伙子可能今天有事。"詹牧师心里这才好过了一些，说："否则他不会不来。"然后，詹牧师病了一个多月。詹夫人劝他不要太伤心。他只承认是那天在大门口站得久了，受了风寒。詹夫人说："那样的人，你何必？"詹牧师说："别这样讲，那小伙子其实很好，很爱学习。"

后据詹牧师的儿子了解，那个小伙子确实是知道了詹牧师的身份，没敢来（那时詹牧师正因其历史问题而受监督）。

詹牧师的儿子以为我也是这样一个小伙子。

"不，"我说，"我是报社的记者。"

詹牧师的儿子疑惑地看了看我，便到书架旁翻腾那些书去了。他找到了一本书，立刻沉了进去。

许久，我问："你是？"

"他的儿子。"他对着书回答。

"我是说，你在哪儿工作？"

"陕西。"

"回来探亲的？"

"不。回来流窜，长期流窜。"

"户口还在陕西？"

"对。"

"应该想想办法，办回来。"

他抬头瞄了我一眼，说："太费事，算了。"

"可这很重要。"

"你跟我爸爸的观点倒很一致。户口、文凭、证明、证件，一张张小纸片！"他忽然笑起来，把他正看着的那本书举到我眼前。是达尔文的《物种起源》。"是人起源于户口呢？还是户口起源于人？"他问我。

"当然。"我说。

"我们家老头儿要是也能来这么一句'当然'就好了。他从来不明白，什么起源于什么。"

"可是他身边应该有个亲人。"

詹牧师的儿子不说话了，一连抽了两支烟。之后他看了看表，开始从书包里往桌上掏东西：麦乳精、蜂蜜、果汁、蛋糕和几瓶药。

"告诉我爹，这些药要坚持吃，对他的肾和血压都有好处。我还有事，得走了。"

"他大概就快回来了。"

"劳驾。再说我们老少二位一碰头，痛快的时候少。"

他又从书架上拿了两本书，忽然飘落出两张纸来。他捡起来，看了看，哧哧地笑个不停。"你看看这个。"他把那张纸放在我面前，走了。

好像是写给谁的一封信，一看便知是詹牧师的手笔。信的开头一两页大约已经丢失，现把残余部分备忘于下：

　　……论文的题目为《古代佛教思想的来源与发展》，一九四五年获史学硕士学位。以后两年又翻译和撰著了几本小册子，如《世界三大宗教》《宗教与哲学》《信仰论》等等。原计划还要写

《中国思想史大纲》和《简明宗教史》等，均因题目较大，所需资料一时难以具备，又逢内战，生计艰难，此计划一直未能完成。

解放后，因加强了政治思想学习，遂改变原来计划，转向马列主义、毛泽东思想研究，大有收益。后又经农场劳动锻炼，搞通了思想，自动退出宗教团体，努力追求进步。不料，正当可以为社会主义祖国贡献力量之际，我患了风湿病，不得不回家疗养。一病多年。养病期间，我仍坚持学习、研究。研究范围：① 马列主义、毛泽东思想；② 革命史传；③ 心理学及教育学；④ 文学艺术。（写过一些革命诗歌，手稿均于"文革"中烧毁。）

因我早年曾走过一段弯路（做过牧师，并与一些外国人有过交往），"文革"中被隔离审查过一年多。住过牛棚。后经内查外调，弄清了历史，确认我没有任何政治问题。之后又参加了清理阶级队伍学习班，从事人防建设。学习班毕业后，我决心做个真正的劳动人民，经街道居委会推荐，当了六年临时壮工。尽管工作繁忙，业余时间我仍发扬雷锋的钉子精神，读书看报、学习、钻研。"四人帮"被粉碎后，我和全国人民一样，感到欢欣鼓舞。（我参加了庆祝游行，我背着一面大鼓，走了三十多里路。）我深深感到……

［注五］此处可能还有一页，已丢失。

……我的思想更为活跃，对"四化"问题，深入实际，调查研究，初步拟就了全面规划，成竹在胸，切实可行。然则报国无径，献策无门，谛恐古稀将近，时日不待，一旦逝去，遗恨无穷。无奈毛遂自荐，为国为民，甘作犬马，荣辱毁誉，置之度外。如蒙先生引路，得以有所作为，功成之日，死亦瞑目！

　　此颂

撰祺！

詹小舟上

（年月日缺）

　　由"撰祺"二字推断，此信是写给某位操笔墨以为生涯者的，又由"先生"二字可见，还是一位大著作家呢！可是连我也被称为"老弟""先生"云云，是否也盖出于谦逊，就又难说了。

　　信的空白处有许多稚拙的童体字，还有许多小小的油手印儿。我后来设想是这样：灯下，詹牧师哄着孙子，教孙子写字，写了歪歪扭扭的"风筝"，又写一行扭扭歪歪的"春天来了"。孙子不听话，闹，詹牧师给了他一些油炸的食品……那么就是说，此信是在七九年詹夫人去世之前写的。詹夫人死后，孙子就送到姥姥家去了。

　　信中存在两个问题。一是所谓"牛棚"，现今，很多人都自称住过牛棚，仿佛是一件难能可贵的行为。这倒无妨。二是，詹牧师是自动退职的呢？（见［注二］）还是因患风湿病回家疗养的？

　　［注六］詹牧师的儿子最近对我说："他是自动退职的，但也确实有一点风湿病。"

　　只是当没有公职便意味着有某种严重问题这一逻辑风行了之后，詹牧师才格外地强调了他的风湿病，坚持说自己是因为有病而回家疗养的。为了证明这一点，他常到人多的地方去晒太阳。见到他的人不免要问："您这是干吗呢？"他便有机会回答："我的风湿病很厉害，大夫建议我多晒太阳。"有一个夏天的中午，他又去晒太阳，天很热，太阳又很毒，人都躲到屋里去了。詹牧师晒了许久，不见一个人来问，又心疼失去的时间，就此回去很不甘心，于是再晒，结果晒过了头，中了暑。儿子又说怪话。詹夫人又说詹牧师不是那种……

［注七］詹牧师的风湿病，初发于五四年在小学任教期间。那一年秋天，他参加了挖河泥的劳动。天气已经很冷了，河泥上都结了冰碴，他挥舞着铁锹，站在刺骨的泥水里，拼命地干。有人让他上来歇一歇，他不。有人表扬他年过半百，亚赛黄忠，他干得更有兴趣，说自己改造得还不够。连续干了一个多星期，他开始感到周身的骨节全疼，并且有些低烧。他鼓励自己：轻伤不下火线，想想红军两万五，等等。又干了几天，才得了风湿病。

詹牧师回来的时候已经九点半钟了。他买了酒和肉，买了包子和好烟，从提兜里一一掏出，抱怨商店都关门太早，买不到更好的东西招待我。无论我说多少遍"我已经吃过晚饭了"，他还是说："吃吧，不要客气。"我只好坐下来。

我们的友谊开始于这天晚上。时间是：一九八一年四月七日。

中集

现在仔细回味，觉出，詹牧师之所以非常看重同我的友谊，也是有所图的。其实这无可厚非。有目的的功利主义总比莫名其妙的扯皮主义要好。贪嘴的人希望认识大师傅，好穿的人愿意结交老裁缝，有病的人巴望与大夫套近乎，将死的人乐于同看坟的论交情，都很正常。况且詹牧师的目的也并非不可告人，他只是估摸我或许在出版界有点路子，说不定能帮忙他发表一点作品。

詹牧师想创作一些"黑色幽默派"小说。他反复申明，他之所以这样做，绝不是因为他多么称赞这一流派，更绝不是出于派性。

后一点是相当可信的。詹牧师历来有"信主兄弟不分国族，同来携手欢欣"的思想，这一思想固然愚昧而又缺乏阶级分析，但与派性却实在水火难容。解放初期，他甚至为这种思想找到过理论根据。根据有三：① 工人阶级没有祖国（即不分国度）；② 民族矛盾说到底是阶级矛盾（那么同是受苦受难的芸芸众生，显然是不该有民族之分的）；③ 全世界无产者联合起来，我们打碎的是脚镣手铐，得到的是整个世界（相当于"同来携手欢欣"）。这些言论在"文革"中都被列为他的罪证。这实在也是一桩冤案。其实詹牧师早于五十年代中期，就已认识到了他上述思想的错误。他对基督教有过三点犀利的批判：① 主是伪善的。"信主兄弟……契合在主爱中……携手欢欣"，这是不是说：只有你信主，主才爱你，如果你不信主，主就不管你的死活？多么狭隘的派性！简直有"顺我者昌，逆我者亡"的味道。② 主是骗人的。主既然一向宣称，他上十字架去受苦受难只是为了救世救民，那又为什么要"普天之下，万族万民，俱当向主欢呼颂扬"呢？这不是一种讨价还价的行为么？假如"万族万民"不去"向主欢呼颂扬"，主是即刻暴跳如雷呢，还是依然任劳任怨地去救世救民呢？③ 主是愚昧的。主竟认为仅凭他自己的神通就可拯救万族万民，可是只一个犹大便把他出卖了，而且只卖了三十块银币。如果主能够依靠万族万民，一个犹大岂能得逞？综上三点，詹牧师才毅然决然地退出了教会。他认为，宗派帮会只能使人虚伪、狭隘、愚昧，如果你相信善良可以战胜邪恶，相信真理，同时相信你的理想符合真理，那又为什么非得加入教会不可呢？让真理去指引你，比让教规来约束你要好得多。于是詹牧师更加信仰马列主义了，原因也有三：① 马列主义是主张科学的，而不是主张迷信的；② 马列主义从来只讲为人民服务，而绝不要求人民"俱当"跪倒在其面前"欢呼颂扬"；③ 马列主义是靠真理来团结人民的，而不是依靠结帮拉派来稳固自己的统治。"这就是马列主义伟大于任何宗教的原因！"詹牧师说。

所以读者可以相信，詹牧师只是想写几篇"黑色幽默派"小说，绝不是想拉帮结派乱我公安。其动机之纯粹，我愿以头作保。

"我有些作品要发。"詹牧师羞怯地低声说。

"哦？在哪家刊物上？"

"不不不，我是说……"他的脸红到了耳根。

当时我又在詹牧师家吃午饭，不过这次是我买的酒和菜。编辑愿意结交作者，正如作者愿意结交编辑一样，彼此彼此。

我明白了他的意思。让一个老知识分子照直开口求人，是"难于上青天"的。

"什么体裁？"

"小说！"他连忙说。

"能大概讲一讲吗？"

"嗯……你了解'黑色幽默派'吗？"

我一时只想起了海勒的《第二十二条军规》，和一个叫小伏尼格的人。

"不——！"詹牧师宽厚地笑了，"黑色幽默派绝不是外国人的发明。不要长他人志气，灭自家威风嘛。你以为《儒林外史》中没有黑色幽默吗？你不觉得鲁迅也是一位黑色幽默派大师吗？阿Q的处境怎么样？不正是又可怕又可笑又无可奈何吗？"

[注八]"黑色幽默"是二十世纪六十年代美国重要的文学流派。……作为一种美学形式，它属于喜剧范畴，但又是一种带有悲剧色彩的变态的喜剧。……其作品，常以夸张、超现实的手法，将欢乐与痛苦、可笑与可怖、柔情与残酷、荒唐古怪与一本正经糅合在一起……"黑色幽默"的产生是与六十年代美国的动荡不安相联系的。

——摘自《中国大百科全书·外国文学册》八二年五月第一版

"就像中国的围棋，"他又说，"被日本人学了去，倒又反过来向我们趾高气扬。"

"吃吧，"我只得指着桌上的小腊肠说。

"啪！上来就在中央布一子，谁的发明？"

"当然。"我说。真的，到底是谁的发明呢？

"世界上最短的微型小说是哪国人写的？"

"当然。"我吃了一片小腊肠。

"世界上最早发现飞碟的是哪国人？"

"当然，当然。"

"世界上最小的小提琴还不也是中国人造的?!"

"吃吧，吃吧。"我给詹牧师也夹了一片小腊肠。我不懂乐器的制造。

"针灸是中国人发明的，这总是公认的吧？可如果我们再不认真研究，早晚美国人也要来指教我们了。"

"中餐也是比西餐好，连外国人也承认。"我对烹调挺内行。

"黑色幽默也面临这个问题。吴敬梓不知要比小伏尼格大几辈儿呢！当然，我们不妨大度些，就算那是美国人的首创吧。我从来不主张纠缠历史旧账。但外国人办不到的事，中国人可以办到，何况外国人已经办到了的呢？中国人更没有理由不办到。我想起写黑色幽默派小说来，也就是为的这个。"

"行吗？"

"信心告诉你主是什么，主就是什么。"

在我们的交往中，这是詹牧师唯一一次主动提到主。

"那么主是黑色幽默的了？"我说。

他顿时愣住，尴尬地吃了一片腊肠，接着又吃了两片。

我赶紧说："我不过开开玩笑。"

他疑虑地瞅了我一会，说："我也不过打个比方。"他又看看窗外，小声提醒我，"咱们这是在屋里说。"

[注九]"咱们这是在屋里说"一语，同时兼备三种意思：① 在外面不能这样说；② 咱们现在说的，外面的人并没听见；③ 咱们之间是了解的、信任的，谁也不会出卖谁。

[注十]自"文革"以来，詹牧师是忌讳别人跟他谈主和宗教的。读者慢慢会抱怨，一篇关于牧师的报告文学，涉及宗教的地方太少了。其原因正出于此。

"信心当然是重要的。"我说。

"很重要！而且'黑色幽默'有什么难作呢？总共两个特点——黑色和幽默。也就是让人既感到可怕又感到可笑。这难吗？笑话！外国人不过是故弄玄虚，而我们有真实的生活素材。"

"能讲一个吗？"

詹牧师思忖片刻，讲了一个。备忘于下：

> "文革"中，王某出差到某地，刚下火车就被一群手持牛皮带、臂佩红袖章的人揪了出来。那群人问："你是保县党委的，还是反县党委？"王某听他们把"保"排在前面，就说："保。"不料那群人正是反县党委的一派，于是王某被追着打了十皮带。王某跑出车站，立足未稳，又被一群臂佩红袖章、手持牛皮带的人抓到。"你是保县党委的，还是反县党委的？"王某慌忙说后一种："反！"于是他又被追着打了十皮带，原来那又是保县党委的一派。王某想：这地方真怪，说话也没个前后次序。他连忙返回车站，决定趁早离开这是非之地。转眼之间，他又被一群人围住。"你是什么观点的？""真抱歉，我现在还不太清楚。"王某立刻又挨了十皮带。"我只是还不太清楚！"王某申辩道。"没有正确的政治观点，就等于没有灵魂。你没有灵魂，自然只好触及你的皮肉了！"那群人这样向王某解释。王某挨了三十皮带，清醒了，把自己的皮带解下来握在手里，大摇大摆上了列车。一上车，他先揪出一个人来，问："你是哪一派？"那人对答如流："我们是同一战壕里的战友。"王某想了想，说："这很好。"于是一路平安地回到了家。

"很不错的一篇黑色幽默派小说。"我说。

"不，这不行，"詹牧师说，"这是真事。"

"真事倒不行？"

"因为我是想写黑色幽默派的小说，不是要写现实主义的。"

我当时还不太懂"黑色幽默派"的规矩。

"我总想，"詹牧师又说，"黑色幽默绝不是资产阶级的专利品，我们一定要做起来，使它成为革命的匕首和投枪，像鲁迅先生那样。试问：谁感到的恐怖更多些？劳苦大众！谁最富于机智的幽默感？还是劳苦大众！我们有什么理由在这方面落后于外国资产阶级作家呢？看到在很多学术领域中都是他们领先，我咽不下这口气。我涉足过数、理、化，但那需要设备；我又想搞音乐，但一架钢琴又太贵；我也试图钻研美术，可屋子太小，而《蒙娜丽莎》《格尔尼卡》那样的画都是很大的。医学也需要有人找你看病，企业管理也需要有人归你管理，搞教育吧？唉……"詹牧师说到伤心处，太阳穴上的血管都在暴涨。

"您干吗——请您原谅，干吗不继续研究宗教和哲学呢？"我说。

"不不，咱们这是在屋子里说……当然啦！可是……不过……说起来……你懂了吗？我是说，咱们这是在屋子里说。"

我似懂非懂地点了点头。

我们吃了一会菜，又喝了一点果子酒。詹牧师的脸色才又红润起来。

"所以，"他说，"我探索了这么多年，现在才弄清楚我的所长。我更适合于从事文学创作。文学有生活就行，而生活是无处不在的，而且很公平——每人一份。近两年，我专门找一些外国人在其中自鸣得意的领域进行研究、尝试。譬如：意识流、荒诞派、新小说派、象征主义、存在主义、表现主义，等等，我都试着写过。并不难。我只是想证明一点：外国人能做到的，我们也能够做到。"

"能看看吗？"

145

"怎么不能？"詹牧师说着就要搬一只很大的箱子，"在下面那只箱子里。没关系，防空洞我都挖过，那些水泥构件比这要沉多了。"

"手头没有吗？"

"有倒是有几篇，不过不是我最满意的。"

现将他不太满意的几篇介绍于下：

（一）"新小说派"小说《在路上》（节选）

很长很长的一串脚印，不知从哪儿发源。很长很长的泥泞的路，依然流向远方。天际，飘着一缕凌乱的炊烟，那儿或许有个村落，有了人家。候鸟在天空中仓皇飞过，从不落下来。这儿没有它们落脚的地方。它们的羽毛娇嫩得像花瓣，像小时候常吃的那种棉花糖。旗帜还在手里，还在猎猎地飘展，认真地抖响着一个个坚强的音阶。鞋子烂了，"嘎唧"一声，留在了路上，像是长河中的一座航标。那缕凌乱的炊烟还是很远，在天地相交的地方飘舞，和很久很久以前一样。秃鹫在头顶上盘旋，转着发红的眼睛，忽然一个俯冲，冲向一头倒下去的驯鹿。旗帜还在手里，确实还在。又烂了一只鞋子，又留下了一座航标……

（二）"象征主义"小说《石头船》（节选）

老头儿一有空就拿着锤子和凿子，爬到海边那块巨大的岩石上去，"叮叮当当"地凿，想凿成一条船。

孩子又爬上来，乖乖地坐在老头儿身边。

"您干吗不做一条木头船？"孩子问。

"我没有木头。"老头儿回答。

"别人都是做木头船。"

"别人是别人。"

老头儿一下一下地凿，正凿出一只舵。

"可这也不能下水去走哇?"

"我没有木头。"

…………

如今石头船凿好了，老头儿在船舱里坐着，闭着眼睛抽烟。

孩子又爬上来。

"嗬!"孩子说。

"你坐下，闭上眼睛。"老头儿说。

"干吗?"

"你闭上吧。"

孩子闭上了眼睛。

"你觉得船在晃吗?"老头儿问。

"是有点儿。"

"你觉出它在走了吗?"

"嗯! 真的! 它在往哪儿走哇?"

"你的心告诉你在往哪儿走，就是在往哪儿走。"

"我去告诉他们，您不是疯老头儿。"

老头儿笑了，对孩子说: "别去，别人有木头。"

(三)"意识流"小说《排骨》(节选)

老伴儿提起菜篮，对他说: "我去排会儿队，说不定能买上。"

他说："算啦，我不那么喜欢吃排骨了。"

皮肤上有了很多老人斑，排骨在里面滚动，应该在它们变成一盒白色的骨灰前，写成那本书。

"我还是去看看。"老伴儿说着走出去，轻轻地关上了门。

警察怎么也不打开门和窗。老伴儿在向警察说明情况。院子里、街上，挤满了看热闹的人。门终于被撞开了，屋子里什么都没有，只有一本书。老伴儿坐在那本书旁边，嘤嘤地哭，说："这是他一辈子的心血，现在完成了，他走了，不知到哪儿去了。"只有老伴儿理解他。他的灵魂已经在天国，依然爱着这个娇小的老太婆。

她去买排骨了，为了给他补补身子。他不能现在死去。一层老人斑在排骨上滑动。得抓紧，在告别人世之前写成一本书，对祖国有所贡献。

他铺开稿纸。清蒸的、红烧的、糖醋的……他从小爱吃排骨。那还是在故乡。故乡的小河真美，不会老。他在水里游呀游呀，那时的皮肤紧绷绷的，也没有老人斑……

（四）"荒诞派"小说《死魂附身》（梗概）

尹明总说被一些死去的灵魂纠缠着，摆脱不掉，弄得他总是赶不上时代，写不出好作品来。纠缠过他的死魂有：托尔斯泰、雨果、巴尔扎克、司汤达、契诃夫，甚至鲁迅和高尔基等。死魂总是把他们的思想贯穿到尹明的作品中去，致使尹明的作品总是被编辑部退回来。

"文化革命"中，忽然戈培尔的死魂附在了尹明身上。尹明走了运，写起东西来得心应手，终于功成名就。

好景不长，"文化革命"过去了，戈培尔的死魂却还是不肯离去，尹明又背了运。

有一天，尹明酒醉后走失，他老婆吴幸在报纸上登了一则寻人启事。启事中特别说明："望见到他的人不要把他当作敌人来对待，因为他患有'死魂附身的精神病'，被死魂左右，经常言不由衷地说些'四人帮'时代的话。"启事登出不久，便有许多人打来电话，声称发现了尹明。

吴幸根据人们提供的线索，走了许多地方，见到了许多与尹明的情况相似的人，但都不是尹明，那些人都生活得很像样。

后来，吴幸在一个茶摊上找到了尹明，他正在卖茶水。尹明说自己非常高兴，一身轻松，他终于摆脱了所有的死魂，找回了他自己。吴幸也做了茶摊的老板娘。

（五）"超现实主义"小说《本书出版之日》（略）

（六）"表现主义"小说《赤胆忠心》（略）

（七）"新感觉派"小说《融雪》（略）

［注十一］《死魂附身》一篇为詹牧师夫妇合写，主要部分是詹夫人执笔的，据他们的儿子讲，詹夫人不过是一时心血来潮，写着玩的，詹牧师却连连叫绝。詹夫人说："算啦，算啦，值得你这么认真！"詹牧师却激动得坐立不安，说："你知道你写出了什么吗？真正的荒诞派呀！"那天是除夕，詹夫人烧鱼炖肉，忙得高兴，不理他。詹牧师独自捧着那篇东西："深刻，深刻！"也陶然。忽然，儿子又冒出一句话来，破坏了本来和谐的气氛。"我

猜得出妈妈是在写谁。"儿子说。詹牧师沉寂半晌，似有所悟。年夜饭也没有吃好。夜里躺在床上，詹牧师问詹夫人："你是在写我？""没有，你别听孩子瞎扯。""你认为我没有灵魂？""我只是说人要有自己的主见。""我没有主见？""人应该自己把握得住自己，别在乎虚名。""我是名利之徒？！"詹牧师的泪水在眼圈里转，没想到连白芷也不能完全理解他。"我没那么说，真的，我不是那个意思……"詹夫人万分歉意地安慰他。

"不过父亲这人有一点是让人佩服的，"他们的儿子说，"他不会为了这事就去否定那篇小说，他仍然称赞那篇东西写得深刻，并且花了不少力气去修改它的结构和语言。"

我始信詹牧师为一准人物就是在这时。虽然他的小说并非都怎么完美，但敢于涉足这么多流派的作者已不多见，每一种手法又都掌握得恰如其分者就更可珍贵了。我确信詹牧师终有遐迩闻名之日。卡夫卡如何？生前默默无闻，忽一日声名大作，使诺贝尔奖评委会也愧悔不及，真人物也！

詹牧师却很谦虚，说这些玩意儿都算不得什么，不过是资产阶级于"日薄西山，气息奄奄"中的一种挣扎，纯属没落文学。"我之所以也要写一写，是因为他们太近狂妄，得煞一煞他们的气焰。我中华并非无人！我们不写罢了，一旦写来，绝不会比他们差，而且根本用不着什么大作家去费神。唉，想来惭愧，真正现实主义的作品我却总也写不出，只好从这一侧面贡献一点力量吧。"

"为什么不能写出现实主义的作品来呢？"我是想安慰他。

"我总找不到恰当的角度，唉，怎么也找不到。此生夙愿怕要付诸东流了——！"他说。

"您绝对没有理由妄自菲薄。"

"唉!"詹牧师长叹一声,出口成诗,"常恨少年不努力,老来方悔报国难,又是一年春柳绿,依然独自倚危栏。"

这时,窗外正有几个孩子"嘟嘟嘟"地吹着柳哨,柳絮飘飘扬扬。他感慨系之,又作了一首《忆秦娥》:

> 春光好,柳笛阵阵催人老。催人老,频添华发,壮心未了。
>
> 祖逖舞剑闻鸡鸣,小舟纵笔夜继晓。夜继晓,无多好梦,佳音又少。

我决心帮助詹牧师发表一些作品。我尤其决心帮助他写好"黑色幽默派"小说,然后汇编成集。就只差"黑色幽默派"这一种了。

"精装,烫金的标题:詹小舟小说选!"我有几分醉意。

"不不,还是等我写出真正现实主义的作品来,再那样叫吧。"

按詹牧师的意思是要叫"敝帚集",意思是:这并非是我们所看重的东西。"敝帚"的意思是:破笤帚。

写到这儿,我又有点犯嘀咕:詹牧师何以笔头竟这般勇敢呢?连"今年西红柿又少又贵"这样的话,他也要反复申明"咱们这是在屋里说"。怎么他写起文章来却从没有冠之以一句"咱们这是在屋里写"呢?带着这一问题,前不久我又去求教了詹牧师的儿子。

詹牧师的儿子正就"陕北的农林牧结构问题"同一个人辩论。我说明了来意,他笑了,用几句话就打发了我:"对父亲来说,写作是写作,生活是生活,理论是理论,实践是实践。对付不同的事,他相应有不同的神经。对不起,我很忙。"

闲话少说,言归我们的报告文学。八二年五月中旬,我和詹牧师开始共同研究"黑色幽默派"，准备用一两个月的时间写出三四篇这种流派的小说来。

但没多久，我们却发现，"黑色幽默派"小说并不如我们想象的那般好作。倒不是我们无能，实在是美国佬太近狡猾。他们竟让"黑色幽默派"有了这样一个特征（或说一条原则）：所写之事全然荒诞可怕，虽则荒诞可怕，却又形神逼真，尽管形神逼真，可又谁都没见过那样的事。"其妙处全在于此：谁都没见过，然而又都觉得似曾相识。"詹牧师说。

我们连着写了几篇，都被詹牧师否定了。他说："我们既然是写黑色幽默，就得真像黑色幽默，做学问来不得半点含糊和迁就。我们写的这些事，虽然也荒诞不经，但却都是已经发生过的，大家都见过、听说过。这倒像是正统的悲剧了。"他最后强调说："要特别注意没有发生过，却又似乎是到处都在发生这一条！"

我们琢磨了又琢磨。

先是詹牧师有了一个构思。

某学校吃忆苦饭，每人一个糠窝头。红五类学生问黑五类老师："好吃吗？"老师忙说："好吃，好吃。"学生怒目圆睁："这么说，我们的先辈倒是享了很大的福了？好吧，你再吃三天！"老师又吃了三天糠窝头。学生又问："好吃吗？"老师又赶紧说："很难吃，很难吃。""可我们的父兄能吃上这个就很不错了，"学生说，"而你倒说难吃！你再吃三天！"三天后学生又来问，老师回答："我准备继续吃下去，像你们的父兄那样，一直吃到全国解放。"

我不认为这个构思好，这分明只是现实主义的写法。"您自己倒忘了'没有发生过'这一原则。"我说。

"怎么，这也发生过？"

"当然。"我说。我没敢说我就曾经像那个学生一样过。

詹牧师捏着下巴努力地回忆了一阵，不无惋惜地拍着大腿："唉，我倒忘了，这是我老伴儿经历过的事。"

　　［注十二］这事纯系巧合。詹夫人并不是我的老师。我的那位老师是男的，詹夫人的那个学生是女的。

我们又想。几天后我又想出了一个。

　　老夫妇俩一起学习，读林彪的书。不知怎么一个缘由，老妇问老夫："撒旦的英文名怎么写？"老夫随手写下：Satan。"犹大呢？"老夫又写：Judas Iscariot。忽然，老夫妇俩全吓呆——他把那两个名字写在了正看着的书上！怎么办?! 他们先是用墨笔把字迹涂去，但发现是欲盖弥彰。他们又忙不迭抠去，反而弥弥彰彰。末了干脆把书烧了，老夫妇俩看着火光，面如土色。天哪！这是亵渎，是诋毁，是反动！老两口商量：还是吃安眠药算了。幸亏他们吃的量不够，被救活了。两位老人昏昏晕晕之际，口口声声说："我们对不起敬爱的林副主席。"谁料那时林彪已成国贼，老夫老妻又险些做了贼船上的死党。

詹牧师听罢我的构思说："是民警老王帮我们说了不少好话。"

"帮您们？"

"还帮谁？"

"怎么回事？"

"嗯？你不是又在写我吗？"

"写您？"

"你甭不好意思，那是过去的事了，我不会往心里去的。可是你又忘了那一条，凡发生过的事就不符合黑色幽默派的要求。重来吧。"

只好重来。詹牧师又想出了一个。

"文化革命"中，一些造反派私立公堂，审一个老干部。

老干部问："我有什么罪?!"

造反派回答："你对抗文化大革命。"

老干部说："我并没有对抗!"

造反派说："你是黑帮分子，黑帮分子怎么会不对抗文化大革命呢?!"

老干部又说："我不是黑帮!"

造反派说："你不承认自己是黑帮，这本身就是对抗文化大革命!"

老干部又问："你们说我是黑帮，你们有什么证据?!"

造反派说："你对抗文化大革命，这证据还不够吗？"

老干部说："我并没有对抗!"

造反派说："你是黑帮，难道……"

詹牧师难过得讲不下去了。

"这篇很好，"我说，"这个构思很好。"

詹牧师擦擦泪水，沉默良久，说："但是这又不行，这又是发生过的事。这是我的一个老朋友的事。他是我的良师、益友，我的指路人。他太耿直，太嘴硬，太……其实倒不如承认……"

为了这个构思，詹牧师的心情一直不好，又把他那位良师益友的遗像拿出来，默默地祈祷，暗自垂泪。

[注十三]那个老干部是詹夫人的远房表弟。詹牧师放弃基督教而转向马列主义，是与这个人对他的教育和影响分不开的。这个人在"文化革命"中表现出了一个共产党员的高风亮节，刚直不阿，坚持真理，最后含恨而死。

我尽力安慰詹牧师，请他注意身体。"我们还要把那恐怖的原因找到，为了死者，也为了后人！"我说。

"关键是不够幽默。"詹牧师说。

"看来，黑色倒要好办些。"我说。

好吧，我们再干！我和詹牧师的信心都还很强。有人说，中国不会有"黑色幽默派"作品，因为中国人天生缺乏幽默感。这给了我们刺激，也给了我们力量，要让那些自高自大的外国人放明白点，也要让那些自轻自贱的中国人醒悟！那些日子，我和詹牧师一心扑在"幽默"上。有时候我们聚在一起想，有时候交换一下意见分头去想。

我又想出了一个。

看守长老了，也许是因为脑力不如从前了，他总觉得过去工作起来并不像现在这样吃力。现在他常常拿不定主意，拿不定应该对犯人使用什么样的态度。"文化革命"前的工作多么井然有序！他想。那时候对入狱的犯人就用严厉的态度，让他们老老实实；对刑满获释的人就用和蔼可亲的态度，以期使他们倍感温暖。现在怎么就拿不准了呢？还对入狱的犯人一概严严厉厉的么？要是忽然一天有哪个成了英雄，自己可就成了迫害英雄的帮凶了。对出狱的英雄一律亲亲热热么？猛地，在他们之中又出了骗子，你可就又说不清自己的立场了……

詹牧师看了先说"不错"，然后建议我加写一段，说明"四人帮"被粉碎后老看守长不再苦恼了。"得全面一些，要突出看守长的苦恼只是在'四人帮'时期。"

我说："谁还不知道这是在'四人帮'时期呢？难道别的时期也有这样的事？难道我们写屁股上的雀斑，必须得反复说明脸上是光洁的么？我写的正是在'四人帮'时期，一个普通人可怕而又可笑的处境。跟您这么说得了，这老看守长就是我表叔……"糟糕！我想。

"这么说又是已经发生过的事？"

我沮丧地说："咱们再重新想一个好了。"

看来得往邪乎里想！

看来得离开现实，什么不可能想什么！

然而又过了几个月，我们还是什么都没写出来。我们全力去作荒诞的想象，研究了上百个荒谬绝伦的构思，但仍然因为"已经发生过"而告吹。我几乎失去了信心。

一天，詹牧师的儿子来了，看见我们的窘态，哈哈一笑说："活人别让尿憋死。"这倒又触动了我的灵感，"活人让尿憋得团团转"倒很具"黑色幽默"的味道。我很快写成了一篇《活人与尿的喜剧》。

詹牧师看罢不言语。

"您看还行吗？"

詹牧师变颜变色，不言语。

"这回还差不多吧？"

詹牧师不言语，脸上红一阵，白一阵。

［注十四］没料到我的想象又与詹牧师的实践撞了车。

詹牧师被隔离审查期间住在一个破庙里。庙里有个孩子，淘得出圈，惯搞恶作剧。有一回，这孩子在所有可以撒尿的地方都贴上了画，而在那样的画前撒尿是不相宜的。詹牧师身为审查对象，又不能离开破庙，结果尿憋得过了火，再想撒时已不能如愿。詹牧师的肾脏到现在还不大好。

"我并不反对你把我的事写出来，"詹牧师说着，苦笑，又连连叹气，又说，"可是这仍然不是'不可能发生的事'。"

我真不信我的想象力竟这样低劣。

我真不相信我就想象不出一件不可能发生的事来。

有了。

有一个人，平生的志愿就是给米洛的维纳斯配上两条胳膊。他琢磨了大半辈子，呕心沥血，终于想出了好办法，给米洛的维纳斯配上了健美的双臂。可是有了胳膊的维纳斯做的第一件事就是，左右开弓给了这个人一顿嘴巴……

"别讲了！"詹牧师忽然疯了似的站起来，冲我喊。

"怎么了？您这是？"我十分惊诧。

詹牧师背过身去站了很久。

我吓得不敢吱声。

詹牧师转过身来，满脸泪痕，对我说："对不起，请你原谅。不过请你不要写这件事。"

"怎么回事？"

詹牧师忽然在胸前画起十字来："上帝饶恕我，上帝看得清楚，我……"他猛地跌倒在床上。

[注十五] 我打电话把他的儿子叫了来。这时我才知道，詹牧师原来还有个女儿。女儿从小就长得漂亮，詹牧师亲昵地叫她"我的小维纳斯"。"我的小维纳斯比米洛的可强十倍，还有两条好看的胳膊！"詹牧师常常和女儿开这样的玩笑。谁料到，正是他疼爱的女儿，在六六年给了他一顿耳光，骂他是"不齿于人类的狗屎堆"，声称与他断绝父女关系，愤然离家出走。这件事把詹牧师的心伤透了。后来女儿醒悟了，想回到父亲身边来，但詹牧师不允许。"做人最重要的是善良！"他说。再后来，女儿在插队的地方因公牺牲了。詹牧师后悔莫及，"我竟不能原谅一个受骗的孩子，我的善良到哪儿去了呢？！"他喊，他哭，叫着"我的小维纳斯"……从那以后，谁也不敢向他提起他的女儿，希望他把她忘了。

偏偏碰上我这么个善于想象的人。唉！

詹牧师住进了医院。诊断为：动脉痉挛，脑供血不足。这病很怪，阵发性的，詹牧师时而清醒，时而糊涂。大夫说："（他）年岁大了，（治疗效果）很难说。"

詹牧师的儿子埋怨我，不该总让他父亲回忆起那些往事。我感到非常内疚。

"可我不是有意的。"我说。

"是谁告诉你的？"詹牧师的儿子问。

"谁也没有，在这之前我并不知道他还有个女儿。"

"让尿憋坏了的那件事呢？"

"是你对我说'活人别让尿憋死'之后，我瞎编的。"

"我的意思是说，既然你们想象荒诞的能力超不过已经发生了的事实，何必非要写'黑色幽默派'小说不可呢？为什么不能用现实主义的手法来表现呢？"

我觉得这一建议很有道理。

詹牧师住在医院里，病情时好时坏。神志恍惚的时候，他总说胡话，仍在构思"黑色幽默派"小说，但也都是像过去一样地不能成立。清醒的时候他就长吁短叹，想这个，想那个，想自己的一生，填写了几首《忆江南》：

其一

女儿好，为父太心残。夜夜梦中相对坐，朝朝醒来又难圆，此恨到何年？

其二

我儿强，不似父愚蛮。做人当有君子勇，行路须防小人谗，逆耳是忠言。

其三

死何惧？无奈不心安。一世勤勉为虚度，百般壮志作空谈，不死亦无颜。

其四

力竭尽，何必自寻烦？利禄千金轻如土，清风两袖重于山，唯此又心安。

其五

平生忆，最忆是童年。白芷送茶难成梦，庆生伏案不知眠，店堂小灯前。

其六

盼来世，当记此生难。墨海书舟重努力，雄关险道再登攀，胜败不由天。

其七

终有憾，此憾在人间，朽树犹燃熊熊火，落花也留片片丹，小舟逝如烟。

我心里很难过，但又实在不能给他什么帮助。想起他儿子的话，我说："您何妨把您一生的境遇，就用现实主义的手法表现出来呢？"

他摇头叹气道："找不到恰当的角度。"

我说："如果您愿意，您口述，我来整理。既然生活素材是真实的，有什么不好找角度的呢？"

他摇头，许久不言语。一会，他又乱七八糟地说起胡话来，还是不忘他的"黑色幽默"。

我不知怎样才能给即将归天的詹牧师以安慰。詹牧师的儿子出了一个主意。当詹牧师又清醒了些的时候，我们俩一起骗他。

他先说："我们把您那些黑色幽默的素材，用现实主义的手法写成了，效果很好。"

我赶紧说："我在出版社的朋友不少，您的作品得到他们的一致好评，他们准备用。"

詹牧师呆呆地望着我。

"不久就能发表了。"我说。

詹牧师直勾勾地盯着我。

"肯定能发表。"我又说。

詹牧师微微地笑了。

我很高兴，我希望他能怀着愉快的心情离开人间。

"你是说，这下子行了？"詹牧师说。

"行了。"

"你是说，我们到底写成了黑色幽默派小说？"

"什么?!"

"像那样的东西，能发表，这不是绝不可能发生的事么？"

我和詹牧师的儿子慢慢直起腰，默然相对。

"这样，黑色和幽默就全有了。这个构思好，符合那一条……"

我和詹牧师的儿子半天才缓过劲儿来，我们向他说明，是真的能发表。控诉"四人帮"的罪行，让人们更珍惜今天的生活，这怎么会不可能发表呢？写出人民在十年内乱中的痛苦遭遇，以便总结历史经验，防止悲剧的重演，这样的作品怎么会不可能发表呢？……

詹牧师却又陷入了昏迷。

我的希望倒是达到了，詹牧师死前分明感到了成功的喜悦……

八二年十二月十二日零点五十七分，詹牧师的心脏停止了跳动。终年七十三岁。

下集

最近，为了写这篇报告文学，我又查阅了詹牧师的一些遗物。这是经过了詹牧师的儿子允许的。他说："反正你们这些舞文弄墨的人闲着也是闲着。不过你们要是再不说真话，你自己掂量你们是在干吗吧。"然后他就由我去翻腾詹牧师的遗物了。他去忙他的事。他正筹备办工厂，并兼办一所幼儿园。"将来有条件，我还要在我们那个小地方办大学呢！"他说。"实业和教育是最重要的！"他说。"其他才能谈得上。"他说。

詹牧师的遗物主要由两部分组成：大量的藏书；大量的手稿和大量的没有寄出的信件。

有一个发现弄得我心情很沉重。

我不能不如实地告诉各位读者：詹牧师确凿是一个风派人物。我也很难过，但事实终归是事实，不能用私人感情来代替。毫无办法，许多物证就是那样铁一般地存在着，我又是个记者，神圣的使命要求我必须忠实于事实。其实倒霉的是我，詹牧师早已解脱了，而我的这篇报告文学却有前功尽弃的危险。谁见过报告一个风派人物的文学呢？

虽然也是人物。就此放弃又舍不得，还是试试看吧，反正是报告，又不是为他唱颂歌，万一有人给我扣帽子，我就往詹牧师身上一推了事。事情是他干的，与我有什么相干？

我并没有像有些人那样，先确定某人是一个风派人物，然后再去凑证据。我是先有证据，后作结论的。证据之一是詹牧师的藏书。书名，购买日期、扉页上的题字或批注之间的关系，颇耐人寻味。为方便读者起见，我选中其中一小部分做成了一份表格，现公之于众，以醒后人。

书名	购买日期	扉页上的题字或批注			备注
		第一回	第二回	第三回	
新约全书	1930.12.25	我主真道万古流行（后涂去）	用于学术研究（后涂去）	仅供批判	
家用大百科全书	1945.元旦	白芷吾妻新年快乐（后涂去）	仅供参考（后涂去）	仅供批判	书页中夹一朵干枯的小花
资本论	1955.10.10	知识就是力量（后涂去）	学习，学习，再学习！	放之四海而皆准	书中画过一些标记，已擦去
毛泽东选集	1958.春节	伟大的公仆	有雄文四卷为民立极	读毛主席的书，听毛主席的话，做毛主席的好战士！	同上
论共产党员的修养	1962.10.1	伟大的公仆（后涂去）	奴隶主义的大毒草（后涂去）	真金不怕火炼	作者姓名上曾有红×，现已擦去

（续表）

书名	购买日期	扉页上的题字或批注			备注
		第一回	第二回	第三回	
评新编历史剧《海瑞罢官》	1966.春	千万不要忘记阶级斗争（后涂去）	反革命祸心的自我暴露		作者姓名上有红 ×
林彪同志论毛泽东思想	1967.8.1	真知灼见（后涂去）	祝林副主席身体健康，永远健康（后涂去）	阴谋家的用心早已暴露无余	同上
红色娘子军（总谱）	漏写	划时代的伟大创举（后涂去）	我们工农兵最爱看（后涂去）	大快人心事，粉碎"四人帮"	
国家与革命	1972.10.1	要认真读马列原著			
批判资产阶级法权文章汇编	漏写	活到老学到老（后涂去）	严防中央出修正主义（后涂去）	纯属贼喊捉贼	贴了一张王张江姚的漫画
宋江丑史	1975.秋	坚决反击右倾翻案风（后涂去）	借题发挥，妄图篡党夺权的铁证		宋江二字被打过×，现已擦掉
英语广播讲座	1978.2.4	知识就是力量	还是要重视政治思想工作		
"四·五"革命诗抄	1979.10.20	防民之口甚于防川	言论自由是人民的权利		

由此表不难看出，詹牧师的观点和立场，随机性很强；往好里说，也是缺乏独立思考的能力。

不久前，我又去詹牧师当年所在的教会作了一次采访，所得的印象也与前相差不多。

他早年的一位教友说："詹鸿鹄一向是赶潮流的，没有自己的主见。五十年代他退出教会时，把宗教贬得一钱不值，后来教会重新恢复活动时他又来祝贺。"

他早年的一位学生也证明："詹先生还在留言簿上写了一位名人的话，'人在精研哲学之后重新皈依的那位上帝，和由于对哲学知之不深而远离的那位上帝，根本不是同一位上帝'。"

现任主讲牧师何少光说："鸿鹄是有意重新'出山'，托人和我提起过。我倒是没意见，但一来人事方面没有名额，二来嘛，别人都担心他会不会什么时候又来个反戈一击。唉，鸿鹄当年的学生目前都在教会中负一定责任了，经常接待外宾，他自己反倒落得传电话。他当年要是不……唉！鸿鹄一生善良、勤勉，吃亏就在赶潮流上。"

还有两份材料可以证明，詹牧师确是惯于见风使舵的。其一是詹牧师于一九六六年十月写的一份声明；其二是他于一九八一年十月写的一份申请书。两相对照，一斑可见全豹。

放弃硕士学位声明（节录）

……我是个资产阶级臭知识分子，几十年来一直迷恋于成名成家，陷进了封资修的臭泥塘，不能自拔；自以为有学问，看不起普通劳动人民，迷失了政治方向。无产阶级文化大革命的春雷震醒了我，使我心明眼亮。我现在郑重声明：从即日起放弃硕士学位，甘当人民的老黄牛。同时声明：于明日下午三时烧毁我的所有著作。我是心甘情愿的。在革命派的帮助下，我认识到我过去的全部著作都是资产阶级反动立场的产物，无非一堆废纸，不烧何用?!……

博士学位申请书（节录）

　　……我平生的志愿就是做自己祖国的博士……

　　我决心努力攀登哲学高峰，写出《中国宗教思想概论》，作为我的博士论文。

　　我已于三十多年前就获取了神学、史学两项硕士学位。三十多年来，我一直兢兢业业，努力奋斗，刻苦钻研，坚持不懈。在严酷的考验中，我的愿望深埋心底，耐心等待。我终于盼到了今天。学位委员会的成立，燃起我希望之火，召唤我纵马登程。祖国正是百废待举，备需人才之际，我虽年迈，但壮心犹存；唯其年迈，才当百倍抓紧，万倍努力。"春蚕到死丝方尽，蜡炬成灰泪始干"。我决心尽残年之微力，写好博士论文，为四个现代化做出贡献……

　　［注十六］据调查，"声明"和"申请"都没有贴出、寄出过。

詹牧师写完了"声明"，征求詹夫人的意见。詹夫人不答，默然垂泪。詹牧师也没了主意。半天，詹夫人才说："你要不去埋那把刀子，何至于引得他们来抄家？"

詹牧师有一把很漂亮的蒙古刀，纯粹的工艺美术品，但他担心被人告发为"私藏武器、妄图变天"，在六六年的一个深夜拿出去想埋掉，结果被几个红卫兵抓住。

"我不去埋，他们也要抄的。"詹牧师愧然答道。

"我们不如回老家去，省得被他们来赶。"詹夫人说。

"不知家里的房子还有没有。"

"可以先向亲戚们借一间。"

"'回春堂'不知还有没有。"

"家乡多安静，我喜欢安静。"

"尤其是夜里，什么声音也没有，睡得也香甜。"

"有时候有卖馄饨的在窗外吆喝。"

"放些虾皮、紫菜，还有香菜和青韭末儿，再放点香油，啧！"

"什么时候我给你做一回。"

"你可做不出那味儿来。"

…………

但他们没有贴出"声明"，也没有回老家去。

"申请"呢？是什么原因使之没有寄出去？不详。

还有两份白纸黑字的证据。

第一份是詹牧师作的一首《满江红·悼念周总理》，幸亏当初没有落入"四人帮"之手，否则他大约就不会活到被我发现的时候了。诗词原文如下：

> 噩耗忽闻，哭无泪，肝肠欲裂。周总理，功盖乾坤，德昭日
> 月。帷幄运筹轻生死，握发吐哺无昼夜。叹古今，被害是忠良，

天当灭！萧萧雨，飘飘雪。风声咽，哀声绝。把杯酒轻酎，志承
先烈。大地珍埋男儿骨，长河敬殓英雄血。恨难消，何日斩群妖，
天下谢。

如果我的发现到此为止，多好哇！那样我既可以为自己与这样一
位勇士相识而自豪，我的报告文学也就可以具有英雄史诗般的气魄了。
然而不幸，我又发现了一份证据——詹牧师写给江青的一封信！天哪，
幸亏它是让我发现了，我为死者出了一身冷汗：如果是落入外人手里，
詹牧师便有一百张嘴，也难说清楚了。信文如下：

敬爱的江青同志：
　　首先祝您身体健康！
　　我是

信文到此结束。以下是一些乱七八糟的算式，估计是詹牧师在计
算当日的生活开销时所为。二角三分，估计是一瓶酱油；四角五分，
估计是半斤鸡蛋；二分，可能是一盒火柴；红笔写的一角二分，大约
是当日的财政赤字；如此等等，就不一一推敲了。也许是因为此信没
有写下去，也许更是因为账目的重要性，詹牧师把这一页纸留了下来，
后来就忘了，所以没有及时销毁。

诗文和信文都没有注明写作日期，唉，我的詹牧师，让我说你什
么好呢？

我又走访了一位詹牧师生前最亲密的朋友——一位退休的中学教
师。可喜可贺，这位老先生的证词，似乎可以推翻"詹牧师是个风派

人物"这一结论。他说："小舟么？也谈不上什么赶潮流不赶潮流，更谈不上什么风派不风派。他不过是闲不住，而且总是自命不凡，想干一番大事业，愿意和一些名人、大事发生些联系；他总有怀才不遇的思想，常常就做出些古怪的事情来。"这位老先生举了几个例子，以资证明：

A. 詹牧师并非只给江青写过信。在齐奥塞斯库当选为总统的时候，他也请罗马尼亚驻华使馆代转过他的贺信。他不光写贺信，也写过抗议信。苏军侵略阿富汗的时候，他给勃列日涅夫写过抗议信。英军进攻马岛的时候，他给撒切尔夫人和加尔铁里总统都写过劝告信。只是都没有得到预期的反响。

B. 估计收到过詹牧师的信的人会很多。只要报纸上出现了一位先进人物或别的什么人物，他就要立刻写信去，向人家表示祝贺或慰问。詹牧师对名人总是由衷地敬仰。有一回，詹牧师的小孙子大便之后，对屎的出处表示了惶惑。"爷爷，这是从哪儿出来的？""肛门。""什么是肛门？""这就是肛门。"詹牧师一边给小孙子擦屁股一边解释道。"您也有肛门吗？""有，所有的人都有。"孙子忽然指着报纸上一位名人的照片问："他也有吗？"詹牧师给了孙子一巴掌："嗨！不许瞎说！"

有一点需要强调：敬仰归敬仰，詹牧师绝不是想从中得到什么好处。除非万不得已，他从来是不求人的。

还有一点要强调：詹牧师也并不是只敬仰名人。如果要糊顶棚，他崇拜糊匠；要是漆桌子，他只信得过漆匠……有一回，詹牧师碰巧得了一些木料，想做一只书架，儿子几次要动手都被他制止。"你做过什么？！"他说。等儿子瞒着他把书架做好了，对他说："我找了个七级木工给做的。"詹牧师连连夸奖："这活儿做得够多地道！"因詹牧师的儿子计划不周，在书架的左立柱上多锯了一道口，为对称起见，索性又在右立柱上也锯了一道。詹牧师一直琢磨不出这两道口是做什么用的，试着往上面挂了两回网袋，也挂不住。

C. 凡国内外大事，詹牧师都关心。国内的，譬如：东北及西南林区的滥砍滥伐问题、华南虎及丹顶鹤的保护问题、各地名胜古迹应该加强管理和利用起来发展旅游业问题、城近郊区应该发展养鱼业、街道两旁应改种香椿树以解决春季蔬菜短缺状况、以至目前晚育造成的难产率增高的问题，等等，他都给予关注。他去图书馆查阅书籍、资料；去请教过专家；也给有关方面写过信，申述了自己的意见。国外的呢，主要是世界和平问题。他曾在自家墙上挂过一张民用世界地图，并做了一块布帘挡在上面。有时候他拉开布帘，在地图上画些箭头、虚线和实线；也插一些小旗子，红的、白的、黑的；然后在屋子里低头踱步，默默地思考。他确实有过一些颇具先见之明的预言，譬如：他早在六十年代末就说过，欧洲是世界战略的重点，亚洲的问题出在印度和西亚。不过也有过错误的判断：第三次世界大战迫在眉睫。

D. 詹牧师喜欢体验一种崇高感，或者叫作价值感。只要能稍稍与国内外大事有所关联，他便要陶醉，甚至闹到自己也把握不住自己的地步。亏得有詹夫人时常阻拦他，向他晓以利害，这才避免了不少祸事。"否则，"詹牧师的老朋友说，"真难说他要做出什么事来呢！假如'四人帮'重用他，他说不定会因为被重用而忘乎所以的。反过来，倘使有一位厂长或局长什么的，看重他，他肯定也会废寝忘食地为'四化'出力。他早就提出过要重视智力开发的主张，可惜那时没人理他。他就是盼望被人重视。我看，他之所以想起给江青写信，准是有什么人在他耳边吹风，吹得多了、神了，他就信以为真，觉得似乎那样就能有机会实现他的某项设想。至于这首《满江红》么？我敢担保的只是，小舟对周总理是衷心热爱的。总理逝世当天，我们俩找了个没人的地方待了一天，什么也吃不下，什么也说不出；小舟一个劲叹气，搓脚，把黄土地上搓了两道深沟。他有胆子写那么一首诗词，也肯定是受了别人的鼓动，十有八九是受了他儿子的鼓动，否则他绝不敢写什么'何日斩群妖'之类的。不过还有一种可能，那首词是他在粉碎'四人帮'之后写的。他儿子就常说他不是史学硕士，而是史学'修士'，意思就是说他总是根据现在的情况修改、打扮自己的历史。不然，他敢把这么一首诗词保留下来，是不大好想象的。"

E. 詹牧师甚至喜欢模仿伟人的动作。（不错，这一点笔者也可以证明，他每次和我见面，哪怕是只相隔半天儿，也要和我握手，伸手的姿势就像列宁。）

但从以上五点，能说明什么呢？能说明詹牧师不是风派吗？能说明詹牧师就是风派吗？我实在也吃不准。但报告文学是应该报告得准确、真实、全面的，所以我把这些情况也都零零碎碎地写了下来。如果能在篇头印上八个字："内部参考，请勿外传"，我以为是慎重的。

续集

关于詹牧师多次伪造表扬稿以骗取稿费，并在被揭露后缄口不谈此事一节，我一直考虑是否删去。倒不是怕诲淫诲盗，误人子弟，实在是那样写来太有些不明不白。正当我举棋不定之际，昨天，詹牧师的街坊们又向我提供了一些新情况。

甲　詹牧师的老街坊宋科长的书面意见：

我认为，詹小舟同志绝不是那种为了名利就去昧着良心胡编滥造的人。为了名吗？可是发表那么几篇表扬稿能出什么名呢？为了钱吗？更不可信。詹小舟同志多年来一直义务为大家打扫厕所，街坊们曾经商量着要给他些报酬（每月九块），他都不要。他说："我不是为了钱，我也不是打扫厕所的。"大家不敢再提。我们有时候也想帮助打扫打扫，但每天早晨，无论你起得多早，厕所还是已经被詹小舟同志打扫过了。后来发现詹小舟同志是在夜里打扫厕所的；他每夜都要看书学习到一两点钟，然后就去打扫厕所。我们都睡得早，不能等到所有的人把一天的厕所都上完（原文如此——作者注），再去睡呀……

乙　詹牧师的邻居徐老太太的口头证明：

可不是怎么的？詹大哥净给大伙办好事，正经八百一个老雷锋。甭瞧我还比他小两岁，可腿脚儿不济。取趟奶来回就得他妈一个多钟头，詹大哥见天清早儿帮我取奶，黑了还管倒脏土。我心里不落忍的，人家也那么大岁数了不是？我就说您甭介了，可詹大哥说，街里街坊的一块住着，谁混谁呀？人家可不是像我这么说，人家开口就是文明词儿，说是"五洲四海翻腾，到了儿都得往一块儿走。"（估计詹牧师的原话可能是："我们都是来自五湖四海……走到一起来了。"——作者注）唉，那可是个善净人儿。说他骗钱花？说这话的人可是他妈瞎了狗眼啦！

丙　詹牧师隔壁的孙老师的书面证明：

詹老先生常说：这些年社会风气的变坏，全是因为"四人帮"把人们的道德标准搞乱了。善而不赏，恶而不罚，必定铸患无穷。而罚恶的好办法，莫过于赏善。善既立，恶不逞。

所以，我认为，詹老先生之所以总写表扬稿，意在赏善。用现行的语言说就是：榜样的力量是无穷的。前年，詹老先生去眼镜店配眼镜，营业员不耐烦地把眼镜扔给他，把一个镜片摔碎了，营业员反而怨詹老先生没接住，一定要詹牧师赔。后来詹老先生对我说："你跟他吵有什么好处？你说三道四地教育他，反倒会激起他的反抗心理，使他更加不热爱本职工作。"所以詹老先生就原价把那副眼镜买了下来，并写了一篇表扬稿，表扬了一个假设的、态度非常好的营业员……

丁　职工学校的看门人老郭头的口头证明：

您问詹老头儿？那老头儿可是心眼儿好！那人心眼儿忒好！那老两口子心眼儿都好！没比！说件具体的？我说的这些全是具体的。说件真事？……我刚来这的时候，是夏间天儿，大晌午的老阳儿挺毒，詹老头儿一盆一盆地往球场上泼水，我不懂规矩，还直嗔着人家。敢情他是为了学生们下了课好打球。我还给人家埋怨了一顿，好人哪——！詹太太人更好，包了饺子就喊我去，说我一人儿闷得慌。其实我倒惯了，也不觉着闷。这会儿那老两口儿全死了，我时常倒真觉着憋闷了。好人哪——！上了天堂啦——！

还有一些证词，因篇幅所限，略去。

补遗

詹牧师死后，我和他儿子给他换衣服时发现，在他贴身穿的衬衣兜里有一个小塑料包儿。打开一层塑料包儿，又是一层塑料包儿。一共三四层；里面包着两张照片。一张是"全家福"——年轻的詹牧师抱着小女儿，年轻的詹夫人搂着儿子。另一张是詹牧师当年获硕士学位时的留影，戴着硕士帽，风度翩翩。除此之外，还有一件东西——怎么说呢？请诸君原谅并保密——一个镀金的小十字架。

　　还有一件事。詹牧师的儿子给詹牧师写了一篇非常奇怪的悼词，其中有这么一段话：

　　　　……记得小时候，有一次我问爸爸："树叶是什么颜色的？"爸爸回答："绿的。"我又问："那绿色是什么样呢？"爸爸回答："就是树叶那样的。"我说："如果这就是绿色，那绿色又是什么样的呢？"爸爸想了半天，笑了，拍拍我的肩膀。那时候多快乐呀……

1983 年 5 月 2 日

最初发表于《文学家》1984 年第 3 期

老屋小记

一　年龄的算术

年龄的算术，通常用加法，自落生之日计，逾年加一；这样算我今年是四十五岁。不过这其实也就是减法，活一年扣除一年，无论长寿或短命，总归是标记着接近终点；所我的情况看，扣除的一定是多于保留的了。孩子仰望，是因为生命之囤满得冒着尖；老人弯腰，是看囤中已经见底。也可以用除法，记不清是哪位先哲说过：人为什么会觉得一年比一年过得快呢？是因为，比如说，一岁之年是你生命的全部，而第四十五年只是你生命的四十五分之一。还可以是乘法，你走过的每一年都存在于你此后所有的日子里，在那儿不断地被重新发现、重新理解，不断地改变模样，比如二十三岁，你对它有多少新的发现和理解你就有多少个二十三岁。

二十三岁时我曾到一家街道生产组去做工，做了七年。——这话没有什么毛病：我是我，生产组是生产组，我走进那儿，做工，七年。但这是加法或减法。若用除法乘法呢，就不一样。我更迷恋乘法，于是便划不清哪是我，哪是那个生产组，就像划不清哪是我哪是我的心情。那个小小的生产组已经没有了，那七年也已消逝，留下来的是我逐年改变着的心情，和由此而不断再生的那几间老屋，那些年月以及那些人和事。

二　到老屋去

那是两间破旧的老屋，和后来用碎砖垒成的几间新房，挤在密如罗网的小巷深处，与条条小巷的颜色一致，芜杂灰暗，使天空显得更蓝，使得飞起来的鸽子更洁白。那儿曾处老城边缘，荒寂的护城河水在那儿从东拐向南流；如今，城市不断扩大，那儿差不多是市中心了。总之，那个地方，在这辽阔的球面上必定有其准确的经纬度，但这不重要，它只是在我的心情里存在、生长，一个很大的世界对它和对我都不过是一个悠久的传说。

我想去那儿，是因为我想回到那个很大的世界里去。那时我刚在轮椅上坐了一年多，二十三岁，要是活下去的话，料必还是有很长久的岁月等着我。V告诉我有那么个地方，我说我想去。V和我在一条街上住，也是刚从插队的地方转回来，想等一份称心的工作，暂时在那生产组干着。我说我去，就怕人家不要。V说不会，又不是什么正式工厂，再说那儿的老太太们心眼儿都挺好。父亲不大乐意我去，但闷闷地说不出什么，那意思我懂：他宁可养我一辈子。但是"一辈子"这东西，是要自己养的，就像一条狗，给别人养了就是别人的。所有正式的招工单位见了我的轮椅都害怕，我想万万不可就这么关在家里并且活着。

我摇着轮椅，V领我在小巷里东拐西弯，印象中，街上的人比现在少十倍，鸽哨声在天上时紧时慢让人心神不定。每一条小巷都熟悉，是我上学时常走的路，后来上了中学，后来又去"串联"又去"插队"又去住医院……不走这些路已经很久。过了一棵半朽的老槐树是一家有汽车房的大宅院，过了杂货店是一个小煤厂，过了小煤厂是一个杂货店，过了杂货店是一座老庙，很长很长的红墙，跟着红墙再往前去，我记得有一所著名的监狱。V停了步，说到了。

我便头一回看见那两间老屋：尘灰满面。屋门前有一块不大的空场，就是日后盖起那几间新房的地方。秋光明媚，满地落叶金黄，一群老太太正在屋前的太阳地里劳作，她们大约很盼望发生点儿什么格外的事，纷纷停了手里的活儿，直起腰，从老花镜的上缘挑起眼睛看我。V"大妈，大婶"地叫了一圈儿，又仰头叫了一声"B大爷"。房顶上还蹲着一个老头，正在给漏雨的屋顶铺沥青。

"怎么着爷们儿？来吧！甭老一个人在家里憋闷着……"B大爷笑着说，露出一嘴残牙。他是说我。

三　D的歌

应该有一首平缓、深稳又简单的曲子，来配那两间老屋里的时光，来配它终日沉暗的光线，来配它时而的喧闹与时而的疲倦。或者也可以有一句歌词，一句最为平白的话，不紧不慢地唱，反反复复地唱，便可呈现那老屋里的生活，闻见它清晨的煤烟味，听见它傍晚关灯和锁门的轻响。

我们七八个年轻人占住老屋的一角，常常一边干活儿一边唱歌。七年中都唱过些什么，记不住也数不清。如今回想，会唱的歌中，却找不出哪一句能与我印象中那老屋里缓缓流动的情绪符合。能够符合它的只应当是一句平白的话，平白得甚至不要有起伏，唯颤动的一条直线，短短的，不断地连续。这样一句话似乎就在我耳边，或者心里，可一旦去找它却又飘散。

到这儿来的年轻人，有些是像 V 那样等着分配更好的工作的，有些则跟我一样，或轻或重地有着一份残疾。健康的一拨一拨地来了又一拨一拨地走了，残疾的每次招工都报名，但报名与落榜的次数相等。

D 的嗓音并不亮，但音域宽，乐感好，唱什么是什么。D 只是一条腿有点瘸，但除了跑不快，上树上房都不慢。"文革"已到后期，电影院里开始放映一些外国影片了，那里面的音乐和插曲让 D 着迷。《桥》哇，《流浪者》呀，《瓦尔特保卫萨拉热窝》，还有后来的《追捕》《人证》，D 一律都看八九遍。《拉兹之歌》《丽达之歌》《草帽歌》，D 都能用"外语"唱，嘀里嘟噜咿咿呜呜——D 说：保证没错儿，不信咱再去看一遍。小 T 就笑。小 T 一边梳辫子一边说："哇老天，您这可是哪国语呀，什么意思知道不？"D 一脸不屑："操心操心，你管它什么意思干吗？"小 T 说："不知道什么意思就瞎唱！"D 故作惊讶状："嘿，我说小 T，你平时可不笨，长得也挺好，咋不懂音乐呢？音乐！用不着他妈的什么意思。"小 T 红了脸："音乐就音乐，你管我长得好不好呢？"小 T 的话里露出几分满足。

小 T 长得漂亮，自己知道，也知道别人知道。小 T 也爱打扮，不过在那年月里也真可谓"英雄无用武之地"，无非是把毛衣拆了织、织了拆，变出些大同小异的花样，或者刻意让衬衫的领子从工作服上面鲜艳夺目地翻出来。但那在翻滚着灰色和蓝色的老屋里和小街上，毕竟是一点新意。

D不光能唱，那些外国电影中的台词他差不多都能背诵。碰上哪天心里不痛快，早晨一来他就开戏，谁也不理，从台词到音乐一直到声响效果，全本儿的戏，不定哪一出。"空气在颤抖，仿佛天空在燃烧……"（语出《瓦尔特保卫萨拉热窝》）"看呀，天空多么蓝啊，往前走，对，往前走不要朝两边看……"（语出《追捕》）"那儿就你一个人吗？""不，还有它。""谁？""死神。"（语出《爆炸》）"俄罗斯是农民的国家，没有城市也能活……""啊，你描绘了一幅多么可怕的图画……"（语出《列宁在一九一八》）可惜我记不住那么多了。

组长L大妈冲D喊："你整天这么演电影我可不行，还干活儿不干？"

"你瞧我手底下闲着了吗？革命生产两不误嘛。"

"你影响别人！"

"谁？死神吗？"

"滚，没人跟你贫嘴！想干就干，不想干就回家！"

"啊，您描绘了一幅多么可怕的图画……"D把画笔往L大妈跟前一拍，"中国是人民的国家，不画这些臭画儿也能活！"

"好小子，有种的你走！你怎么不走呀？"

D跷起二郎腿，闭起眼睛唱歌："妈妈，杜哟瑞曼巴——得噢斯绰哈特——哟——给喂突密？——"（Mama, do you remember, the old straw hat you gave to me？）

L大妈冲大伙喊："都干活儿，谁也甭理他！"

老屋里静下来，只有D的歌声："……我看这世界像沙漠，四处空旷无人烟，我和任何人都没来往，都没来往……"轻轻地有些窃笑。

有几个老太太忍不住笑出声，劝 D ："算了吧别怄气，都挺不容易的干吗呀这是？快，快干活儿。" D 说一声"别打岔"，歌声依旧，一首又一首唱得陶醉，仿佛是他的独唱音乐会。L 大妈脸上红一阵白一阵。天窗上漏下一道阳光，在昏暗的老屋里变换着角度走，灿烂的光柱里飘动着浮尘和 D 悠缓的歌声……阳光渐渐移在 D 的身上，柔和宁静，仿佛舞台灯光，应该再有一阵阵掌声才像话。

近午歌声才停。D 走到大妈跟前，拿过画笔，坐回到自己桌前干活。

L 大妈追过来："这就完啦？你算人不算？"

D 不抬头："好男不跟女斗。"

"什么？小兔崽子，你说什么！" L 大妈气昏。

D 慌忙起立，赔笑道："不不不，我是说，法律不承认良心，良心也不承认法律。"（《流浪者》台词）

L 大妈把画笔摔得满地，坐在门槛上一把鼻涕一把泪地哭诉，说她这可是图的什么？每月总共多拿两块钱，操心劳神还挨骂可真是犯不上。如是等等。"是我不愿意你们青年人都分配上个好工作吗？跟我闹脾气顶他娘个屁用！不信你们就问问去，哪回招工的来了我不是挨个儿给你们说好话……"

四　外汇

老太太们盼望着这个小生产组能够发达，发展成正式工厂，有公费医疗，一旦干不动了也能算退休，儿孙成群终不如自己有一份退休金可靠。她们大多不识字，五六十岁才出家门，大半辈子都在家里伺候丈夫和儿女。

我们干的活倒很文雅：在仿古的大漆家具上描绘仕女佳人，花鸟树木，山水亭台……然后在漆面上雕刻出它们的轮廓、衣纹、发丝、叶脉……再上金打蜡，金碧辉煌地送去出口，换外汇。

"要人家外国钱干吗呢，能用？"A老太太很有些明知故问的意思，扫视一周，等待呼应。

"给你没用，国家有用。"G大婶搭腔，"想买外国东西，就得用外国钱。"

"外国钱就外国钱吧，怎么叫外汇？"

"干你的活儿呗老太太——！知道那么多再累着。"

"我划算，外汇真要是那么难得，国家兴许能接收咱这厂子……"

老太太们沉默一会儿，料必心神都被吸引到极乐世界般的一幅图景中去了。

"哎，对了，U师傅，您应当见过外汇？"

于是，最安静的一个角落里响起一个轻柔的声音："外汇是吗？哦，那可有很多种哪，美元，日元，英镑，法郎，马克……我也并不都见过。"这声音一板一眼字正腔圆，在简陋的老屋里优雅地漂浮，怪怪的，很不和谐，就像芜杂的窄巷中忽然闪现一座精致的洋房，连灰尘都要退避。"对呀对呀，纸币，跟人民币差不多……对呀，是很难得，国家需要外汇。"

这回沉默的时间要长些，希望和信心都在增长。

可是A老太太又琢磨出问题了："咱们买外国东西用外国钱，外国买咱的东西不是也得用中国钱吗？那您说，咱这东西可怎么换回外汇来呢？"

"不，"U 师傅细声地笑一下，"外国人买咱们的东西要付外汇。"

"那就不对了，都用他们的钱，合着咱的钱没用？"

U 师傅光是笑，不再言语。

很多年以后，我在一家五星级饭店里看见了那样几件大漆的仿古陈设：一张条案、几只绣墩、一堂四扇屏风。它们摆布在幽静的厅廊里，几株花草围伴，很少有人在它们跟前驻足，唯独我一阵他乡遇故知般的欣喜。走近细看，不错，正是那朴拙的彩绘和雕刻，一刀一笔都似认得。我左顾右盼，很想对谁讲讲它们，但马上明白，这儿不会有人懂得它们，不会有人关心它们的来历，不会再有谁能听见那一刀一笔中的希望与岑寂。我摸摸那屏风纤尘不染的漆面，心想它们未必就是出自那两间老屋，但谁知道呢，也许这正是我们当年的作品。

五　三子

冬天的末尾。冻土融化，变得温润松软时，B 大爷在门前那块空场上画好一条条白线，砖瓦木料也都预备齐全，老屋里洋溢着欢快的气氛。但阵阵笑声不单是因为新屋就要破土动工，还因为 B 大爷带来的"基建队"中有个傻子。

"嘿，三子，什么风把你刮来了？"

"你们这儿不是要盖房吗？"

"嗬，几天不见长出息了怎的，你能盖得了房？"

三子愧怍地笑笑："这不是有 B 大爷吗？"

三子？这名儿好耳熟。我正这么想着，他已经站到我跟前，并且叫着我的名字了。"喂，还认得我吗？"他的目光迟滞又迷离。

"噢……"我想起来了，这是我的小学同学，可怎么这样老了呢？驼背，面且满脸皱纹。"你是王……"

"王……王……王海龙。"他一脸严肃，甚至是紧张。

又有人笑他了："就说'三子'多省事！方圆十里八里的谁不知道三子？未必有谁能懂得'王海龙'是什么东西。"

三子的脸红到了耳根，有些喘，想争辩，但终于还是笑，一脸严肃又变成一脸愧怍，笑声只在喉咙里"哼哼"地闷响。

我连忙打岔："多少年了呀，你还记得我？"

"那我还能不记得？你是咱班功课最棒的。"

众人又插嘴说："那，最孬的是谁呢？""小学上了十一年也没毕业的，是谁呢？""俩腿穿到一条裤腿里满教室跳，把新来的女老师吓得不敢进门，是谁？"

"我——！妈了个巴的！"三子猛喊一声，但怒容只一闪，便又在脸上化作歉疚的笑，随即举臂护头做招架的姿势。

果然有巴掌打来，虚虚实实落在三子头上。

"能耐你不长，骂人你倒学得快！"

"这儿都是你大妈大婶，轮得上你骂人？"

"三子，对象又见了几个啦？"

"几个儿哪够，几打了吧？"

"不行。"三子说。

"喂喂——说明白了，人家不行还是咱们不行？"

"三子！"B 大爷喊，"还不快跟我干活儿去？这群老'半边天'一个顶一个精，你惹得起谁？"

B大爷领着三子走了，甩下老屋里的一片笑骂。

B大爷领着三子和V去挖地基，还有个叫老E的四十多岁的男人。三子一边挖土一边念念叨叨地为我叹息："谁承想他会瘫了呢？唉，这下他不是也完了？这辈子我跟他都算完了……"

V听了就眦瞪三子："你他妈完了就完了吧，人家怎么完了？再胡说留神我抽你！"

三子便半天不吭声，拄着锹把低头站着。B大爷叫他，他也不动，B大爷去拽他，他慌忙抹了一把泪，脸上还是歉意的笑。——这些都是后来B大爷告诉我的。

六　春天

三子的话刺痛了我。

那个二十三岁、两腿残废的男人，正在恋爱。他爱上了一个健康、漂亮又善良的姑娘。健康，漂亮，善良——这几个词太陈旧，也太普通了，但我没有别的词给她。别的词对于她都嫌雕琢。别的词，矫饰、浮华，难免在长久的时光中一点点磨损掉。而健康，漂亮，善良，这几个词经历了千百年。

属于那个年轻的恋爱者的，只有一个词：折磨。

残疾已无法更改，他相信他不应该爱上她，但是却爱上了，不可抗拒，也无法逃避，就像头上的天空和脚下的土地。因而就只有这一个词属于他：折磨。并不仅因为痛苦，更因为幸福，否则也就没有痛苦也就没有折磨。正是这爱情的到来，让他想活下去，想走进很大的那个世界去活上一百年。

他坐在轮椅上吻了她，她允许了，上帝也允许了。他感到了活下去的必要，就这样就这样，就这样一百年也还是短。那时他想，必须努力去做些事，那样，或许有一天就能配得上她，无愧于上帝的允许。偷偷地但是热烈地亲吻，在很多晴朗或阴郁的时刻如同团聚，折磨得到了报答，哪怕再多点儿折磨这报答也是够的。

但是总有一块巨大的阴影，抑或巨大的黑洞——看不清它在哪儿，但必定等在未来。

三子的话，又在我心里灌满了惶恐和绝望。一个傻人的话最可能是真的。

杨树的枝条枯长、弯曲，在春天最先吐出了花穗，摇摇荡荡在灰白的天上。我摇着轮椅，毫无目的地走。街上车水马龙人流如潮，却没有声音——我茫然而听不到任何声音，耳边和心里都是空荒的岑寂。我常常一个人这样走，一无所思，让路途填塞时间，劳累有时候能让心里舒畅、平静，或者是麻木。这一天，我沿着一条大道不停地摇着轮椅，不停地摇着，不管去向何方，也许我想看看我到底有多少力气，也许我想知道，就这么摇下去究竟会走到哪儿。

夕阳西坠时，看见了农田，看见了河渠、荒冈和远山，看见了旷野上的农舍炊烟。这是我两腿瘫痪后第一次到了城市的边缘。绿色还很少，很薄，裸露的泥土占了太重的比例，落霞把料峭的春风也浸染成金黄，空幻而辽阔地吹拂。我停下车，喝口水，歇一会。闭上眼睛，世界慢慢才有了声音：鸟儿此起彼落的啼鸣……

农家少年的叫喊或者是歌唱……远行的列车偶尔的汽笛声……身后的城市"隆隆"地轰响着，和近处无比的寂静……但是，我完了吗？如果连三子都这样说，如果爱情就被这身后的喧嚣湮灭，就被这近前的寂静囚禁，这个世界又与你何干？

睁开眼，风还是风，不知所来与所去，浪人一样居无定所。身上的汗凉了，有些冷。我继续往前摇，也许我想：摇死吧，看看能不能走出这个很大的世界……

然后，暮色苍茫中，我碰上了一个年轻的长跑者。

一个天才的长跑家——K。K在我身旁收住脚步，愕然地看着我，问我这是要到哪儿去？我说回家。他说，你干吗去了？我说随便走走。他说你可知道这是哪儿吗？我摇摇头。他便推起我，默默地跑，朝着那座"隆隆"轰响的城市，那团灯火密聚的方向……

七　长跑者

想起未开放的年代，一定会想起K，想起他在喧嚣或寂静的街道上默默奔跑的形象。也许是因为，那个年代，恰可以这孤独的长跑为象征、为记忆、为诉说吧。

K因为在"文革"中出言不慎，未及成年就被送去劳改，三年后改造好了回来，却总不能像其他同龄人一样有一份正式工作。所谓"改造好了"，不过是标明"那是被改造过的"（就像是"盗版"的）的，以免与"从来就好的"相混淆。这样，K就在街道生产组蹬板车。蹬板车之所得，刚刚填平蹬板车之所需。力气变成钱，钱变成粮食，粮食再变成力气，这样周而复始。我和K都曾怀疑上帝这是什么意图？K便开始了长跑，以期那严密而简单的循环能有一个漏洞，给梦想留下一点可能。K以为只要跑出好成绩，他就可以真正与别人平等，或者得一份正式工作，或者再奢侈些——被哪个专业田径队选中。

K 推着我跑，灯火越来越密，车辆行人越来越多……K 推着我跑，屋顶上的月亮越来越高，越来越小，星光越来越亮越来越辽阔……K 推着我跑，"隆隆"的喧嚣慢慢平息着，城市一会儿比一会儿安静……万籁俱寂，只有 K 的脚步声和我的车轮声如同空谷回音……K 推着我跑在我的印象中一直就没有停下，一直就那样沉默着跑，夜风扑面，四周的景物如鬼影幢幢……也许，恰恰我俩是鬼（没有"版权"而擅自"出版"了），穿游在午夜的城市，穿游在这午夜的千万种梦境里……

K 是个天才长跑家。他从未受过正规训练，只靠两样天赋的东西去跑：身体和梦想。他每天都跑两三万米，每天还要拉上六七百斤的货物蹬几十公里路，其间分三次吃掉两斤粮食而已。生产组的人都把多余的粮票送给他。谈不上什么营养，只临近比赛的那一个月，他才每天喝一瓶牛奶，然后便去与众多营养充分、训练有素的专业运动员比赛。年年的"春节环城赛"我都摇着轮椅去看他跑。年年他都捧一个奖杯或奖状回来，但仅如此而已，梦想还是梦想。多少年后我和 K 才懂了那未必不是上帝的好意相告：梦想就是梦想，不是别的。

有个十三四岁的男孩要跟 K 学长跑，从未得到过任何教练指点的 K 便当起了教练。

后来，这男孩的姐姐认识了 K，爱上了 K，并且成了 K 的妻子——那时 K 仍然在拉板车，在跑，在盼望得到一份正式的工作，或被哪个专业田径队选中。

热恋中的 K 曾对我说过一句话。他说他很久以来就想跟我说这句话了。他说："你也应该有爱情，你为什么不应该有呢？"我不回答，也不想让他说下去。但是他又说："这么多年，我最想跟你说的就是这句话了。"我很想告诉他我有，我有爱情，但我还是没有告诉他，我很怕去看这爱情的未来。那时候我还没能听懂上帝的那一项启示：梦想如果终于还是梦想，那也是好的，正如爱情只要还是爱情，便是你的福。

八　U师傅

U师傅有什么梦想吗？U师傅会有怎样的梦想呢？

U师傅的脚落在地上从来没有声音，走在深深的小巷里形单影只，从不结群。U师傅走进老屋里来工作，就像一个影子，几乎不被人发现。"U师傅来了吗？"——如果有人问起，大家才往她的座位上望，看见一个满头乌发、身体颀长的老女人，跟着听见一声如少女般细声细气的回答——"来了呀。"

我初来老屋之时，听说她已经有五十岁——除非细看其容颜，否则绝不能信。她的身段保持得很好，举手投足之间会令人去想：她必相信可以留住往昔，或者不信不能守望住流去的岁月。无论冬夏，她都套着一身工作服，领口和袖口的扣子都扣紧。她绝不在公用的水盆中洗手，从不把早点拿来老屋吃。她来了，干活；下班了，她走。实在可笑的事她轻声地笑，问到她头上的话她轻声回答，回答不了的她说"真抱歉，我也说不好"，令她惊讶的事物她也只说一声"哟，是吗"。

"U师傅，您给大伙说两句外国话听听行不行？"

"不行呀，"她说，"都快忘光了。"

小 T 说："U 师傅，您听 D 唱的那些嘀里嘟噜的是外语吗？"

她笑笑，说："我听不懂那是什么语。"

小 T 便喊 D："嘿，你听见没有，连 U 师傅都听不懂，你那叫外语呀？"

D 走到 U 师傅跟前，客客气气地弓身道："有阿尔巴尼亚语，有南斯拉夫语，有朝鲜语，还有印度语。"

"哟，是吗？" U 师傅笑。

"U 师傅，我早就想请教您了，您说'杜哟瑞曼巴'是什么意思？"

"你说的大概是 do you remember，意思是，'你还记得吗'。"

"哎哟喂，神了，" K 挠挠头，再问："那'得噢斯绰哈特'呢？"

U 师傅认真地听，但是摇头。

"一个草帽，是吗？"

"草帽？噢，大概是 the old straw hat，'那个旧草帽'，是吗？"

"'哟给喂突密'呢？"

"you gave to me，就是'你给我'。哦，这整句话的意思应该是，'妈妈，你还记不记得你给我的那个旧草帽'。"

D 点头咋舌，竖着大拇指在老屋里走一圈，回到自己的座位上去。

小 T 快乐得手舞足蹈："哇老天，D 哥们儿这回栽了吧？"

D 不理小 T，说："U 师傅，我真不明白，您这么大学问可跟我们一块儿混什么？"

L 大妈的目光敏觉地投向 U 师傅，在那张阻挡不住地要走向老年的脸上停留一下，又及时移开："D，干你的活儿吧，说话别这么没大没小的！"

听说 U 师傅毕业于一所名牌大学的西语系，听说 U 师傅曾经有过很好的工作，后来生了一场大病，病了很多年工作也就没有。听说 U 师傅没结过婚，听说不管谁给她介绍对象她都婉言谢绝。

U 师傅绝对是一个谜。老屋里寂寞的时刻，我偶尔偷眼望她，不经意地猜想一回她的故事。我想，在那五十几年的生命里面必定埋藏着一个非凡的梦想，在那优雅、平静的音容后面必定有一个牵魂动魄的故事。但是她的故事守口如瓶，就连老屋里的大妈大婶们也分毫不知，否则肯定会传扬开去。

应该是一个爱情故事，一个悲剧。应该是一份不能随风消散、不能任岁月冲淡的梦想，否则也就谈不上悲剧。应该并不只是对于一个离去的人，而是对于一份不容轻掷的心血，否则那个人已经离开了你，你又是甘心地守望着什么呢？等待他回来？我宁愿不是这样一个通俗的故事。如果他不回来（或不可能再回来），守望，就一定是荒唐的吗？不应该单单去猜测一种现实——何况她已经优雅而平静地接受了别人无法剥夺的：爱情本身。她优雅、平静但却不能接受的是：往日的随风消散。是呀，那是你的不能消散的心的重量，不能删减的魂的复杂，不能诉说的语言绝境，不能忘记的梦之神坛或大道。

到底是怎样一个故事并不重要。

有一次小 T 去 U 师傅家回来（小 T 是老屋唯一去过 U 师傅家的人），跟我们说："哇，老天！告诉你们都不信，U 师傅家真叫讲究喂，净是老东西。"

D 说："有比 L 大妈还老的东西？"

小 T 说："我是说艺术品，字画，瓷器，还有太师椅呢。"

D 说："太湿，怎么坐？"

小 T 说："你们猜 U 师傅在家里穿什么？旗袍！哇，老天，缎子的，漂亮死了！头发绾成髻，旗袍外面套一件开身绣花的毛坎肩，哇，老天，她可真敢穿！屋里屋外还养了好多好多花……"

U师傅的梦想具体是什么，也不重要。

九　B大爷

B大爷七十多岁了。砌砖和泥、立柱架梁、攀墙上房，他都还做得。察领导之言、观同僚之色，他都老练。审潮流之时、度朝政之势，他都自信有过人之见——无非是"女人祸国"的歪论、"君侧当清"的老调。B大爷当过兵打过仗，枪林弹雨里走过来，竟奇迹般没留下一点伤残。不过他当的既非红军，亦非八路，也不是解放军。他说他跟"毛先生"打过仗。

"哪个毛先生？"

"毛主席呀，怎么了？"

"哎哟喂B老爷子！毛主席就是毛主席，能瞎叫别的？"

"不懂装懂不是？'先生'是尊称，我服气他才这么叫他。当年我们追得毛先生满山跑，好家伙，陈诚的总指挥，飞机大炮的那叫狂，可追来追去谁知道追的是师傅哇？论打仗，毛先生是师傅，教你们几招人家还未准有工夫呢，你们倒他妈不依不饶地追着人家打？作死！师傅就是先生，'先生'是尊称，懂不？"

"满山跑？什么山？"

"井冈山呀？怎么着，这你们又比我懂？"

"哪里哪里，你是师傅，啊不，先生。"

"噢嗨，不敢当不敢当。"B大爷露出一嘴残牙笑。

他当过段祺瑞的兵，当过阎锡山的兵，当过傅作义的兵，当过陈诚的兵。

"那会儿不懂不是，"B大爷说，"心想当兵吃粮呗，给谁当还不一样？就看枪子儿找不找你的麻烦。饥荒来了，就出去当两天兵，还能帮助家里几个钱。年景好就溜回来，种地，家里还有老娘在呢。唉，早要是明白不就去当红军了？"

"您当兵，也抢过老百姓？"

"苍天在上，可不敢。冲锋陷阵，闹着玩的？缺德一点儿枪子也找你。都说枪子儿不长眼，瞎说，枪子儿可是长眼。当官儿的后头督着，让你冲，你他妈还能想什么？你就得想咱一点儿昧良心的事儿没有，冲吧您哪。不亏心，没事儿，也甭躲，枪子儿知道朝哪儿走。电影里那都是瞎说。要是心虚，躲枪子儿，哪能躲得过来？咣当，挺壮实的一条汉子转眼就完了。我四周躺下过多少呀！当了几回兵，哪回我娘也没料着我能囫囵着回来。我说，娘，你就信吧，人把心眼儿搁正了，枪子儿绕着走。"

"B先生，枪子儿会拐弯儿吗？"

"会，会拐弯儿。"

你惊讶地看着B大爷，想笑。B大爷平静地看着你，让你无由可笑。B大爷仿佛在回忆：某个枪子儿是怎样在他眼前漂漂亮亮地拐了个弯儿的。

"这辈子我就信这个，许人家对不起你，不许你对不起人家。"

在基建队，B大爷随时护着三子，不让他受人欺侮。

晚上，三子独自东转西转，无聊了，就还是去B大爷那儿坐坐。

生产组的新车间盖好了，B大爷搬去那两间老屋里住，兼做守卫。

木床一张，铺盖一卷，几件换洗的衣裳，最简单的炊具和餐具，一只不离身的小收音机——B大爷说："这辈子就挣下这几样东西，不信上家里瞅瞅去，就剩一个贼都折腾不动的水缸。"

三子到B大爷那儿去，有时醉醺醺的。B大爷说："甭喝那玩意儿，什么好东西？"

三子说："您不也喝？"B大爷说："我什么时候死都不蚀本儿啦！喝敌敌畏都行。"三子说："我也想喝敌敌畏。"B大爷喊他："瞎说，什么日子你也得把它活下来，死也甭愁活也甭怕才叫有种！"三子便愣着，撕手上的老茧，看目光可以到达的地方。

B大爷对旁人说："三子呀，人可是一点儿不傻，只不过脑子不好使。"

脑子不好使而人并不傻，真是非凡之见。这很可能要涉及艰深的哲学或神学问题。比如说，你演算不出这非凡之见的正确，却能感受到它的美妙。

十　浪与水

从老屋往北，再往东，穿过芜杂简陋的大片居民，再向北，就是护城河了。老城尚未大规模扩展的年代，河两岸的土堤上柽柳浓荫、茂草藏人，很是荒芜。河很窄，水流弱小、混浊，河上的小木桥踩上去嘎嘎作响，除去冰封雪冻的季节，总有人耐心地向河心撒网，一网一网下去很少有收获；小桥上的行人驻足观望一阵，笑笑，然后各奔前途。

夏天的傍晚，我把轮椅摇过小桥，沿河"漫步"，看那撒网者的执着。烈日晒了一整天的河水疲乏得几乎不动，没有浪，浪都像是死了。草木的叶子蔫垂着，摸上去也是热的。太阳落进河的尽头。蜻蜓小心地寻找露宿地点，看好一根枝条，叩门似的轻触几回方肯落下，再警惕着听一阵子，翅膀微垂时才是睡了。知了的狂叫连绵不断。我盼望我的恋人这时能来找我——如果她去家里找我不见，她会想到我在这儿。这盼望有时候实现，更多的时候落空，但实现与落空都在意料之内，都在意料之内并不是说都在盼望之中。

若是大雨过后，河水涨大几倍，浪也活了，浪涌浪落，那才更像一条地地道道的河了。

这样的时候，更要以河边去，任心情一如既往有盼望也有意料，但无论盼望还是意料，便都浪一样是活的。

长久地看那一浪推一浪的河水，你会觉得那就是神秘，其中必定有什么启示。"逝者如斯夫"？是，但不全是。"你不能两次踏进同一条河"？也不全是。似乎是这样一个问题：浪与水，它们的区别是什么呢？浪是水，浪消失了水却还在，浪是什么呢？浪是水的形式，是水的信息，是水的欲望和表达。浪活着，是水，浪死了，还是水，水是什么？水是浪的根据，是浪的归宿，是浪的无穷与永恒吧。

那两间老屋便是一个浪，是我的七年之浪。我也是一个浪，谁知道会是光阴之水的几十年之浪？这人间，是多少盼望之浪与意料之浪呢？

就在这样的时候，这样的河边，K跑来告诉我：三子死了。

"怎么回事？"

"就在这河里。"

雨最大的时候，三子走进了这条河里——在河的下游。

"不能救了？"

我和 K 默坐河边。

河上正是浪涌浪落。但水是不死的。水知道每一个死去的浪的愿望——因为那是水要它们去作的表达。可惜浪并不知道水的意图，浪不知道水的无穷无尽的梦想与安排。

"你说三子，他要是傻怎么会去死呢？"

没人知道他怎么想。甚至没有人想到过：一个傻子也会想，也是生命之水的盼望与意料之浪。

也许只有 B 大爷知道：三子，人可不比谁傻，不过是脑子跟众人的不一样。

河上飘缭的暮霭，丝丝缕缕融进晚风，扯断，飞散，那也是水呀。只有知道了水的梦想，浪和水和雾，才可能互相知道吧？

老屋里的歌，应该是这样一句简单的歌词，不紧不慢反反复复地唱：不管浪活着，还是浪死了，都是水的梦想……

两个故事

有一年秋天，我在地坛公园遇见一个老人。

柏籽随风摇落，银杏的叶子开始泛黄，我在那园子东南角的树林里无聊地坐着，翻开书，其实也不看，只是想季节真是神秘，万物都在它的掌握之中。

这时候我看见夕阳里走来一个老人。我想等他走过去，然后点支烟继续享受这秋日黄昏的宁静；有些老人总对抽烟的年轻人抱有偏见。我把烟捏在手里，等着，看一条长长的影子向我游近。那影子在草地上起伏、变形，快要爬上对面的一棵树干时停下来。"借个火，小老弟。"一顶旧草帽和草帽下一张堆笑的脸已经凑到我跟前。我给他把烟点上，自己也点上。他没有要离开的意思，挎包扔在地上，蹲下来看我的轮椅，对轮椅的结构提出很内行的批评。见我并不热情，他站起来，绕着我走圈儿，没话找话跟我搭讪：今年的气候不正常呀，你有多大年纪呀，尝尝我这烟吧这烟如何如何地好，以及这么年轻你怎么就把腿弄成这样，用没用过云南白药和看没看过藏医，等等。我想不宜再对他冷淡，也该对他有所关心才好。

"您呢，"我说，"这是上哪儿去？"

他脸上的皱纹于是松开，笑容淡下去，不断地眺望树梢和树梢以上的天空。"天上浮云似白衣，斯须改变如苍狗"，从来如此，并无异常。唯夕阳灿烂，久视令人目眩。

"依你说呢小老弟，最后我们都是上哪儿去？"

我疑惑地看他，表情中必已流露了对他的重视。

"别这样小老弟，所有的话都不过是说着玩玩儿。"

他坐下，掀去草帽，掸他满头的白发，不停地掸，于是乎很久他不再言语。我敢说那是一种空前的景象：头皮屑飘落如雪，纷纷扬扬总有一刻钟之久才见稀疏。

"小老弟，要不要我讲个故事给你听？"

仿佛雪住了，云开天青他再次露出笑脸。我心里挺不高兴，这老半天莫非倒是我在等你讲什么故事？我心说，你要是不走我可要走了，但我却随口应道："什么故事？"人有时候就这么言不由衷。

"关于我的。不过到最后，还有一个比我更不走运的人。"

以下是他讲的故事。

我是个叛徒。不，我是说真的。铁案如山。是呀，现在真正是铁案如山了。现在，这件事，只有我自己可以不信了。再过几年，等我一死，就没人不信了。

其实一样，单我自己不信管什么？什么事都一样，要是没人作证，多大的事也等于零。这些日子我老想：要是你压根就是一个人活在孤岛上没人知道，你跟死了有什么不一样？

　　我的故事差不多就是这么回事。我知道我是怎么一个人，可是我没有证据。我没有证据倒不是说这事本来就没有证据，是说我拿不到证据。拿不到，也不是说还没拿到，对，曾经是还没拿到，现在不是了，现在是肯定拿不到了。肯定拿不到跟从来没有其实一样。

　　你是不是看我有点儿精神不大正常？好，你觉得没有就好，听我说。

　　刚才你问我上哪儿去，我现在是哪儿也不用去了，只剩下最后一个大家谁也跑不了都要去的地方了。"条条大路通罗马"，我看压根儿就是指的那地方。可这之前我一直在东奔西走，差不多半辈子，我都在找一个人，几十年里只要有一点他的线索我也不放过，哪怕是地角天边我也要去查看个究竟。因为……因为这个世界上总共就两个人知道我不是叛徒，除了我就只有他。

　　他叫刘国华。

　　也许你在电影里见过，过去，敌后工作，经常是单线联系。就是说，一个人只与一个人联系，一个人只受一个人领导，张三领导李四，李四领导王五，但是张三并不领导王五，张三也不知道王五在干吗，甚至压根儿不知道有王五这么个人。要不就是张三领导李四，也领导王五，但李四和王五互相谁也不知道谁。为什么？啊，你真是年轻。这么说吧，除了张三，不管是谁叛变了，都只可能再出卖一个，不至于破坏整个组织。张三也是只与他的一个上级联系，要是他叛变了，他能出卖的人也就不会太多。什么，你说这是对朋友的不信任？嘿呀小老弟，你真是太天真了，刚才我远远地瞧见你，我就想，这个年轻人，以后的日子有他受的。现实！懂吗，小老弟？它跟希望不一样，它要不是跟希望越差越远就很不错了。好了，我不跟你争，这事你不懂也许倒好。

你还想不想听我的故事？好，慢慢儿听，没准儿不白听。

总之我是单线联系的最后一环，我只听从我唯一的上级的指示，至于他听从谁的指示我管不着，至于他还领导谁我也不问，也没想过要问，问也白问，再问就是犯纪律。

我的上级就是刘国华，老刘。最后一次，他指示我打入敌人内部，以叛变的方式打进到敌人内部去。当然是为了搞情报。简单说吧，我干成了，并且取得了敌人的信任。实际当然不会像我说的这么简单，实际是经历了很多很多危险的，比如说……唉，不说了吧，那些事更是只有我自己知道。

电影？电影毕竟是电影，不过我不反对你按照电影里那样去想象。

可是，就在我好不容易打入敌人内部之后不久，我们胜利了。就是说我打入了敌人内部可是我还没来得及干什么我们就全面胜利了，就是说我什么都没干就不需要我再干什么了。这真让人窝火，让人觉着委屈，一切一切不都白费了吗？不不，麻烦并不在这儿，胜利了怎么说都是好的，这我想得通，一切还不都是为了胜利吗？麻烦的是，胜利之后我却再也找不到刘国华了。

老刘，对，找不到了。问谁谁也不知道。不知道，多简单，可我呢，怎么办？只有老刘知道我是谁，是怎么回事，只有他能证明我其实并不是叛徒，只有他知道我的叛变其实是为了什么。可是找不到刘国华你说什么也没用，没人知道你。可老刘他无影无踪，就是找不到。

就这么，我找了他几十年。

全中国有多少刘国华呀！几十年里我见的刘国华有一百多个，男的女的，东北的，西南的，活着的和死了的，可都不是我要找的那个刘国华。

我没有放弃希望。几十年我一直坚定着一个信心：除非我死了我不信我就找不到他，不信这笔糊涂账就说不清楚。我是叛徒？笑话！那是因为我还没找到老刘，等我找着老刘你们再后悔吧，再看看你们是不是把一个英雄给冤枉了吧！

我也想过，莫非老刘他已经死了？我宁可不这么想，在没找到老刘的尸首或者他确实已经死了的证据之前，我必须得找他，这是我唯一的希望啊。这几十年我能活过来，还不就因为这个？

老刘他真要是死了那也就什么都甭说了。

老刘他要是个没良心的人，那，我也就认命了。

我四十岁上才成家。有个女人跟了我，她说她信我不是瞎说，她说不是瞎说一瞧就知道，用不着什么证据。也有些人对我的话将信将疑，可是你说了半天一点儿证据也拿不出来这算怎么回事？有谁会说自己是坏蛋吗？平心而论是这么个理。说到底我得找到老刘。我老婆心甘情愿跟了我，打一过门就跟我一起找这个刘国华。什么英雄不英雄的，老也老了我早不在乎那玩意儿了，我只是想不能让我老婆白信任我一回，不能让她总这么跟我受这份糊涂罪。依着她早就不找了，她说不如赶紧生个孩子过咱们的日子吧。她是真喜欢孩子，可我总想把事情弄清楚了再要也不晚。就这么弄来弄去有一天我看见她悄悄掉眼泪，我问她怎么了？她说完了，甭生了，已经绝经了。现在想想，我倒真也算得上是英明，要了又怎么着？叛徒的儿子，长大了也得埋怨我。

总之，那时候我一门心思非找到刘国华不可。

除了台湾，我一点儿不夸张，全国二十多个省我都走到了，所有的市、县我都托人或者写信去打听过了。直到不久前，又听人说起有个叫刘国华的，在南方，一个小镇子上，有个曾经化名刘国华在敌后工作过的老同志。哎哟我想这回有门儿，连我老婆都说这回八成错不了啦。我立刻就去了。在那个小镇子上，一个青砖红瓦的小院儿里，果然，是他，是老刘，是我要找的那个刘国华。当然他是老多了，不过错不了，这么多年他的模样总在我眼前晃，再怎么老我还能认不出他？

可他已经不能算是活人了。

他活倒是还活着，可对我来说，他其实已经是死了。

他的家人把我迎进门，把我领到老刘的床前。我说："哎哟老刘喂我可算找着你喽！你还认得我不？"我泣不成声，哭得站也站不稳，一下子跪倒在他床前，可他瞪着俩大眼珠子什么表情也没有。你猜怎么着？他是植物人了。

他家里人说，刚刚胜利没两天他就躺下了，中风不语。开始还明白点儿事，整天"啊……啊……啊"地躺在床上干着急，话也不会说字也不会写，过了几天干脆人事不知了。领导把他送回家，组织关系转到县上，生活、医疗倒都不用愁，家里人照顾他还有一份护理费。"是呀，能吃能喝就是不省人事，"他家里人说，"连我们是谁他也不认得，整天就这么一个人盯着天花板。""可不是嘛二十多年啦，"他老伴说，"倒也没什么麻烦的，给他翻翻身，伺候他吃喝屙撒呗。"

我还能说什么呢？

我从他家里出来，心想这回行了，不用再找他了，不用再绕世界跑了，也不用逢人就问您认识的人里有没有个叫刘国华的了。

一切都结束了。你别说，这么一想倒觉着从头到脚都轻松了。可是我一下子就走不动了，扶着墙左右瞧瞧，那墙头上垂挂下来一串花，红的白的开得正旺，艳得让人害怕，让人不敢看。前面有家小饭馆，我就进去，要了碗面，其实不想吃，就为歇歇，喘口气。老刘的家里人后来还说了好些老刘的事，可说的都是什么我一点儿没听清，心里光记着那句话——"开始他还明白点儿事，整天啊……啊……啊地躺在床上干着急。"我想老刘这一定是放心不下我，没问题他是想着我呢，想把我的事给领导上托付托付。老刘毕竟还是老刘哇，我心里挺感动，他没把我忘了，没扔下我不管，行啊我这心里头挺知足。不单知足，倒觉着对不住老刘了，我怨过他，骂过他，恨过他，我怎么也没想到是这么回事哟。中风不语！老刘啊老刘，得什么病不行啊你？

我坐在那个小饭馆里愣了老半天，最后想：唉，得了，反正该受的我也都受了，什么都甭说了，不如赶紧回家陪陪老婆去吧。毕竟我那老伴是相信我的。我想起她的眼神，那里面纯净得让人想哭，让人想走进去再也不出来，那里面好像通着另外的什么地方，看不见的地方，也许是另一个世界，在那儿，什么事都是清楚的，就像我老婆说的：用不着证据。

老人收住话头，又那么一心一意地眺望树梢，眺望天空。太阳掉到了远处的楼群后面，在那儿闪烁着最后的光芒。

"还有一个人呢？您不是说，还有一个比您更不走运的人吗？"

老人侧目望望我，再把目光放回到天上。

以下是他讲的第二个故事。

我是在那个小饭馆里碰上这个人的。到现在我也不知道他是谁，叫什么，打哪儿来，不知道他到底有什么冤仇。

我在那小饭馆里坐着一直坐到差不多这个时候，这个人来了。他要了酒，站在柜台前一口连一口地喝，两眼直勾勾的。喝了一阵子，他端着酒坐到我对面来。"谁让我最后碰上您了呢，"他说，"您不能不答应陪我一块儿喝几杯。"我没有太推辞。看他一副神不守舍的样子，我猜他是做买卖做赔了，要不就是赌钱赌输了。他说不是，都不是，他说这地方他是头一次来，是来找老三的。

他管他那个仇人叫老三，也不知道他们是什么关系。

总之，他到处找那个叫老三的，为了报仇。他找了好几十年，找了大半辈子，这倒是有点儿像我，不过我可不是找什么仇人，我没有仇人。

他不一样，他是要报仇。他说非得亲手杀了老三不可，不然他这一辈子就活得太窝囊了。他说，几十年了，他没有一天不想着杀了那老东西，大不了一命顶一命呗，那也得杀了他。他说死也得出出这口气，几十年了他说就为这个他才活下来。他要面对面，一对一地把老三杀了，让那老东西明明白白他就是跑到天边去事情也不能算完。他说他做梦都梦见老三死在他面前的样子，梦见那个不可一世的老东西跪地求饶。那也不行，跪地求饶也不行，"我非杀了他不可！"

他说他什么都想好了，这些年他没有一天不在盘算这件事，所有的可能他都想到了，所有的细节都想好了。当然，老三也绝不是个容易摆弄的，"这小子老奸巨猾心毒手狠，不是我杀了他就是他杀了我"，他说那也行，怎么都行，谁杀了谁都行反正一回事。

他不停地喝酒，一口气地说着，差不多是喊，听得我心里发毛。

慢慢儿的他口齿不大利索了，喝高了，把这些话来来回回地说。小老板站在柜台里动也不敢动。

终于，他的声音低下来。"可到底还是有件事，我怎么也没想到。"他说。

简单说吧，几天前他找到了老三。找了几十年终于让他打探到了，老三就在这个镇子上，他立刻就来了。他悄悄跟踪了老三好几天，打听老三的情况，老三竟然一点儿没发现。听起来老三并不像他说的那么老谋深算。老三现在是孤身一人，老了，这些年哪儿也不去，也不跟任何人交往，一日三餐之外就是去河边钓钓鱼。

他心说行啊老东西，你他妈的倒自在，你这一辈子造的孽你以为就算没事儿了？

那天他跟着老三到了河边，太阳还没出来，四周没人，他从草丛里跳出来，跳到老三跟前问老三还认不认得他。这一刻他盼了多少年呀，梦也不知梦见多少回了，他有点兴奋过度。老三看看他，冲他点点头，仿佛还笑了笑，老三正要说什么还没说出来他已经扑上去一刀把老三给杀了。

老三一声没吭就倒在河滩上，血咕嘟咕嘟地流出来，流进河里，把河水染红了一大片。他有点后悔事情办得未免太简单了，不像梦里那么有声有色。

这个人没有立刻就走，他说总觉得事情不大对劲儿，不是那么个意思。哪儿出了什么毛病吗？他在尸首旁边坐了一会，心想，其实也就只能这么简单吧，还能怎样呢？河上的雾气慢慢地薄了，阳光在河滩上铺开，爬上老三的脸，他看见那张脸上的笑还没有消失干净。他又在心窝那儿补了一刀。可他心里还是嘀咕，还是觉着不对劲儿。这么着，他去翻老三身上，从老三贴身的衣兜里翻出一样东西。

"知道这是什么吗？"他拿出一个小玻璃瓶给我看。

小玻璃瓶里有些褐色的粉末。

"河豚的血！没错儿我问过人了，是河豚的血焙干了碾成的粉。"

我听说过这东西，毒得厉害，一丁点儿就能要了人的命。

"什么意思？"我听见我的声音在颤抖。

"什么意思，你还问什么意思？老三！原来老三他早就想着去死了！"

他举着那个小瓶，眯缝着眼睛翻来覆去地看："这老东西，他天天到那河里去钓鱼，其实是为了这玩意儿！这玩意儿河里已经不多了，一年两年也未准钓得着一条。这老东西可真他妈的有耐性呵，这点儿玩意儿够他钓多少年的你说？你说，老三他是不是早就不想着活了？"

我能说什么呢？吓也吓坏了。

"喂，小老板你过来！你是这地方人，你看看。"

小老板也是早吓坏了，面色如土。

"你看看，是不是河豚的血？"

小老板从柜台里走出来，躲在我身后哆嗦。

"老哥你说说，老三他攒这东西干吗？他要不是打算去死他攒这玩意儿有什么用？老哥你说说，可他攒了这么多为什么还不去死呢？这么多，死三遍都够了，我猜，他是自个儿下不了自个儿的手……"

我和小老板互相靠着，也弄不清是谁在抖。直到警车来了。

警灯在外面闪，随后进来几个警察。

这个人忽然笑起来，说："幸亏我来得早，要不让老三就这么自个儿死了，我还报的什么仇？"

警察站在门口，几支枪对着这个人。

他冲警察喊："我不跑！要跑我早跑了。我在这儿等着，告诉你们老三是我杀的，没错儿他是我杀的，我一个人杀的！"

警察看着他，也不催他。

这个人又哭起来，问我，问小老板，甚至问警察："可你们倒是说说呀，老三他攒这些毒药到底是要干吗呀？是不是他早就想死了只不过自个儿下不了自个儿的手哇？是不是？是——不——是！"

警察说："你，跟我们走。"

最初发表于《作家》2000年第2期

命若琴弦

莽莽苍苍的群山之中走着两个瞎子，一老一少，一前一后，两顶发了黑的草帽起伏躜动，匆匆忙忙，像是随着一条不安静的河水在漂流。无所谓从哪儿来，也无所谓到哪儿去，每人带一把三弦琴，说书为生。

方圆几百上千里的这片大山中，峰峦叠嶂，沟壑纵横，人烟稀疏，走一天才能见一片开阔地，有几个村落。荒草丛中随时会飞起一对山鸡，跳出一只野兔、狐狸或者其他小野兽。山谷中常有鹞鹰盘旋。

寂静的群山没有一点阴影，太阳正热得凶。

“把三弦子抓在手里。”老瞎子喊，在山间震起回声。

“抓在手里呢。”小瞎子回答。

“操心身上的汗把三弦子弄湿了。弄湿了晚上弹你的肋条？”

“抓在手里呢。”

老少二人都赤着上身，各自拎了一条木棍探路，缠在腰间的粗布小褂已经被汗水洇湿了一大片。蹚起来的黄土干得呛人。这正是说书的旺季。天长，村子里的人吃罢晚饭都不待在家里；有的人晚饭也不在家里吃，捧上碗到路边去，或者到场院里。老瞎子想赶着多说书，整个热季领着小瞎子一个村子一个村子紧走，一晚上一晚上紧说。老瞎子一天比一天紧张、激动，心里算定：弹断一千根琴弦的日子就在这个夏天了，说不定就在前面的野羊坳。

暴躁了一整天的太阳这会儿正平静下来，光线开始变得深沉。远远近近的蝉鸣也舒缓了许多。

"小子！你不能走快点吗？"老瞎子在前面喊，不回头也不放慢脚步。

小瞎子紧跑几步，吊在屁股上的一只大挎包叮啷哐啷地响，离老瞎子仍有几丈远。

"野鸽子都往窝里飞啦。"

"什么？"小瞎子又紧走几步。

"我说野鸽子都回窝了，你还不快走！"

"噢。"

"你又鼓捣我那电匣子呢。"

"噫——！鬼动来。"

"那耳机子快让你鼓捣坏了。"

"鬼动来！"

老瞎子暗笑：你小子才活了几天？"蚂蚁打架我也听得着。"老瞎子说。

小瞎子不争辩了，悄悄把耳机子塞到挎包里去，跟在师父身后闷闷地走路。无尽无休的无聊的路。

走了一阵子，小瞎子听见有只獾在地里啃庄稼，就使劲学狗叫，那只獾连滚带爬地逃走了，他觉得有点开心，轻声哼了几句小调儿，哥哥呀妹妹的。师父不让他养狗，怕受村子里的狗欺负，也怕欺负了别人家的狗，误了生意。又走了一会，小瞎子又听见不远处有条蛇在游动，弯腰摸了块石头砍过去，"哗啦啦"一阵高粱叶子响。老瞎子有点可怜他了，停下来等他。

"除了獾就是蛇。"小瞎子赶忙说，担心师父骂他。

"有了庄稼地了，不远了。"老瞎子把一个水壶递给徒弟。

"干咱们这营生的，一辈子就是走。"老瞎子又说，"累不？"

小瞎子不回答，知道师父最讨厌他说累。

"我师父才冤呢。就是你师爷，才冤呢，东奔西走一辈子，到了没弹够一千根琴弦。"

小瞎子听出师父这会儿心绪好，就问："师父，什么是绿色的长乙（椅）？"

"什么？噢，八成是一把椅子吧。"

"曲折的油狼（游廊）呢？"

"油狼？什么油狼？"

"曲折的油狼。"

"不知道。"

"匣子里说的。"

"你就爱瞎听那些玩意儿。听那些玩意儿有什么用？天底下的好东西多啦，跟咱们有什么关系？"

"我就没听您说过，什么跟咱们有关系。"小瞎子把"有"字说得重。

"琴！三弦子！你爹让你跟了我来，是为让你弹好三弦子，学会说书。"

小瞎子故意把水喝得咕噜噜响。

再上路时小瞎子走在前头。

大山的阴影在沟谷里铺开来。地势也渐渐地平缓，开阔。

接近村子的时候，老瞎子喊住小瞎子，在背阴的山脚下找到一个小泉眼。细细的泉水从石缝里往外冒，淌下来，积成脸盆大的小洼，周围的野草长得茂盛，水流出去几十米便被干渴的土地吸干。

"过来洗洗吧，洗洗你那身臭汗味。"

小瞎子拨开野草在水洼边蹲下，心里还在猜想着"曲折的油狼"。

"把浑身都洗洗。你那样儿准像个小叫花子。"

"那您不就是个老叫花子了？"小瞎子把手按在水里，嘻嘻地笑。

老瞎子也笑，双手掬起水往脸上泼。"可咱们不是叫花子，咱们有手艺。"

"这地方咱们好像来过。"小瞎子侧耳听着四周的动静。

"可你的心思总不在学艺上。你这小子心太野。老人的话你从来不着耳朵听。"

"咱们准是来过这儿。"

"别打岔！你那三弦子弹得还差着远呢。咱这命就在这几根琴弦上，我师父当年就这么跟我说。"

泉水清凉凉的。小瞎子又哥哥呀妹妹的哼起来。

老瞎子挺来气："我说什么你听见了吗？"

"咱这命就在这几根琴弦上，您师父我师爷说的。我都听过八百遍了。您师父还给您留下一张药方，您得弹断一千根琴弦才能去抓那服药，吃了药您就能看见东西了。我听您说过一千遍了。"

"你不信？"

小瞎子不正面回答，说："干吗非得弹断一千根琴弦才能去抓那服药呢？"

"那是药引子。机灵鬼儿，吃药得有药引子！"

"一千根断了的琴弦还不好弄？"小瞎子忍不住哧哧地笑。

"笑什么笑！你以为你懂得多少事？得真正是一根一根弹断了的才成。"

小瞎子不敢吱声了，听出师父又要动气。每回都是这样，师父容不得对这件事有怀疑。

老瞎子也没再作声，显得有些激动，双手搭在膝盖上，两颗骨头一样的眼珠对着苍天，像是一根一根地回忆着那些弹断的琴弦。盼了多少年了呀，老瞎子想，盼了五十年了！五十年中翻了多少架山，走了多少里路哇。挨了多少回晒，挨了多少回冻，心里受了多少委屈呀。一晚上一晚上地弹，心里总记着，得真正是一根一根尽心尽力地弹断的才成。现在快盼到了，绝出不了这个夏天了。老瞎子知道自己又没什么能要命的病，活过这个夏天一点不成问题。"我比我师父可运气多了，"他说，"我师父到了儿没能睁开眼睛看一回。"

"咳！我知道这地方是哪儿了！"小瞎子忽然喊起来。

老瞎子这才动了动，抓起自己的琴来摇了摇，叠好的纸片碰在蛇皮上发出细微的响声，那张药方就在琴槽里。

"师父，这儿不是野羊岭吗？"小瞎子问。

老瞎子没搭理他，听出这小子又不安稳了。

"前头就是野羊坳，是不是，师父？"

"小子，过来给我擦擦背。"老瞎子说，把弓一样的脊背弯给他。

"是不是野羊坳，师父？"

"是！干什么？你别又闹猫似的。"

小瞎子的心扑通扑通跳，老老实实地给师父擦背。老瞎子觉出他擦得很有劲。

"野羊坳怎么了？你别又叫驴似的会闻味儿。"

小瞎子心虚，不吭声，不让自己显出兴奋。

"又想什么呢？别当我不知道你那点心思。"

"又怎么了，我？"

"怎么了你？上回你在这儿疯得不够？那妮子是什么好货！"老瞎子心想，也许不该再带他到野羊坳来。可是野羊坳是个大村子，年年在这儿生意都好，能说上半个多月。老瞎子恨不能立刻弹断最后几根琴弦。

小瞎子嘴上嘟嘟囔囔的，心却飘飘的，想着野羊坳里那个尖声细气的小妮子。

"听我一句话，不害你，"老瞎子说，"那号事靠不住。"

"什么事？"

"少跟我贫嘴。你明白我说的什么事。"

"我就没听您说过，什么事靠得住。"小瞎子又偷偷地笑。

老瞎子没理他，骨头一样的眼珠又对着苍天。那儿，太阳正变成一汪血。

两面脊背和山是一样的黄褐色。一座已经老了，嶙峋瘦骨像是山根下裸露的基石。另一座正年轻。老瞎子七十岁，小瞎子才十七。

小瞎子十四岁上父亲把他送到老瞎子这儿来，为的是让他学说书，这辈子好有个本事，将来可以独自在世上活下去。

老瞎子说书已经说了五十多年。这一片偏僻荒凉的大山里的人们都知道他：头发一天天变白，背一天天变驼，年年月月背一把三弦琴满世界走，逢上有愿意出钱的地方就拨动琴弦唱一晚上，给寂寞的山村带来欢乐。开头常是这么几句："自从盘古分天地，三皇五帝到如今，有道君王安天下，无道君王害黎民。轻轻弹响三弦琴，慢慢稍停把歌论，歌有三千七百本，不知哪本动人心。"于是听书的众人喊起来，老的要听董永卖身葬父，小的要听武二郎夜走蜈蚣岭，女人们想听秦香莲。这是老瞎子最知足的一刻，身上的疲劳和心里的孤寂全忘却，不慌不忙地喝几口水，待众人的吵嚷声鼎沸，便把琴弦一阵紧拨，唱道："今日不把别人唱，单表公子小罗成。"或者："茶也喝来烟也吸，唱一回哭倒长城的孟姜女。"满场立刻鸦雀无声，老瞎子也全心沉到自己所说的书中去。

他会的老书数不尽。他还有一个电匣子，据说是花了大价钱从一个山外人手里买来，为的是学些新词儿，编些新曲儿。其实山里人倒不太在乎他说什么唱什么。人人都称赞他那三弦子弹得讲究，轻轻漫漫的，飘飘洒洒的，疯疯癫癫狂放的，那里头有天上的日月，有地上的生灵。老瞎子的嗓子能学出世上所有的声音，男人、女人、刮风下雨、兽啼禽鸣。不知道他脑子里能呈现出什么景象，他一落生就瞎了眼睛，从没见过这个世界。

小瞎子可以算见过世界，但只有三年，那时还不懂事。他对一说书和弹琴并无多少兴趣，父亲把他送来的时候费尽了唇舌，好说歹说连哄带骗，最后不如说是那个电匣子把他留住。他抱着电匣子听得入神，甚至没发觉父亲什么时候离去。

这只神奇的匣子永远令他着迷，遥远的地方和稀奇古怪的事物使他幻想不绝，凭着三年朦胧的记忆，补充着万物的色彩和形象。譬如海，匣子里说蓝天就像大海，他记得蓝天，于是想象出海；匣子里说海是无边无际的水，他记得锅里的水，于是想象出满天排开的水锅。再譬如漂亮的姑娘，匣子里说就像盛开的花朵，他实在不相信会是那样，母亲的灵柩被抬到远山上去的时候，路上正开遍着野花，他永远记得却永远不愿意去想。但他愿意想姑娘，越来越愿意想；尤其是野羊坳的那个尖声细气的小妮子，总让他心里荡起波澜。直到有一回匣子里唱道，"姑娘的眼睛就像太阳"，这下他才找到了一个贴切的形象，想起母亲在红透的夕阳中向他走来的样子。其实人人都是根据自己的所知猜测着无穷的未知，以自己的感情勾画出世界。每个人的世界就都不同。

也总有一些东西小瞎子无从想象，譬如"曲折的油狼"。

这天晚上，小瞎子跟着师父在野羊坳说书，又听见那小妮子站在离他不远处尖声细气地说笑。书正说到紧要处——"罗成回马再交战，大胆苏烈又兴兵。苏烈大刀如流水，罗成长枪似腾云，好似海中龙吊宝，犹如深山虎争林。又战七日并七夜，罗成清茶无点唇……"老瞎子把琴弹得如雨骤风疾，字字句句唱得铿锵。小瞎子却心猿意马，手底下早乱了套数……

野羊岭上有一座小庙，离野羊坳村二里地，师徒二人就在这里住下。石头砌的院墙已经残断不全，几间小殿堂也歪斜欲倾百孔千疮，唯正中一间尚可遮蔽风雨，大约是因为这一间中毕竟还供奉着神灵。三尊泥像早脱尽了尘世的彩饰，还一身黄土本色返璞归真了，认不出是佛是道。院里院外、房顶墙头都长满荒藤野草，蓊蓊郁郁倒有生气。老瞎子每回到野羊坳说书都住这儿，不出房钱又不惹是非。小瞎子是第二次住在这儿。

散了书已经不早，老瞎子在正殿里安顿行李，小瞎子在侧殿的檐下生火烧水。去年砌下的灶稍加修整就可以用。小瞎子撅着屁股吹火，柴草不干，呛得他满院里转着圈咳嗽。

老瞎子在正殿里数叨他："我看你能干好什么。"

"柴湿嘛。"

"我没说这事。我说的是你的琴，今儿晚上的琴你弹成了什么。"

小瞎子不敢接这话茬，吸足了几口气又跪到灶火前去，鼓着腮帮子一通猛吹。"你要是不想干这行，就趁早给你爹捎信把你领回去。老这么闹猫闹狗的可不行，要闹回家闹去。"

小瞎子咳嗽着从灶火边跳开，几步蹿到院子另一头，呼哧呼哧大喘气，嘴里一边骂。

"说什么呢？"

"我骂这火。"

"有你那么吹火的？"

"那怎么吹？"

"怎么吹？哼，"老瞎子顿了顿，又说，"你就当这灶火是那妮子的脸！"

小瞎子又不敢搭腔了，跪到灶火前去再吹，心想：真的，不知道兰秀儿的脸什么样。那个尖声细气的小妮子叫兰秀儿。

"那要是妮子的脸，我看你不用教也会吹。"老瞎子说。

小瞎子笑起来，越笑越咳嗽。

"笑什么笑！"

"您吹过妮子脸？"

老瞎子一时语塞。小瞎子笑得坐在地上。"日他妈。"老瞎子骂道，笑笑，然后变了脸色，再不言语。

灶膛里腾的一声，火旺起来。小瞎子再去添柴，一心想着兰秀儿。才散了书的那会儿，兰秀儿挤到他跟前来小声说："哎，上回你答应我什么来？"师父就在旁边，他没敢吭声。人群挤来挤去，一会儿又把兰秀儿挤到他身边。"噫，上回吃了人家的煮鸡蛋倒白吃了？"兰秀儿说，声音比上回大。这时候师父正忙着跟几个老汉拉话，他赶紧说：

"嘘——我记着呢。"兰秀儿又把声音压低:"你答应给我听电匣子你还没给我听。""嘘——我记着呢。"幸亏那会儿人声嘈杂。

正殿里好半天没有动静。之后,琴声响了,老瞎子又上好了一根新弦。他本来应该高兴的,来野羊坳头一晚上就又弹断了一根琴弦。可是那琴声却低沉、凌乱。

小瞎子渐渐听出琴声不对,在院里喊:"水开了,师父。"

没有回答。琴声一阵紧似一阵了。

小瞎子端了一盆热水进来,放在师父跟前,故意嘻嘻笑着说:"您今儿晚还想弹断一根是怎么着?"

老瞎子没听见,这会儿他自己的往事都在心中。琴声烦躁不安,像是年年旷野里的风雨,像是日夜山谷中的流溪,像是奔奔忙忙不知所归的脚步声。小瞎子有点害怕了:师父很久不这样了,师父一这样就要犯病,头疼、心口疼、浑身疼,会几个月爬不起炕来。

"师父,您先洗脚吧。"

琴声不停。

"师父,您该洗脚了。"小瞎子的声音发抖。

琴声不停。

"师父!"

琴声戛然而止,老瞎子叹了口气,小瞎子松了口气。

老瞎子洗脚,小瞎子乖乖地坐在他身边。

"睡去吧,"老瞎子说,"今儿格够累的了。"

"您呢?"

"你先睡,我得好好泡泡脚。人上了岁数毛病多。"老瞎子故意说得轻松。

"我等您一块儿睡。"

山深夜静。有了一点风，墙头的草叶子响。夜猫子在远处哀哀地叫。听得见野羊坳里偶尔有几声狗吠，又引得孩子哭。月亮升起来，白光透过残损的窗棂进了殿堂，照见两个瞎子和三尊神像。

"等我干吗，时候不早了。"

"你甭担心我，我怎么也不怎么，"老瞎子又说。

"听见没有，小子？"

小瞎子到底年轻，已经睡着。老瞎子推推他让他躺好，他嘴里咕嚷了几句倒头睡去。老瞎子给他盖被时，从那身日渐发育的筋肉上觉出，这孩子到了要想那些事的年龄，非得有一段苦日子过不可了。唉，这事谁也替不了谁。

老瞎子再把琴抱在怀里，摩挲着根根绷紧的琴弦，心里使劲念叨：又断了一根了，又断了一根了。再摇摇琴槽，有轻微的纸和蛇皮的摩擦声。唯独这事能为他排忧解烦。一辈子的愿望。

小瞎子作了一个好梦，醒来吓了一跳。鸡已经叫了。他一骨碌爬起来听听，师父正睡得香，心说还好。他摸到那个大挎包，悄悄地掏出电匣子，蹑手蹑脚出了门。

往野羊坳方向走了一会儿，他才觉出不对头，鸡叫声渐渐停歇，野羊坳里还是静静的没有人声。他愣了一会儿，鸡才叫头遍吗？灵机一动扭开电匣子。电匣子里也是静悄悄。现在是半夜。他半夜里听过匣子，什么都没有。这匣子对他来说还是个表，只要扭开一听，便知道是几点钟，什么时候有什么节目都是一定的。

小瞎子回到庙里，老瞎子正翻身。

"干吗哪？"

"撒尿去了，"小瞎子说。

一上午，师父逼着他练琴。直到晌午饭后，小瞎子才瞅机会溜出庙来，溜进野羊坳。鸡也在树荫下打盹，猪也在墙根下说着梦话，太阳又热得凶，村子里很安静。

小瞎子踩着磨盘，扒着兰秀儿家的墙头轻声喊："兰秀儿——兰秀儿——"

屋里传出雷似的鼾声。

他犹豫了片刻，把声音稍稍抬高："兰秀儿——！兰秀儿——！"

狗叫起来。屋里的鼾声停了，一个闷声闷气的声音问："谁呀？"

小瞎子不敢回答，把脑袋从墙头上缩下来。

屋里吧唧了一阵嘴，又响起鼾声。

他叹口气，从磨盘上下来，快快地往回走。忽听见身后嘎吱一声院门响，随即一阵细碎的脚步声向他跑来。

"猜是谁？"尖声细气。小瞎子的眼睛被一双柔软的小手捂上了。——这才多余呢。兰秀儿不到十五岁，认真说还是个孩子。

"兰秀儿！"

"电匣子拿来没？"

小瞎子掀开衣襟，匣子挂在腰上。"嘘——别在这儿，找个没人的地方听去。"

"咋啦？"

"回头招好些人。"

"咋啦？"

"那么多人听，费电。"

两个人东拐西弯，来到山背后那眼小泉边。小瞎子忽然想起件事，问兰秀儿："你见过曲折的油狼吗？"

"啥？"

"曲折的油狼。"

"曲折的油狼？"

"知道吗？"

"你知道？"

"当然。还有绿色的长椅。就是一把椅子。"

"椅子谁不知道。"

"那曲折的油狼呢？"

兰秀儿摇摇头，有点崇拜小瞎子了。小瞎子这才郑重其事地扭开电匣子，一支欢快的乐曲在山沟里飘荡。

这地方又凉快又没有人来打扰。

"这是《步步高》，"小瞎子说，跟着哼。

一会儿又换了支曲子，叫《旱天雷》，小瞎子还能跟着哼。兰秀儿觉得很惭愧。

"这曲子也叫《和尚思妻》。"

兰秀儿笑起来："瞎骗人！"

"你不信？"

"不信。"

"爱信不信。这匣子里说的古怪事多啦。"小瞎子玩着凉凉的泉水，想了一会儿，"你知道什么叫接吻吗？"

"你说什么叫？"

这回轮到小瞎子笑，光笑不答。兰秀儿明白准不是好话，红着脸不再问。

音乐播完了，一个女人说，"现在是讲卫生节目。"

"啥？"兰秀儿没听清。

"讲卫生。"

"是什么？"

"嗯——你头发上有虱子吗？"

"去——别动！"

小瞎子赶忙缩回手来，赶忙解释："要有就是不讲卫生。"

"我才没有。"兰秀儿抓抓头，觉得有些刺痒，"噫——，瞧你自个儿吧！"兰秀儿一把搬过小瞎子的头，"看我捉几个大的。"

这时候听见老瞎子在半山上喊："小子，还不给我回来！该做饭了，吃罢饭还得去说书！"他已经站在那儿听了好一会儿了。

野羊坳里已经昏暗，羊叫、驴叫、狗叫、孩子们叫，处处起了炊烟。野羊岭上还有一线残阳，小庙正在那淡薄的光中，没有声响。

小瞎子又撅着屁股烧火。老瞎子坐在一旁淘米，凭着听觉他能把米中的沙子捡出来。

"今天的柴挺干。"小瞎子说。

"嗯。"

"还是焖饭？"

"嗯。"

小瞎子这会儿精神百倍，很想找些话说，但是知道师父的气还没消，心说还是少找骂。

两个人默默地干着自己的事，又默默地一块儿把饭做熟。岭上也没了阳光。

小瞎子盛了一碗小米饭，先给师父："您吃吧。"声音怯怯的，无比驯顺。

老瞎子终于开了腔："小子，你听我一句行不？"

"嗯。"小瞎子往嘴里扒拉饭，回答得含糊。

"你要是不愿意听，我就不说。"

"谁说不愿意听了？我说'嗯'！"

"我是过来人，总比你知道的多。"

小瞎子闷头扒拉饭。

"我经过那号事。"

"什么事？"

"又跟我贫嘴！"老瞎子把筷子往灶台上一摔。

"兰秀儿光是想听听电匣子。我们光是一块儿听电匣子来。"

"还有呢？"

"没有了。"

"没有了？"

"我还问她见没见过曲折的油狼。"

"我没问你这个！"

"后来，后来，"小瞎子不那么气壮了，"不知怎么一下就说起了虱子……"

"还有呢？"

"没了。真没了！"

两个人又默默地吃饭。老瞎子带了这徒弟好几年，知道这孩子不会撒谎，这孩子最让人放心的地方就是诚实，厚道。

"听我一句话，保准对你没坏处。以后离那妮子远点儿。"

"兰秀儿人不坏。"

"我知道她不坏，可你离她远点儿好。早年你师爷这么跟我说，我也不信……"

"师爷？说兰秀儿？"

"什么兰秀儿，那会儿还没她呢。那会儿还没有你们呢……"老瞎子阴郁的脸又转向暮色浓重的天际，骨头一样白色的眼珠不住地转动，不知道在那儿他能"看"见什么。

许久，小瞎子说："今儿晚上您多半又能弹断一根琴弦。"想让师父高兴些。

这天晚上师徒俩又在野羊坳说书。"上回唱到罗成死，三魂七魄赴幽冥，听歌君子莫嘈嚷，列位听我道下文。罗成阴魂出地府，一阵旋风就起身，旋风一阵来得快，长安不远面前存……"老瞎子的琴声也乱，小瞎子的琴声也乱。小瞎子回忆着那双柔软的小手捂在自己脸上的感觉，还有自己的头被兰秀儿搬过去时的滋味。老瞎子想起的事情更多……

夜里老瞎子翻来覆去睡不安稳，多少往事在他耳边喧嚣，在他心头动荡，身体里仿佛有什么东西要爆炸。坏了，要犯病，他想。头昏，胸口憋闷，浑身紧巴巴的难受。他坐起来，对自己叨咕："可别犯病，一犯病今年就甭想弹够那些琴弦了。"他又摸到琴。要能叮叮当当随心所欲地疯弹一阵，心头的忧伤或许就能平息，耳边的往事或许就会消散。可是小瞎子正睡得香甜。

他只好再全力去想那张药方和琴弦：还剩下几根，还只剩最后几根了。那时就可以去抓药了，然后就能看见这个世界——他无数次爬过的山，无数次走过的路，无数次感到过她的温暖和炽热的太阳，无数次梦想着的蓝天、月亮和星星……还有呢？突然间心里一阵空，空得深重。就只为了这些？还有什么？他朦胧中所盼望的东西似乎比这要多得多……

夜风在山里游荡。

猫头鹰又在凄哀地叫。

不过现在他老了，无论如何没几年活头了，失去的已经永远失去了，他像是刚刚意识到这一点。七十年中所受的全部辛苦就为了最后能看一眼世界，这值得吗？他问自己。

小瞎子在梦里笑，在梦里说："那是一把椅子，兰秀儿……"

老瞎子静静地坐着。静静地坐着的还有那三尊分不清是佛是道的泥像。

鸡叫头遍的时候老瞎子决定，天一亮就带这孩子离开野羊坳。否则这孩子受不了，他自己也受不了。兰秀儿人不坏，可这事会怎么结局，老瞎子比谁都"看"得清楚。鸡叫二遍，老瞎子开始收拾行李。

可是一早起来小瞎子病了，肚子疼，随即又发烧。老瞎子只好把行期推迟。

一连好几天，老瞎子无论是烧火、淘米、捡柴，还是给小瞎子挖药、煎药，心里总在说："值得，当然值得。"要是不这么反反复复对自己说，身上的力气似乎就全要垮掉。"我非要最后看一眼不可。""要不怎么着？就这么死了去？""再说就只剩下最后几根了。"后面三句都是理由。老瞎子又冷静下来，天天晚上还到野羊坳去说书。

这一下小瞎子倒来了福气。每天晚上师父到岭下去了，兰秀儿就猫似的轻轻跳进庙里来听匣子。兰秀儿还带来熟的鸡蛋，条件是得让她亲手去扭那匣子的开关。"往哪边扭？""往右。""扭不动。""往右，笨货，不知道哪边是右哇？""咔哒"一下，无论是什么便响起来，无论是什么俩人都爱听。

又过了几天，老瞎子又弹断了三根琴弦。

这一晚，老瞎子在野羊坳里自弹自唱："不表罗成投胎事，又唱秦王李世民。秦王一听双泪流，可怜爱卿丧残身，你死一身不打紧，缺少扶朝上将军……"

野羊岭上的小庙里这时更热闹。电匣子的音量开得挺大，又是孩子哭，又是大人喊，轰隆隆地又响炮，嘀嘀嗒嗒地又吹号。月光照进正殿，小瞎子躺着啃鸡蛋，兰秀儿坐在他旁边。两个人都听得兴奋，时而大笑，时而稀里糊涂莫名其妙。

"这匣子你师父哪买来？"

"从一个山外头的人手里。"

"你们到山外头去过？"兰秀儿问。

"没。我早晚要去一回就是，坐坐火车。"

"火车？"

"火车你也不知道？笨货。"

"噢，知道知道，冒烟哩是不是？"

过了一会儿兰秀儿又说："保不准我就得到山外头去。"语调有些恓惶。

"是吗？"小瞎子一挺坐起来，"那你到底瞧瞧曲折的油狼是什么。"

"你说是不是山外头的人都有电匣子？"

"谁知道。我说你听清楚没有？曲、折、的、油、狼，这东西就在山外头。"

"那我得跟他们要一个电匣子。"兰秀儿自言自语地想心事。

"要一个？"小瞎子笑了两声，然后屏住气，然后大笑，"你干吗不要俩？你可真本事大。你知道这匣子几千块钱一个？把你卖了吧，怕也换不来。"

兰秀儿心里正委屈，一把揪住小瞎子的耳朵使劲拧，骂道："好你个死瞎子。"

两个人在殿堂里扭打起来。三尊泥像袖手旁观帮不上忙。两个年轻的正在发育的身体碰撞在一起，纠缠在一起，一个把一个压在身下，一会儿又颠倒过来，骂声变成笑声。匣子在一边唱。

打了好一阵子，两个人都累得住了手，心怦怦跳，面对面躺着喘气，不言声儿，谁却也不愿意再拉开距离。

兰秀儿呼出的气吹在小瞎子脸上，小瞎子感到了诱惑，并且想起那天吹火时师父说的话，就往兰秀儿脸上吹气。兰秀儿并不躲。

"嘿，"小瞎子小声说，"你知道接吻是什么了吗？"

"是什么？"兰秀儿的声音也小。

小瞎子对着兰秀儿的耳朵告诉她。兰秀儿不说话。老瞎子回来之前，他们试着亲了嘴儿，滋味真不坏……

就是这天晚上，老瞎子弹断了最后两根琴弦。两根弦一齐断了。他没料到。他几乎是连跑带爬地上了野羊岭，回到小庙里。

小瞎子吓了一跳："怎么了，师父？"

老瞎子气喘吁吁地坐在那儿，说不出话。

小瞎子有些犯嘀咕：莫非是他和兰秀儿干的事让师父知道了？

老瞎子这才相信：一切都是值得的。一辈子的辛苦都是值得的。能看一回，好好看一回，怎么都是值得的。

"小子，明天我就去抓药。"

"明天？"

"明天。"

"又断了一根了？"

"两根。两根都断了。"

老瞎子把那两根弦卸下来，放在手里揉搓了一会儿，然后把它们并到另外的九百九十八根中去，绑成一捆。

"明天就走？"

"天一亮就动身。"

小瞎子心里一阵发凉。老瞎子开始剥琴槽上的蛇皮。

"可我的病还没好利索。"小瞎子小声叨咕。

"噢，我想过了，你就先留在这儿，我用不了十天就回来。"

小瞎子喜出望外。

"你一个人行不？"

"行！"小瞎子紧忙说。

老瞎子早忘了兰秀儿的事。"吃的、喝的、烧的全有。你要是病好利索了，也该学着自个儿去说回书。行吗？"

"行。"小瞎子觉得有点对不住师父。

蛇皮剥开了，老瞎子从琴槽中取出一张叠得方方正正的纸条。他想起这药方放进琴槽时，自己才二十岁，便觉得浑身上下都好像冷。

小瞎子也把那药方放在手里摸了一会儿，也有了几分肃穆。

"你师爷一辈子才冤呢。"

"他弹断了多少根？"

"他本来能弹够一千根，可他记成了八百。要不然他能弹断一千根。"

天不亮老瞎子就上路了。他说最多十天就回来，谁也没想到他竟去了那么久。

老瞎子回到野羊坳时已经是冬天。

漫天大雪，灰暗的天空连接着白色的群山。没有声息，处处也没有生气，空旷而沉寂。所以老瞎子那顶发了黑的草帽就尤其蹒动得显著。他蹒蹒跚跚地爬上野羊岭。庙院中衰草瑟瑟，蹿出一只狐狸，仓皇逃远。

村里人告诉他，小瞎子已经走了些日子。

"我告诉他我回来。"

"不知道他干吗就走了。"

"他没说去哪儿？留下什么话没？"

"他说让您甭找他。"

"什么时候走的？"

人们想了好久，都说是在兰秀儿嫁到山外去的那天。

老瞎子心里便一切全都明白。

众人劝老瞎子留下来，这么冰天雪地的上哪去？不如在野羊坳说一冬书。老瞎子指指他的琴，人们见琴柄上空荡荡已经没了琴弦。老瞎子面容也憔悴，呼吸也孱弱，嗓音也沙哑了，完全变了个人。他说得去找他的徒弟。

若不是还想着他的徒弟，老瞎子就回不到野羊坳。那张他保存了五十年的药方原来是一张无字的白纸。他不信，请了多少个识字而又诚实的人帮他看，人人都说那果真就是一张无字的白纸。老瞎子在药铺前的台阶上坐了一会儿，他以为是一会儿，其实已经几天几夜，骨头一样的眼珠在询问苍天，脸色也变成骨头一样的苍白。有人以为他是疯了，安慰他，劝他。老瞎子苦笑：七十岁了再疯还有什么意思？他只是再不想动弹，吸引着他活下去、走下去、唱下去的东西骤然间消失干净。就像一根不能拉紧的琴弦，再难弹出赏心悦耳的曲子。老瞎子的心弦断了。现在发现那目的原来是空的。老瞎子在一个小客店里住了很久，觉得身体里的一切都在熄灭。他整天躺在炕上，不弹也不唱，一天天迅速地衰老。直到花光了身上所有的钱，直到忽然想起了他的徒弟，他知道自己的死期将至，可那孩子在等他回去。

茫茫雪野，皑皑群山，天地之间蠕动着一个黑点。走近时，老瞎子的身影弯得如一座桥。他去找他的徒弟。他知道那孩子目前的心情、处境。

他想自己先得振作起来，但是不行，前面明明没有了目标。

他一路走，便怀恋起过去的日子，才知道以往那些奔奔忙忙兴致勃勃的翻山、赶路、弹琴，乃至心焦、忧虑都是多么欢乐！那时有个东西把心弦扯紧，虽然那东西原是虚设。老瞎子想起他师父临终时的情景。他师父把那张自己没用上的药方封进他的琴槽。"您别死，再活几年，您就能睁眼看一回了。"说这话时他还是个孩子。他师父久久不言语，最后说："记住，人的命就像这琴弦，拉紧了才能弹好，弹好了就够了。"……不错，那意思就是说：目的本来没有。老瞎子知道怎么对自己的徒弟说了。可是他又想：能把一切都告诉小瞎子吗？老瞎子又试着振作起来，可还是不行，总摆脱不掉那张无字的白纸……

在深山里，老瞎子找到了小瞎子。

小瞎子正跌倒在雪地里，一动不动，想那么等死。老瞎子懂得那绝不是装出来的悲哀。老瞎子把他拖进一个山洞，他已无力反抗。

老瞎子捡了些柴，点起一堆火。

小瞎子渐渐有了哭声。老瞎子放了心，任他尽情尽意地哭。只要还能哭就还有救，只要还能哭就有哭够的时候。

小瞎子哭了几天几夜，老瞎子就那么一声不吭地守候着。火光和哭声惊动了野兔子、山鸡、野羊、狐狸和鹞鹰……

终于小瞎子说话了："干吗咱们是瞎子！"

"就因为咱们是瞎子。"老瞎子回答。

终于小瞎子又说："我想睁开眼看看，师父，我想睁开眼看看！哪怕就看一回。"

"你真那么想吗？"

"真想，真想——"

老瞎子把篝火拨得更旺些。

雪停了。铅灰色的天空中，太阳像一面闪光的小镜子。鹞鹰在平稳地滑翔。

"那就弹你的琴弦，"老瞎子说，"一根一根尽力地弹吧。"

"师父，您的药抓来了？"小瞎子如梦方醒。

"记住，得真正是弹断的才成。"

"您已经看见了吗？师父，您现在看得见了？"

小瞎子挣扎着起来，伸手去摸师父的眼窝。老瞎子把他的手抓住。

"记住，得弹断一千二百根。"

"一千二？"

"把你的琴给我，我把这药方给你封在琴槽里。"老瞎子现在才弄懂了他师父当年对他说的话——咱的命就在这琴弦上。

目的虽是虚设的，可非得有不行，不然琴弦怎么拉紧；拉不紧就弹不响。

"怎么是一千二，师父？"

"是一千二。我没弹够，我记成了一千。"老瞎子想：这孩子再怎么弹吧，还能弹断一千二百根？永远扯紧欢跳的琴弦，不必去看那张无字的白纸……

这地方偏僻荒凉，群山不断。荒草丛中随时会飞起一对山鸡，跳出一只野兔、狐狸，或者其他小野兽。山谷中鹞鹰在盘旋。

现在让我们回到开始：

莽莽苍苍的群山之中走着两个瞎子，一老一少，一前一后，两顶发了黑的草帽起伏蹴动，匆匆忙忙，像是随着一条不安静的河水在漂流。无所谓从哪儿来、到哪儿去，也无所谓谁是谁……

最初发表于《现代作家》1985 年

一种谜语的几种简单的猜法

X

有一部很老的谜语书，书中收录了很多古老的谜语。成书的具体年月不详，书中未注明，各类史书上也没有记载。

这是现存的最老的一部谜语书，但肯定不是人类的第一部谜语书，因为此书中谈到了一部更为古老的谜语书，并说那书中曾收有一条最为有趣而神奇的谜语。书中说，可惜那部更为古老的谜语书失传已久，到底它收了怎样一条有趣而神奇的谜语，业已无人知晓。

书中说，现仅知道这条谜语有三个特点：一、谜面一出，谜底即现；二、已猜不破，无人可为其破；三、一俟猜破，必恍然知其未破。

书中还说，这似乎有违谜语的规则，但相传那确是一条绝妙的、非常令人信服令人着迷的谜语。

书中在说到这似乎有违谜语的规则时还说，人总是看不见离他最近的东西，譬如睫毛。

那究竟是怎样一条谜语呢？——便成为这部现存最老的谜语书中

收录的最后一条谜语。

A+X

要想回答譬如说——世界是从什么时候开始的？——这样的问题，我想最大的难点就在于：我只能是我。因为事实上我只能回答——世界对我来说开始于何时？——这样的问题。因为世界不可能不是对我来说的世界。当然可以把我扩大为"我"，即世界还是对一切人来说的世界，但就连这样的扩大也无非是说，世界对我来说是可以或应该这样扩大的。您可以反驳我，您完全可以利用我的逻辑来向我证明：世界同时也是对您来说的世界。但我说过最大的难点在于我只能是我，结果您的这些意见一旦为我所同意，它又成了世界对我来说的一项内容了。您豁达并且宽厚地一笑说：那就没办法了，反正世界不是像你认为的那样。我也感到确实是没有办法了：世界对我来说很可能不是像我认为的那样。

如果世界注定逃脱不了对我来说，那么世界确凿是开始于何时呢？

奶奶的声音清清明明地飘在空中："哟，小人儿，你醒啦？"

奶奶的声音轻轻缓缓地落到近旁："看什么哪？噢，那是树。你瞧，刮风了吧？"

我说："树。"

奶奶说："嗯，不怕。该尿泡尿了。"

我觉到身上微微的一下冷，已有一条透明的弧线蹿了出去，一阵叮嘟嘟的响，随之通体舒服。我说："树。"

奶奶说:"真好。树——刮风——"

我说:"刮风。"指指窗外,树动个不停。

奶奶说:"可不能出去了,就在床上玩儿。"

脚踩在床上,柔软又暖和。鼻尖碰在玻璃上,又硬又湿又凉。树在动。房子不动。远远近近的树要动全动,远远近近的房顶和街道都不动。树一动奶奶就说,听听这风大不大。奶奶坐在昏暗处不知在干什么。树一动得厉害窗户就响。

我说:"树刮风。"

奶奶说:"喝水不呀?"

我说:"树刮风。"

奶奶说:"树。刮风。行了,知道了。"

我说:"树!刮风。"

奶奶说:"行啦,贫不贫?"

我说:"刮风,树!"

奶奶说:"嗯。来,喝点儿水。"

我急起来,直想哭,把水打开。

奶奶看了我一会,又往窗外看看,笑了,说:"不是树刮的风,是风把树刮得动唤儿了。风一刮,树才动唤儿了哪。"

我愣愣地望着窗外,一口一口从奶奶端着的杯子里喝水。奶奶也坐到亮处来,说:"瞧风把天刮得多干净。"

天。多干净。在所有的房顶上头和树上头。只是在以后的某一时刻才知道那是蓝。蓝天。灰的房顶和红的房顶。树在冬天光是些黑的枝条,摇摆不定。

奶奶扶着窗台又往楼下看,说:"瞧瞧,把街上也刮得多干净。"

街。也多干净。房顶和房顶之间,纵横着条条炭白的街。

奶奶说："你妈就从下头这条街上回来。"

额头和鼻尖又贴在凉凉的玻璃上。那是一条宁静的街。是一条被楼阴遮住的街。是在楼阴遮不住的地方有根电线杆的街。是有个人正从太阳地里走进楼阴去的街。那是奶奶说过妈妈要从那儿回来的街。玻璃都被我的额头和鼻尖焐温了。

奶奶说："太阳快没了，说话要下去了。"

因此后来知道哪是西，夕阳西下。远处一座高楼的顶上有一大片整整齐齐灿烂的光芒。那是妈妈就要回来的征兆，是所有年轻的妈妈都必定要回来的征兆。

奶奶指指那座楼说："你妈就在那儿上班。"

我猛扭回头说："不！"

奶奶说："不上班哪儿行呀？"

我说："不！"

奶奶说："哟，不上班可不行噢。"

我说："不——！"

奶奶说："嗯，不。"

那楼和那样的楼，在以后的一生中只要看见，便给我带来暗暗的恓惶；或者除去楼顶上有一大片整齐灿烂的夕阳的时候，或者连这样的时候也在内。

奶奶说："瞧瞧，老鸹都飞回来了。奶奶得做饭去了。"

天上全是鸟，天上全是叫声。

街上人多了，街上全是人。

我独自站在窗前。隔壁起伏着当当当奶奶切菜的声音，又飘起爆葱花的香味。换一个地方，玻璃又是凉凉的。

后来苍茫了。

再后来，天上有了稀疏的星星，地上有了稀疏的灯光。

世界就是从那个冬日的午睡之后开始的。或者说，我的世界就是从那个冬日的午后开始的。不过我找不到非我的世界，而且我知道我永远不可能找到。在还没有我的时候这个世界就已存在了——这不过是在有我之后我听到的一种传说。到没有了我的时候这个世界会依旧存在下去——这不过是在还有我的时候，我被要求同意的一种猜测。

就像在那个冬日的午后世界开始了一样，在一个夏天的夜晚，一个谜语又开始了。您不必管它有多么古老，一个谜语作为一个谜语必定开始于被人猜想的那一刻。银河贯过天空，在太阳曾经辉耀过的处处，倏而变为无际的暗蓝。奶奶已经很老，我已懂得了猜谜。

奶奶说："还有一个谜语，真是难猜了。"

我说："什么？快说。"

奶奶深深地笑一下，说："到底是怎么个谜语，人说早就没人知道了。"

我说："那您怎么知道难猜？"

奶奶说："这个谜语，你一说给人家猜，就等于是把谜底也说给人家了。"

我说："是什么？"

奶奶说："你要是自个儿猜不着，谁也没法儿告诉你。"

我说："您告诉我吧，啊？告诉我。"

奶奶说："你要是猜着了呢，你就准得说，哟，可不是嘛，我还没猜着呢。"

我说："那怎么回事？"

奶奶说："什么怎么回事？就是这样儿的一个谜。"

我说："您哄我呢，哪有这样的谜语？"

奶奶说："有。人说那是世上最有意思的一个谜语。"

我说："到底是什么样儿的呢，这谜语？"

奶奶说："这也是一个谜语。"

我和奶奶便一齐望着天空，听夏夜地上的虫鸣，听风吹动树叶沙沙响，听远处婴儿的啼哭，听银河亿万年来的流动……

好久好久，奶奶那飘散于天地之间的苍老目光又凝于一点，问我："就在眼前可是看不见，是什么？"我说："眼睫毛。"

B+X

多年来我的体重恒定在五十九点五公斤，吃了饭是六十公斤，拉过屎还是回到五十九点五公斤。我不挑食，吃油焖大虾和吃炸酱面都是吃那么多，因为我知道早晚还是要拉去那么多的。吃掉那么多然后拉掉那么多，我自己也常犯嘀咕：那么我是根据什么活着的？我有时候懒洋洋地在床上躺一整天，读书看报抽烟，或者不读书不看报什么事也不做光抽烟，其间吃两顿饭并且相应地拉两次屎，太阳落尽的时候去过秤，是五十九点五公斤。这比较好理解。但有时候我也东跑西颠为一些重要的事情忙得一整天都不得闲，其间草率地吃两顿饭拉两次屎，月亮上来了去过秤，还是五十九点五公斤。这也不难解释。可是有几回我是一整天都不吃不喝不拉不撒沿着一条环形公路从清晨走到半夜的，结果您可能不会相信，再过秤时依旧是五十九点五公斤。

还有一件奇怪的事就是，我每天早晨醒来的时间总是在六点三十，不早不晚准六点三十，从无例外。我从不上闹钟。我也没有闹钟。我完全不需要什么闹钟。如果这一夜我睡着了，谁也别指望闹钟可以让我在六点三十以前醒。那年地震是在凌晨三点多钟，即便那样我也还是睡到了六点三十才醒。醒来看见床上并没有我，独自庆幸了一会发现完全是扯淡，我不过是睡在地上，掸掸身上的土爬起来时看出房顶和门窗都有一点歪。如果我失眠了一直到六点二十九才睡着的话，我也保证可以在六点三十准时醒，而且没有诸如疲劳之类不好的感觉。人们有时候以我睡还是醒来判断时光是在六点三十以前还是以后。

因此我对这两个数字——595 和 630——抱有特殊的好感，说不定那是我命运的密码，其中很可能隐含着一句法力无边的咒语。

譬如我决定买一件东西，譬如说买拖鞋、餐具、沙发什么的，我不大在意它们的式样和质量，我先要看看它们的标价，若有五点九毛五的、五十九块五的、五百九十五块的，那么我就毫不犹豫地买下。再譬如看书，譬如说是一本很厚的书，我拿到它就先翻到第六百三十页，看看那一页上究竟写了些什么，有没有什么不同寻常的暗示。我一天抽三包香烟，但最后一支只抽一半，这样我一天实际上是抽五十九点五支。除此之外我还喜欢在晚饭之后到办公室去嗑瓜子，那时候整座办公大楼里只亮着我面前的一盏灯，我清晰地听到瓜子裂开的声音和瓜子皮掉落在桌面上的声音，从傍晚嗑到深夜，嗑五百九十五个一歇，嗑六小时三十分钟之后回家。总之我喜欢这两个数字，我相信在宇宙的某一个地方存在着关于我和这两个数字的说明。再譬如我听相声，如果我数到五百九十五或六百三十它仍然不能使我笑，我就不听了。

所以有一次我走到一座楼房的门前时我恰恰数到五百九十五，于是我对这楼充满了幻想，便转身走了进去。我感到一种从未有过的激动，我相信我必须得做一件不同凡响的事情来记住这座楼房了。我在幽暗的楼道里走，闭上眼睛，我想再数三十五下也就是数到六百三十时我睁开眼睛，那时要是我正好停在一个屋门前的话，我一定不再犹豫一定不管三七二十一就敲门进去，也不管认不认得那屋里的主人我一定要跟他好好谈一谈了。六百三十。我睁开眼睛。这儿是楼道的尽头，有三个门，右边的门上写着"女厕"，左边的门上写着"男厕"，中间的门开着上面写着"隔音间"。右边的门我不能进。左边的门我当然可以进，但我感觉还不需要进。我想中间这门是什么意思呢？我渐渐看清门内昏黑的角落里有一架电话。我早就听说有这样的无人看管的公用电话。我站在第六百三十步上一动不动想了五百九十五下，我于是知道该做一件什么事情了。我走进电话间，把门轻轻关上，拿起电话，慎重地拨了一个号码：595630，慎重得就像母亲给孩子洗伤口一样。这样的事我做过不止一次了。有两次对方是男的，说我有病，"我看您是不是有病啊？"说罢就把电话挂了。有两次对方是女的，便骂我是流氓，"臭流氓！"这我记得很清楚，她们通过电话线可以闻到你的味儿。

"喂，您找谁？"这一回是女的。

"我就找您。"我还是这么说。

她笑起来，这是我没料到的。她说："您太自信了，您的听力并不怎么好。我不是这儿的，我偶尔走过这儿发现电话在响没人管，这儿的人今天都休息。您找谁？"

"我就找您。"

她愣了一会又笑起来："那么您以为我是谁？"

"我不以为您是谁，您就是您。我不认识您，您也不认识我。"

电话里没有声音了。我准备听她骂完"臭流氓"就去找个地方称称体重，那时天色也就差不多了，我好到办公室嗑瓜子去。但事情再一次出乎我的意料，她没有骂。

"那为什么？"她说，声音轻得像是自语。

"干吗一定要为什么呢？我只是想跟您谈谈。"

"那为什么一定要跟我呢？"

"不不。我只是随便拨了一个号码，我不知道这个号码通到哪儿。您千万别误会，我根本不知道您是谁，我向您保证我以后也不想调查您是谁，也不想知道您在哪儿。"

她颤抖着出了一口长气，从电话里听就像是动荡起一股风暴，然后她说："您说吧。"

"什么？"

"您不是想跟我谈谈吗？您谈吧。"

"您别以为我是个坏人。"

"当然不会。"

"为什么呢？为什么是当然？"

"坏人不会像您这么信任一个陌生人的。"

多年来我第一回差点哭出来。我半天说不出话，而她就那么一直等着。

"您也别以为我是个无聊透顶的人。"

她说她也对我有个要求，她说请我不要以为她是那种惯于把别人想得很坏的人。她说："行吗？那您说吧。"

"可我确实也没什么有意思的话要说。我本来没指望您会听到现在的。"

"随便说吧，说什么都行，不一定要有意思。"

我想了很久，觉得一切有意思的话都是最没意思的话，一切最没意思的话才是最有意思的话，所以我想了很久还是犹豫不决难以启口。我几次问她是否等得不耐烦了，她说没有。最后我想起了那个谜语。

"有一个早已失传了的谜语，现在已经没有人知道那是怎么一个谜语了。现在只知道它有三个特点。您有兴趣吗？"

"哪三个特点？"

"一是谜面一出谜底即现，二是如果你自己猜不到别人谁也无法告诉你，三是如果你猜到了你就肯定认为你还没猜到。"

"噢，您也知道这个谜语？"她说。

"怎么，您也知道？"我说。

"是，知道。"她说，"这真好。"

"您不是想安慰我吧？"我说。

"当然不是。我是说这谜语真绝透了。"

"据说是自古以来最根本的一个谜语。离你最近可你看不见的，是什么？是睫毛。"

"我懂真的我懂。您也知道这个谜语真是绝透了。"电话里又传来一阵小小的风暴。我半天不说话，多年来我就渴望听到这样的风暴。然后她在电话里急切地喊起来："喂，喂！下回我怎么找您？"

我说："别说'您'好吗？说'你'。我说我们最好是只做电话中的朋友，这样我们可以说话更随便些，更自由更真实些。"她说她懂而且何止是懂，这也正是她所希望的。

以后我就每星期给她打一次电话，都是在595630电话所在之地的人们休息的那一天。我从不问她姓什么叫什么、是干什么的、多大年龄了等等。她也是这样，也不问。我们连为什么不问都不问。我们只是在愿意随便谈谈的时候随便谈谈。第二次通电话的时候，她告诉我，男人到底是比女人敢干，她早就想干而一直不敢干的事让我先干了。我说："你是怕人说你是臭流氓吧？"她听了笑声灿烂。第三次我们谈的是蔬菜和森林，蔬菜越来越贵，森林越来越少。第四次是谈床单和袜子，尤其谈了女人的长袜太容易跳丝，有一处跳丝就全完了。我说："你挺臭美的。"她说："废话你管着吗？"我说第一我根本不管，第二臭美在我嘴里不是贬义词。她便欣然承认她相当喜欢臭美："但得是褒义词！"我说就如同我认为"臭流氓"是褒义词一样。第五次谈猫，二月正是闹猫的季节，于是谈到性。我没料到她会和我一样认为那是生活中最美的事情之一，同时她又和我一样是个性冷漠患者。"这很奇怪是吗？""很奇怪。"第六次谈狗，我说可惜城市里不让养狗，我真想搬到农村去住，那样可以养狗。她说："是吗？那我真搬到农村住去。"我说："算了吧，我们都是伪君子。"第七次说到钱，钱是一种极好的东西，连拉屎撒尿放屁都得受它摆布。她笑得喘不过气来："你夸张了，怎么会管得了最后一种？"我说："你想要是你能住高级饭店去你还敢随便放屁吗？""干吗要随便？""所以我说钱是好东西。"第八次我们自由自在地骂了半天人，骂得畅快淋漓。第九次谈到上帝和烩猪肠子，她说："吓，那东西多脏啊！"我问她是指上帝还是指猪肠子？她说你知道那是装什么的吗？我说你是说上帝还是说猪肠子？她说："算了算了，和你这人缠不清。"第十次谈到宇宙、飞碟、特异功能、四维时空、测不准原理和蚂蚁。第十一次我们一块唱了好多真正的民歌，真正的民歌都是极坦率极纯情又极露骨的情歌。第十二次是说气候、季节、山野河流、鹿的目光与释迦牟尼何其相似，以及她的一只非常好看的扣子挤汽车时挤丢了，而我昨天差点让煤气罐给炸死。第十三次说到了爱情，她说这是说不清的事。我说什么是说得清的事呢？她说就连这也说不清，我们不过是在胡说八道。我说有谁不是在胡说八道呢？她便又笑声灿烂。我说我冒了被骂为臭流氓的危险就是为了能胡说八道和能听到纯正的胡说八道。她听了许久无声然后哭声辉煌经久不息，使我振奋不已。她说她骨子里非常软弱。我说你别怕，我也一样。她说她外强中干其实自卑极了。我说我也一样，你别在意。她的哭声便转而娇媚。我说我何止于此，我还是个枯燥乏味的人。她说她也是。我说我还很庸俗简直无聊透顶。她让我别急，她说这下就好了她也是个俗不可耐的人。我说我无才无能一无可取之处。她让我别急，说她也一样没有一点吸引人的地方。她不哭了，问我："你是个好人吗你觉得？"我说我觉不出来，你呢？她说她就是因为不知道怎样才能觉出自己是不是好人，所以才问我的，可惜我也不知道。我说要是这样说，我大概是个灵魂肮脏的人。她说为什么呢？我便给她举一些实例，讲我当着人是怎样说，背着人是怎样想，讲我所做过的一切事情，讲我所有的一切念头，讲我白天的行为，也讲我黑夜的梦境，直讲到口干舌燥气喘吁吁，直讲到我自己也很难不承认自己是个臭流氓时，我才害怕了不讲了。类似这样的害怕是最可怕的事，好在我知道她不知道我是谁，不知道我在哪儿，即便在街上擦肩而过她也认不出我而我也认不出她，这样我才不害怕了。我说："嘿，怎么样，我是个坏人吧？"她说她不知道。我说那你究竟知道什么呢？她说她只知道她多年来一直在找我这样的人。"找我干什么？""找你，然后嫁给你。"于是我们约定在晚六点三十见面，在一条环型公路的五十九点五公里处，她穿一身白，我穿一身黑。

我提前赶到了那里，这个提前很可能是个绝大的错误。我找到了五十九点五公里处的小石碑，并且坐在上头。我相信这个数字很吉利而这个姿势又很保险，但我没想到会在这儿碰上了我的妻子。我想不出有谁能告密。大概这是因为我提前来了，因为我没有恪守 630 这个数字。我们相距差不多有二十米至二十万光年远。我把帽子压得低些，我见她也把围巾围得高些。这说明我们都已发现了对方，并且都不想让对方发现自己。我想这也好，何必不这样呢？但她并不离开，当然我也没离开。她想监视我，那好吧，我正好可以抓住她监视我的证据，免得她过后又不承认。这样过了有十几分钟，到了六点三十。我坦荡地朝四周望望，我看见她也在朝四周望而且毫不加掩饰。这时我发现她穿了一身白，她正朝我走来。

她说："我怎么没听出来是你？"

我说："可不是嘛，我也没听出是你。"

我们相对无言，很久。公路上各种车辆从我们身边呼啸而过。

她看看我，看我的时候仍然面有疑色。她说："你再把那个谜语说一遍行吗？"

我说："我不知道那个谜语，既不知道它的谜面也不知道它的谜底，只知道它有三个特点，第一……"

"行了，别说了。"她说，"看来真的是你。你的声音跟多年以前不一样了。"

我说："你也是。"

她说："你要是在电话里打打呼噜就好了，像每天夜里那样。那样我就知道是你了。"

我说："我听见你夜里总咬牙。我给你买了打虫药一直没机会给你。"

我们就在小石碑旁坐下，沉默着看太阳下去，听晚风起来。

"我们明天还能那样打打电话吗？"

"谁知道呢？"

"还那样随便谈谈，还能那样随便谈谈吗？"

"谁知道呢？"

"试试行吗？"

"试试吧，试试当然行。"

然后我们一同回家，一路上沉默着看月亮升高，看星星都出来。快到家的时候我顺便去量了量体重，不多不少五十九点五公斤，我便知道明天早晨我会在六点三十醒来。

C+X

她向我俯下身来。她向我俯下身来的时候，在充斥着浓烈的来苏味的空气中我闻到了一阵缥缈的幽香，缥缈得近乎不真实，以至四周的肃静更加凝重更加漫无边际了。

她的手指在我赤裸的胸上轻轻滑动，认真得就像在寻找一段被遗忘的文字。我把脸扭向一旁，以免那幽香给我太多的诱惑，以免轻轻的滑动会划破我濒死的安宁。

我把脸扭向一旁。我宁愿还是闻那种医院里所特有的味道。这味道绝非是因为喷洒了过多的来苏，我相信完全是因为这屋顶太高又太宽阔造成的。因为墙壁太厚，墙外的青苔过于年长日久。因为百叶窗的缝隙太规整把阳光推开得太远。因为各种治疗仪器过于精致，而她的衣帽又过于洁白的缘故。

她的手指终于停在一个地方不动。我闭上眼睛。我感到她走开。我感到她又回来。我知道她拿了红色的笔，还拿了角尺，要在我的胸上画四道整齐的线。笔尖在我的骨头上颠簸，几次颠离了角尺。笔和尺是凉的硬的，恰与她纤指的温柔对比鲜明。轻轻的温柔合着幽香使我全身一阵痉挛。我睁开眼睛，看见四道红线在我苍白嶙峋的胸上连成一个鲜艳的矩形，灿烂夺目。

然后她轻声说："去吧。"

然后她轻声问："行吗？"

我就去躺到一架冰冷的仪器下面，想到室外正是五月飞花的时光。

我问1床："也是她管你吗？"

1床眯起浑浊的眼睛看我："怎么样，滋味不坏吧，咪？"

我摸摸胸上的红方块。我说："不疼。"

"我没说这个。"1床狡黠地哭起来，"她。刚才我们说谁来着？"他在自己身上猥亵地摩挲一阵，"咪？滋味不坏吧？"

3床那孩子问："什么？什么滋味不坏？"

我对那孩子说："别理他，别听他胡说。"

1床哧哧地笑着走到窗边，往窗外溜一眼，回身揪揪那孩子的头发："真的2床说得不错，你别理我，我眼看着就不是人了。"

"你现在就不是！"我说。

那孩子问："为什么？"

"眼看着我就是一把灰了。"1床说。

那孩子问："为什么？"

1床又独自笑了一会儿。

柳絮在窗外飘得缭乱，飘得匆忙。

1床从窗边走回来，眼里放着灰光，问我："说老实话，那滋味确实不坏是不是？"

"我光是问问，是不是也是她管你。"

"你这人没意思。"他把手在脸前不屑地一挥，"你这年轻人一点不实在。"

3 床那孩子问："到底什么呀滋味不坏？"

1 床又放肆地笑起来，对我说："我情愿她每天都给我身上多画一个红方块，画满，你懂吗？画满！"

那孩子笑了，从床上跳起来。

"用她那暖乎乎的手，你懂吗？用她那双软乎乎的手，把我从上到下都画满……"

3 床那孩子撩起了自己的衣裳，喊："她今天又给我多画了一个！你们看呀，这个！"

1 床和我整宿整宿地呻吟，只有 3 床那孩子依旧可以睡得很甜。只有 3 床那孩子不知道红方块下是什么。只有他不知道那下面是癌。那下面是癌，但他不知道。他不知道。但确实是癌。他说是他爸爸说的，那不是癌。他说他妈妈跟他说过那真的不是癌。他妈妈跟他这样说的时候，用乞求的目光看着我和 1 床。他的父母走后，他看看 1 床的红方块，说："这不是癌。"他又看看我的红方块，说："你也不是癌。"我说是的我们都不是癌。

"那这红方块下是什么呀？"

"是一朵花。"

"噢，是一朵花呀？"

是一朵花。一朵无比艳丽的花。

月亮把东楼的阴影缩小，再把西楼的阴影放大，夜夜如此。在我和 1 床的呻吟声中，3 床那孩子睡得香甜。我们剩下的生命也许是为盼望那艳丽的花朵枯萎，也许仅仅是在等待它肆无忌惮地开放。

细细的风雨中，很多花都在开放。很多花瓣都伸展开，把无辜的色彩染进空中。黑土小路上游移着悄无声息的人。黑土小路曲折回绕分头隐入花丛，在另外的地方默然重逢。

掐一朵花，在指间使它转动，凝神于它的露水它的雌蕊与雄蕊，贴近鼻尖，无比的往事便散漫到细雨的微寒中去。

把花别在扣眼上，插在衣兜里，插在瓶中再放到床头去，以便夜深猛然惊醒时，闪着幽光的桌面上有一片片轻柔的落花。

3床的孩子问："就像这样的花吗？"

"兴许比这漂亮，"我说。

"那像什么？"

"也许就是这样的花吧。"

孩子仔细看自己小小肚皮上的红方块，仔细看很久，仰起脸来笑一笑承认了它的神秘："它是怎么长进去的呢？"

1床双目微合，端坐花间。

"他在干吗？喂！你在干吗？"

"他在做梦。"

"他在练功？"

"不，他在做梦。"

1床端坐花间，双手叠在丹田。

"今天会给他多画一个红方块吗？"

"你别信他胡说。"

"你呢？你想不想让她多给你画一个？"

"随她。"我说。

"你看那不是她来了？"

她正走上医院门前高高的白色的台阶，打了一把红色的雨伞，在铅灰色的天下。

1床端坐花间，双手摊开在膝盖上掌心朝天。天正赐细细的风雨给人间。

每天都有一段充满盼望的时间：在呻吟着的长夜过后，我从医院的东边走到西边，穿过湿漉漉的草地和阳光和鸟叫，走进另一条幽暗的楼道，走进那个仪器林立的房间，闻着冰冷的金属和精细的烤漆味等她。闻着过于宽阔的屋顶味和过于厚重的墙壁味，等她。室内的仪器仿佛旷古形成的石钟乳。室外的青苔厚厚地漫上窗台。

所有仪器的电镀部分中都动起一道白色的影子，我渐渐又闻到了缥缈的幽香。

她温柔的手又放在我赤裸的胸上。她鬓边的垂发不时拂过我的肩膀。我听见她细细的呼吸就像细细的风雨，细细的风雨中布进了她的体温。我不把头扭开。我看见她白皙脖颈上的一颗黑痣。我看见光洁而浑实的她的脊背，隐没在衬衫深处，隐没了我从未见过的女人的躯体，和女人的花朵……她又走开。她又回来。在我的胸上，把褪了色的红方块重新描绘得鲜艳，那才是属于我的花朵。

然后她轻声说："去吧。"

然后她轻声问："行吗？"

然后她轻盈而茁壮地走开，把温馨全部带走到遥远的盼望中去。我相信1床那老浑蛋说得对，画满！把那红方块给我通身画满吧，无论出于什么样的原因。

1床问我："你怎么没结婚？"

我说："我才二十一岁。"

1床浑浊的眼睛便越过我，望向窗外深远的黄昏。

3床那孩子在淡薄的夕阳中喊道："我妈跟我爸结过婚！"

1床探身凑近我，踌躇良久，问道："尝过女人的味了没有？"

我狠狠地瞪他，但狠狠的目光渐渐软弱并且逃避。"没有。"我说。

3床那孩子在空落的昏暗中喊道："我妈跟我爸结婚的时候还没有我呢！"

1床不说话。

我也不说。

那孩子说："真的我不骗你们，那时候我妈还没把我生出来呢。"

1床问我："你想看那个女人吗？"

"你少胡说！"

1床紧盯着我，我闭上眼睛。

很久，我睁开眼睛，1床仍紧盯着我。

我说："你别胡说。"却像是求他。

我们一齐看那孩子——月光中他已经睡熟。月光中流动着绵长的夜的花香。

我们便去看她。反正是睡不着。反正也是彻夜呻吟。我们便去看她，如月夜和花香中的两缕游魂。

1床说他知道她的住处。

走过一幢幢房屋的睡影，走过一片片空地的梦境，走过草坡和树林和静夜的蛙声。

1床说："你看。"

巨大的无边的夜幕之中，便有了一方绿色的灯光。灯光里响着细密柔和的水声。绿蒙蒙的玻璃上动着她沐浴的身影。幸运的水，落在她身上，在那儿起伏汇聚辗转流遍；不幸的便溅作水花化作迷雾，在她的四周飘绕流连。

1床说："要不要我给你讲些女人的事？"

"嘘——"我说。

水声停了。那方绿色的灯光灭了。卧室的门开了。卧室中唯有月光朦胧，使得那白色的身影闪闪烁烁，闪闪烁烁。便响起轻轻的钢琴曲，轻轻的并不打扰别人。她悠闲地坐在窗边，点起一支烟。小小的火光把她照亮了一会，她的头发还在滴水，她的周身还浮升着水气。她吹灭了火，同时吹出一缕薄烟，吹进月光去让它飘飘荡荡，她顺势慵懒地向后靠一靠，身体藏进暗中，唯留两条美丽的长腿叠在一起在暗影之外，悠悠摇摆，伴那琴声的节拍。

1床说："你不会像我，你还能活。"

"嘘——"我说。

她抽完了那支烟。她站起来。月亮此刻分外清明。清明之中她抱住双肩低头默立良久，清明之光把她周身的欲望勾画得流畅鲜明。钢琴声换成一段舞曲。令人难以觉察地，她的身体缓缓旋转，旋转进幽暗，又旋转进清明，旋转进幽暗再旋转进清明，幽暗与清明之间她的长发铺开荡散她的胸腹收展屈伸，两臂张扬起落，双腿慢步轻移，她浑身轻灵而紧实的肌肤飘然滚动，柔韧无声。

1床说："你不会死，你才二十一岁。"

"嘘——"我说。

她转进幽暗，很久没有出来。月光中只有平静的琴声。

她在哪儿？在做什么？她跳累了。她喘息着扑倒在地上，像一匹跑累了的马儿在那儿歇息，在那儿打滚儿，在那儿任意扭动漂亮的身躯，把脸紧贴在地面闭上眼睛畅快地长吁，让野性在全身纵情动荡，淋漓的汗水缀在每一个毛孔，心就可以快乐地嘶鸣……

她从暗影中走出来，已经穿戴整齐，端庄而且华贵而且步态雍容。她捧了一盆花，走到窗前，把花端放在窗台。她后退几步远远地端详，又走近来抚弄花的枝叶，便似有缥缈的幽香袭来。然后，窗帘在花的后面徐徐展开，将她隐没，只留花在玻璃和窗帘之间，只留满窗月色的空幻。

1床说："我给你讲一个谜语。你不会死你还年轻，听我给你讲一个谜语。"

一个已经没人知道了的谜语。没人知道它的谜面，也没人知道它的谜底。它的谜面就是它的谜底。你要是自己猜不到，谁也没法告诉你。你要是猜到了，你就会明白你还没有猜到你还得猜下去。

我躺在冰冷的仪器下面等她，她没有来。我们去看她，她的窗户关着，窗帘拉得很严。那盆花在玻璃和窗帘之间，绿绿的叶子长得挺拔。

1床又给3床的孩子讲那个谜语。

"那到底是个什么样的谜语呀？"孩子问。

"嗷，这一样是个谜语。"

我闻着医院里所特有的那种味道，等她，她还是没来。去看她，窗户关着窗帘还是拉得很严。那盆花在玻璃和窗帘之间，在太阳下，冒出了花蕾。

1床用另一个谜语提醒3床的孩子。

"就在眼前可是看不见的，你说是什么？"

"是什么？"

"眼睫毛。"

她一直没来。她的窗户一直关着。她的窗帘一直拉得很严。玻璃和窗帘之间已绽开鲜红的花朵，鲜红如血一样凄艳。

那孩子一直在猜那个谜语。

"你敢说那不是你瞎编的吗？"

"噢，当然。传说那是所有的谜语中最真实的一个谜语。"

有一天我们去看她，她的住处四周嗡嗡嘤嘤挤满了围观的人群。

据说她在死前洗了澡，洗了很久，洗得非常仔细。据说她在死前吸了一支烟，听了一会音乐，还独自跳了一会舞。然后她认真地梳妆打扮。然后她坐到窗边的藤椅中去，吃了一些致命的药物。据最先发现她已经死去的人说，她穿戴得高雅而且华贵，她的神态端庄而且安详，她坐在藤椅中的姿势慵懒而且苗壮。

她什么遗言也没留下。

她房间里的一切都与往日一样。

只是窗台上有一盆花，有一根质地松软的粗绳一头浸在装满清水的盆里另一头埋进那盆花下的土中。水盆的位置比花盆的位置略高，水通过粗绳点点洇散到花盆中去，花便在阳光下生长盛开，流溢着缥缈的幽香。

D+X

我常有些古怪之念。譬如我现在坐在桌前要写这篇小说，先就抽着烟散散漫漫呆想了好久：触动我使我要写这篇小说的那一对少年，此时此刻在哪儿呢？还有那个上了些年纪的男人，那个年轻的母亲和她的小姑娘，他们正在干什么？年轻的母亲也许正在织一件毛衣（夏天就快要过去了），她的小姑娘正在和煦的阳光里乖乖地唱歌；上了年纪的那个男人也许在喝酒，和别人或者只是自己；那一对少年呢？可能正经历着初次的接吻，正满怀真诚以心相许，但也可能早已互相不感兴趣了。什么都是可能的。什么都不确定。唯一可以确定的是，就在我写下这一行字的同时，他们也在这天底下活着，在这宇宙中的这颗星球上做着他们自己的事情。就在我写下这一行字的时候，在太平洋底的某一处黑暗的珊瑚丛中，正有一条大鱼在转目鼓腮悄然游憩；在非洲的原野上，正有一头饥肠辘辘的狮子在焦灼窥伺角马群的动静；在天上飞着一只鸟，在天上绝不止正飞着一只鸟；在某一片不毛之地的土层下，有一具奇异动物的化石已经默默地等待了多少万年，等待着向人类解释人类进化的疑案；而在某一个繁华喧嚣城市的深处，正有一件将要震撼世界的阴谋在悄悄进行；而在穷乡僻壤，有一个必将载入史册的人物正在他母亲的子宫中形成。就在我写下这一行字迹的时候，有一个人死了，有一个人恰恰出生。

那天我坐在一座古园里的一棵老树下，也在作这类胡思乱想：在这棵老树刚刚破土而出的时候，我的爷爷的爷爷的爷爷的爷爷是不是刚好走过这里呢？或者他正在哪儿做什么呢？当时的一切都是注定几百年后我坐在这儿胡思乱想的缘由吧？我这样想着的时候，落日苍茫而沉寂的光辉从远处细密的树林间铺展过来，铺展过古殿辉煌落寞的殿顶，铺展过开阔的草地和草地上正在开花的树木，铺展到老树和我这里，把我们的影子放倒在一大片散落的断石残阶上面，再铺开去，直到古园荒草蓬生的东墙。这时我看见老树另一边的路面上有两条影子正一跃一跃地长大，顺那影子望去，光芒里走着一男一女两个少年。我听见他们的嗓音便知道他们既不再是孩子了也还不是大人。说他是小伙子似乎他还不十分够，只好称他是少年。另一个呢，却完全是个少女了。他们一路谈着。无论少女说什么，少年总是不以为然地笑笑，总是自命不凡地说"那可不一定"，然后把书包从一边肩上潇洒地甩到另一边肩上，信心百倍地朝四周望。少女却不急不慌专心说自己的话，在少年讥嘲地笑她并且说"那可不一定"的时候，她才停下不说，她才扭过脸来看他，但不争辩，仿佛她要说那么多的话只是为了给对方去否定，让他去把她驳倒，她心甘情愿。他们好像是在谈人活着到底是为什么，这让我对他们小小的年纪感到尊敬，使我恍惚觉得世界不过是在重复。

"嘿，那儿！"少年说。

他指的是离老树不远的一条石凳。他们快步走过去，活活泼泼地说笑着在石凳上坐下。准是在这时他们才发现了老树的阴影里还有一个人，因为他们一下子都不言语了，显得拘谨起来，并且暗暗拉开些距离。少女看一看天，又低头弄一弄自己的书包。少年强作坦然地东张西望，但碰到了我的目光却慌忙躲开。一时老树周围的太阳和太阳里的一对少年，都很遥远都很安静，使我感到我已是老人。我后悔不该去碰那样的目光，他们分明还在为自己的年幼而胆怯而羞愧。我只是欣喜于他们那活活泼泼的样子，想在那儿找寻永远不再属于我了的美妙岁月，无论是他的幼稚的骄狂，还是她的盲目的崇拜，都是出于彻底的纯情。这时少女说："我确实觉得物理太难了。"少年说："什么？噢，我倒不。"过了一会少女又说："我还是喜欢历史。"少年说："噢，历史。"不不，这不是他们刚才的话题，这绝不是他们跑到这儿来想要说的，这样的话在一定程度上是说给我听的。我懂。我也有过这样的年龄。他们准是刚刚放学，还没有回家，准是瞒过了老师和家长和别的同学，准是找了一个诸如谈学习谈班上工作之类的借口，以此在掩盖心里日趋动荡的愿望，无意中施展着他们小小的诡计。我想我是不是应该走开。我想我是不是漫不经心地转过身去，表示我对他们的谈话丝毫不感兴趣最好。这时候少年说："嗬，这儿可真晒。"少女说："是你说的这儿。"少年说："我没想到这儿这么晒。"少女说："我去哪儿都行。"我想我还是得走开，这初春的太阳怎么会晒呢？我在心里笑笑，起身离去，我听见在这一刻他们那边一点声音都没有。我猜想他们一定也是装作没大在意我的离去，但一定也是庆幸地注意听我离去的脚步声。没问题，也是。世界在重复。

太阳更低垂了些，给你的感觉是它在很远的地方与海面相碰发出的声音一直传到这里，传到这里只剩下颤动的余音；或许那竟是在远古敲响的锣鼓，传到今天仍震震不息。

世界千万年来只是在重复，在人的面前和心里重演。譬如，人活着到底是为什么？人应该怎么活，人怎么活才好？这便是千万年来一直在重复的问题。有人说：你这么问可真蠢真令人厌倦，这问不清楚你也没必要这么问，你想怎么活就去怎么活好了。就算他说的对，就算是这样我也知道：他是这么问过了的，他如果没这么问过他就不会这么回答，他一刻不这么问他就一刻不能这么回答。

我走过沉静的古殿，我就想，在这古殿乒乒乓乓开始建造的时候，必也有夕阳淡淡地照耀着的一刻，只是那些健壮的工匠们全都不存在了，那时候这天下地上数不清的人，现在一个都没有了。自从我见到那一对少年，我就知道我已经老了。我在这古园里慢慢地走，再没有什么要着急的事了，稀奇古怪的念头便潮水似的一层层涌来，只不过是毫无用处的乐趣。也可以说是休息，是我给我自己这忙忙碌碌的一生的一点酬劳。一点酬劳而已。我走过草地，我想，这儿总不能永远是这样的草地吧，那么在总要到来的那一天这儿究竟要发生什么事呢？我在开花的树木旁伫立片刻，我想，哪朵花结出的种子会成为我的孙子的孙子的孙子的孙子的面前的一棵大树呢？我走在断石残阶之间，这些石头曾经在哪一处山脚下沉睡过？它们在被搬运到这儿来的一路上都经历过什么？再譬如那一对少年，六十年后他们又在哪儿？或者各自在哪儿呢？万事万物，你若预测它的未来你就会说它有无数种可能，可你若回过头去看它的以往你就会知道其实只有一条命定之路。

这命定之路包括我现在坐在这儿，窗里窗外满是阳光，我要写这篇叫作小说的东西；包括在那座古园那个下午，那对少年与我相遇了一次，并且还要相遇一次；包括我在遇见他们之后觉得自己已是一个老人；包括就在那时，就在太平洋底的一条大鱼沉睡之时，非洲原野上一头狮子逍遥漫步之时，一些精子和一些卵子正在结合之时，某个天体正在坍塌或正在爆炸之时，我们未来的路已经安顿停当；还包括，在这样的命定之路上人究竟能得到什么——这谁也无法告诉谁，谁都一样，命定得靠自己几十年的经历去识破这件事。

我在那古园的小路上走，又和少年少女相遇。我听见有人说："你不知道那是古树不许攀登吗？"又一个声音嗫嚅着嘴野："不知道。"我回身去看，训斥者是个骑着自行车的上了些年纪的男人，被训斥的便是那个少年。少女走在少年身后。上了些年纪的男人板着面孔："什么你说？再说不知道！没看见树边立的牌子吗？"少年还要说，少女偷偷拽拽他的衣裳，两个人便跟在那男人的车边默默地走。少女见有人回头看他们，羞赧地低头又去弄一弄书包。少年还是强作镇定不肯显出屈服，但表情难免尴尬，目光不敢在任何一个路人脸上停留。

世界重演如旭日与夕阳一般。

就像一个老演员去剧团领他的退休金时，看见年轻人又在演他年轻时演过的戏剧。

我知道少女担心的是什么，就好像我记得她曾经跟我说过：她真怕事情一旦闹大，她所苦心设计的小小阴谋就要败露。我也知道少年的心情要更复杂一点，就好像我曾经是他而他现在是我：他怎么能当着他平生的第一个少女显得这么弱小，这么无能，这么丢人地被另一个男人训斥！他准是要在她面前显摆显摆攀那老树的本领，他准是吹过牛了，他准是在少女热切的怂恿的眼色下吹过天大的牛皮了，谁料，却结果弄成现在这副狼狈的模样。

我停一停把他们让到前面。我不远不近地跟在他们身后走。我有点兔死狐悲似的。我想必要的时候得为这一对小情人说句话，我现在老了我现在可以做这件事了，世界没有必要一模一样地重复，在需要我的时候我要过去提醒那个骑车的男人（我想他大概是古园的管理人）：喂，想想你自己的少年时光吧，难道你没看出这两个孩子正处在什么样的年龄？他们需要羡慕也需要炫耀，他们没必要总去注意你立的那块臭牌子！

我没猜错。过了一会，少女紧走几步走到少年前边走到那个男人面前，说："罚多少钱吧？"她低头不看那个男人，飞快地摸出自己寒碜的钱夹。

"走，跟我走一趟，"那个男人说，"看看你们到底知不知道自己是哪个学校的。"

我没有猜错。少年蹿上去把少女推开，样子很凶，把她推得远远的，然后自己朝那个男人更靠近些，并且瞪着那个男人并且忍耐着，那样子完全像一头视死如归的公鹿。年轻的公鹿面对危险要把母鹿藏在身后。我看见那个男人的眼神略略有些变化。他们僵持了一会，谁也没说话，然后继续往前走。

我还是跟在他们身后。如果那个男人仅仅是要罚一点钱我也就不说什么，否则我就要跟他谈谈，我想我可以提醒他想些事情，也许我愿意请他喝一顿酒，边喝酒边跟他谈谈：两颗初恋的稚嫩的心是不能这么随便去磕碰的，你懂吗？任何一个人在恋爱的时候都比你那棵老树重要一千倍你懂吗？你知不知道你和我是怎么老了的？

三个人在我前面一味地走下去。阳光已经淡得不易为人觉察。这古园着实很大，天色晚了游人便更稀少。三个人，加上我是四个，呈一行走，依次是：那个上了些年纪的骑车的男人、少年、少女和我。可能我命定是个乖僻的人，常气喘吁吁地做些傻事。气喘吁吁地做些傻事，还有胡思乱想。

渐渐的，我发现骑车的男人和少年之间的距离越拉越大了。我一下子没看出这是怎么回事。只见那距离在继续拉大着，那个男人只顾自己往前骑，完全不去注意和那少年之间的距离。我心想这样他不怕他们乘机跑掉吗？但我立刻就醒悟了，这正是那个男人的用意。噢，好极了！我决定什么时候一定要请这家伙喝顿酒了。他是在对少年少女这样说呢：要跑你们就快跑吧，我不追，肯定不追，就当没这么回事算啦，不信你们看呀我离你们有多远了呀，你们要跑，就算我想追也追不上了呀——我直想跑过去谢谢他，为了世界在这个节骨眼上没有重演。我心里轻松了一下，热了一下，有什么东西从头到脚流动了一下，其实于我何干呢？我的往事并不能有所改变。

但少年没跑。他比我当年干得漂亮。他还在紧紧跟随那男人。我老了我已经懂了：要在平时他没准儿可以跑，但现在不行，他不能让少女对他失望，不能让那个训斥过他的男人当着少女的面看不起他，自从你们俩一同来到这儿你就不再是一个人了你就不再是一个孩子，你可以胆怯你当然会胆怯，但你不该跑掉。现在的这个少年没有跑掉，他本来是有机会跑的但他没有跑，他比我幸运。他紧紧跟着那个男人。现在我老了我一眼就能看得明白：他并非那么情愿紧跟那个男人，他是想快快把少女甩得远远的甩在安全的地方，让她与这事无关。这样，他与少女之间的距离也在渐渐拉大。

少女慢慢地走着，仿佛路途茫茫。她心里害怕。她心里无比沮丧。她在后悔不该用了那样的眼色去怂恿少年。她在不抱希望地祈祷着平安。她在想事情败露之后，像她这样小小的年龄应该编一套什么样的谎话，她心乱如麻，她想不出来，便越想越怕。

当年的事情败露之后，我的爷爷问我："为什么要跑掉？"他使劲冲我喊："你为什么要跑掉！"我没料到他不说我别的，只是说我"你为什么跑掉！"。他不说别的，以后也没说过别的。

我跟在少女身后，保持着使她不易察觉的距离。我忽然想到：当年，是否也有一个老人跟在我们身后呢？我竟回身去看了看。当然没有，有也已经没有了。我可能真是乖僻，但愿不是有什么毛病。

少女也没有跑掉。她一直默默地跟随。有两次少年停下来等她，跟她匆匆说几句话又跟她拉开距离。他一定是跟她说："你别跟着你快回家吧，我一个人去。"她呢？她一定是说："不。"她说："不。"她只是说："不。"然后默默地跟随。在那一刻，我感到他们正在变成真正的男人和女人。

那个上了年纪的男人最后进了一间小屋。过了一会，少年走到小屋前，犹豫片刻也走进去。又过了一会少女也到了那里，她推了推门没有推开，她敲了敲门，门还是不开，她站在门外听了一会，然后就在门前的台阶上坐下。她坐下去的样子显得沉着。这一路上她大概已经想好了，已经豁出去了，因而反倒泰然了不再害什么怕，也不去费心编什么谎话了。她把书包抱在怀里，静静地坐着，累了便双手托腮。天色迅速暗下去了。少女要等少年出来。

我也坐下，在不惊动少女的地方。我走得腰酸腿疼。我一辈子都在做这样费力而无用的事情。我本来是不想看到重演，现在没有重演，我却又有点悲哀似的，有点孤独。

当年吓得跑散了的那一对少年这会儿在哪儿呢？有一个正在这儿写一种叫作小说的东西。另一个呢？音信皆无。自从当年跑散了就音信皆无。

我实在是走累了。我靠在身旁的路灯杆下想闭一会眼睛。世界没有重演，世界不会重演，至少那个骑车的男人没有重演，那一对少年也没有重演，他们谁也没有抛下谁跑掉。这真好，这让我高兴，这就够了，这是我给我自己这气喘吁吁的一个下午的一点酬劳。那对少年不知道，他们永远不会知道，正像我也不知道当年是否也有一个乖僻的老人跟在我们身后。大概人只可以在心里为自己获得的一点酬劳，大概就心可以获得的酬劳而言，一切都是重演，永远都是重演。我老了，在与死之间还有一段不知多长的路。大鱼还在游动，狮子还在散步，有一颗星星已经衰老，有一颗星星刚刚诞生，就在此时此刻，一切都已安顿停当。但在这剩下的命定之路上能获得什么，仍是个问题，你一刻不问便一刻得不到酬劳。

我睁开眼睛，路灯已经亮了，有个小姑娘站在我面前。她认真地看着我。看样子她有三岁，怀里抱着个大皮球。她不出声也不动，光是盯着我看，大概是要把我看个仔细，想个明白。

"你是谁呀？"我问。

她说："你呢？"

这时候她的母亲喊她："皮球找到了吗？快回来吧，该回家啦！"

小姑娘便向她母亲那边跑去。

$$Y+X$$

Y＝50 亿个人＝50 亿个位置

Y＝50 亿个人＝50 亿条命定之路

Y＝50 亿个人＝50 亿种观察系统或角度

"测不准原理"的意思是：实际上同时具有精确位置和精确速度的概念在自然界是没有意义的。人们说一辆汽车的位置和速度容易同时测出，是因为对于通常客体，这一原理所指的测不准性太小而观察不到。

"并协原理"的意思是：光和电子的性状有时类似波，有时类似粒子，这取决于观察手段。也就是说它们具有波粒二象性，但不能同时观察波和粒子两方面。可是从各种观察取得的证据不能纳入单一图景，只能认为是互相补充构成现象的总体。

"嵌入观点"得出这样的结论：我们是嵌入在我们所描述的自然之中的。说世界独立于我们之外而孤立地存在着这一观点，已不再真实了。在某种奇特的意义上，宇宙本是一个观察者参与着的宇宙。

现代西方宇宙学的"人择原理"，和古代东方神秘主义的"万象唯识"，好像是在说着同一件事：客体并不是由主体生成的，但客体也并不是脱离主体而孤立存在的。

那么人呢？那么人呢？他既有一个粒子样的位置，又有一条波样的命定之路，他又是他自己的观察者。在这样的情况下要猜破那个谜语至少是很困难的。那个谜语有三个特点：

一、谜面一出，谜底即现。

二、已猜不破，无人可为其破。

三、一俟猜破，必恍然知其未破。

（此谜之难，难如写小说。我现在愈发不知写小说应该有什么规矩了。好不容易忍到读完了以上文字的读者，不必非把它当作小说不可，就像有些人建议的那样——把它当作一份读物算了。大家都轻松。）

最初发表于《收获》1988 年第 6 期

原罪·宿命

原罪

我要给您讲的这个人以及我要讲的这些事，如果确实存在过的话，也是在好几十年前了。我这么说，是因为那时我还太小，如今他们在我的记忆里已经模糊到了这种程度：假如我的奶奶还活着，跟我说，"哪儿有这么个人呀，没有。"或者"哪儿来的这些事呀，压根儿就没有过。"那样我就会相信我不曾见过这个人，世上也不曾有过这些事。然而我的奶奶已经去世多年。

因此您对这个故事的真确性，不必过于追究。不妨权当作是曾经进入了他的意识而后又合着他的意识出来的那些东西，我只能认为这就是真确。假如当一个故事来说，这理由也就很充分了。

这个人姓什么叫什么，我看也不重要；重要也没办法，我反正是一点印象也没有了。我只记得奶奶让我管他叫十叔。那时我们住在同一条街上，差不多在街的正中间有一座小庙叫净土寺，我家住在街的南头，他们家挨近街的北口。他的父亲在那儿开着一爿豆腐房，弄不清什么岁数上死了老婆，请来个帮工叫老谢。老谢来的时候，据说我爸跟我妈还谁都不认识谁呢。

十叔整天整夜躺在豆腐房后面的小屋里。他脖子以下全不能动，从脖子到胸，到腰，一直到脚全都动不了。头也不能转动。就是说除了睁眼闭眼、张嘴闭嘴、呼气吸气之外，他再不能有其他动作。可他活着。他躺在床上，被子盖到脖子，你看不出他的身体有多长，你甚至会觉得被子下面并没有身体。你给他把被子盖成什么样就老是什么样，把一个硬币立在被子上，别人不去动就总不会倒。他就这么一年一年地活着。现在让我估算一下的话，他那时总也有十六七岁了，不会再小，否则奶奶不至于让我管他叫十叔，而且他能像大人那样讲很多有趣的故事。正是因为这后一点，我极乐意跟奶奶到豆腐房去，去打豆浆要么去买豆腐。奶奶说我是喝十叔他爸的豆浆长大的。几十年前天天都喝得起牛奶的人家还不多。那时我六岁，正是能记事而又记不清楚事的年龄。

甚至也记不清楚我是不是六岁，单记得比我大四岁的阿夏早就上了小学，她弟弟阿冬比我小一岁和我一样整天在家里玩。阿夏阿冬和我家在一个院子里住。他们家天天都喝得起牛奶可还爱喝豆浆，奶奶和我去打豆浆时，阿夏阿冬的妈妈就让他俩也跟我们一块去，让阿夏提一个小铁桶。阿夏管十叔叫十哥，她说是她爸爸让这么叫的，可见那时十叔的年龄再大也不会比我估计的大很多。阿冬有时随着她姐姐叫十哥，有时又随着我叫十叔。为什么是十叔我也不知道，我记得他连一个哥哥、姐姐、弟弟、妹妹都没有。

街不宽，虽然长却很直，站在我家院门口一眼就能望到十叔家的豆腐房。午后的街上几乎没人，倘净土寺里没有法事，就能听见豆腐房嗡隆嗡隆的石磨声，听久了，竟觉得是满地困倦的阳光响，仿佛午后的太阳原是会这么响的。磨声一停，拉磨的驴便申冤似的喊一顿，然后磨声又起。直到天要黑时，磨才彻底停了，驴再叫喊一回，疲惫、舒缓，悠悠长长贯过整条苍茫了的小街，在沿途老墙上碰落灰土，是月亮将出的先声。

我和阿冬在院门口的台阶上跳上跳下，消磨我们的童年。净土寺的两个尼姑在南墙下的荫凉里走过，悄无声息仿佛脚并不沾地。我和阿冬就站到门两旁的石台上去，每人握一把“手枪”朝她们瞄准，两个尼姑冲我们笑笑仍不出丁点儿声音，像善良的两条鱼一样游进净土寺去。阿冬的枪是铁皮做的是从商店买来的，可以噼噼啪啪响，我的枪是木头削的而且样子不像真枪。我跟阿冬说：“咱俩换着玩一会儿吧？”他说：“老换老换老换！”我只好变一个法儿说。

我说：“可惜你昨天没听见十叔讲的故事。”

“什么故事？”阿冬说。

“可惜昨天是你家阿姨打的豆浆，你和阿夏都不知道十叔讲了什么故事。”

“什么故事？”阿冬说。

我“哼！”一声，看着他的枪。阿冬一点都不笨，装出不在乎的样子说：“可惜十叔讲的故事我也听过呀，可惜呀。”

我说：“可惜昨天那个你没听过呀，可惜昨天那个故事才叫棒呢，是新的不是老的。”

阿冬闷了一阵，然后问：“是讲什么的？”

“是神话的。”

“什么神话？”

“嘿哟喂！”我说，“那个神话又好听又长。”

阿冬把他的枪掂来倒去，我知道我很快就能玩到它了，但我故意不看它。我说："才不是你听过的那些呢，才不是讲耗子跳舞的那个呢。"阿冬就把他的枪递给我，说："换就换。"这样，我就玩着那把铁皮枪开始给阿冬讲那个故事。

"你知道为什么会刮风吗？"阿冬摇摇头，"你不知道吧？刮风是老天爷出气儿呢。你知道为什么会刮特别大特别大的风吗？"阿冬又摇摇头。"那是老天爷跑累了喘呢，不信你试试。"我把嘴对着阿冬的脸，呼哧呼哧大喘气，吹得他直闭眼。"你看是不是？"阿冬信服地点点头，等着我往下讲。可我已经讲完了，十叔讲了老半天的故事让我这么两句话就讲完了。阿冬问："完啦？"可我还没玩够那把枪呢，我就说："没有，还长着呢。"但是十叔讲的那些我都不会讲，老天爷怎么跑哇，跑到了哪儿又跑到了哪儿呀，看见了什么呀，山怎么海怎么云彩怎么树怎么，我都不会讲。"没完你倒是讲啊，"阿冬催我。我就瞎胡编："你知道为什么会下雨吗？""为什么？"我随口说道："那是老天爷撒尿呢。"不料阿冬却笑起来对此深觉有趣，于是我也很兴奋而且灵感倍增。我又说："下雪你知道吗？是老天爷拉屎呢。"阿冬使劲笑使劲笑。"打雷呢？打雷你知道吗是老天爷放大屁呢！""老天爷——放大屁——！"阿冬就喊，笑个没完。"轰隆轰隆，老天爷放屁可真响，是吧阿冬？""轰隆——！轰隆——！"我们俩便坐在台阶上齐声喊，"老、天、爷！放、大、屁！轰隆——！轰隆——！老、天……"这时候阿夏跑出来了，站在门槛上听我们喊了一会儿，让我们别胡说八道了。我们反而喊得更响，更高兴了。她就回过头去喊她妈妈和我奶奶："快来看呀，你们管不管他们俩了呀？！"我和阿冬赶紧闭了嘴，跑回院里去。这时豆腐房那边的磨声停了，驴叹气般地拖长着声音叫，家家都预备吃晚饭了。

阿夏却不回来，一个人在幽暗的门道里轻轻跳舞，转着圈，嘴里低声哼唱，浅颜色的连衣裙忽而展开忽而垂下，一会儿在这儿，一会儿在那儿……

十叔的小屋只有六平米，或者还小，放一张床一张桌子，余下的地方我和阿冬阿夏一去就占满了。但那屋子特别高，比周围的屋子都高好多，所以我说站在我家院门口一眼就能望到。唯一的小玻璃窗高得连阿夏站到床栏上去都够不着，有一回她说她准保能够着，可她站到床栏上使劲够还是差一大截。十叔急得喊她快下来，可别摔坏了腰。

"十叔让你快下来呢，阿夏！"我说。

"十叔叫你快下来呢！"阿冬也说。

"你又叫十叔，"阿夏说阿冬，"爸让咱们叫十哥你怎么老记不住。"

正对着窗户的墙上挂了一面镜子，窗户下又挂一面镜子对着第一面镜子，第一面镜子下再挂了一面镜子对着第二面镜子，这样，两面墙上一共挂了七面镜子，一面比一面矮下来，互相斜对着，跟潜望镜的道理是一样的，屋顶上还有两面镜子，也都斜对着墙上的镜子。这样十叔虽然不能动却可以看见窗外的东西了，无论怎么躺都能看见。是老谢给他想出这法子来的，老谢不识字也根本不知道什么叫潜望镜。阿夏回家把这事讲给她爸爸听。阿夏阿冬的爸爸是大学教授，整天埋头在书案上不是写就是算，这时抬起头来笑笑说："哦，是吗？老谢没上过学真是可惜了。"

从那些镜子里可以看到：墙头上的一溜野草（墙的这边想必是一条窄巷，偶尔能听见有人从那儿走过），墙那边的一大片灰压压的屋顶和几棵老树，最远处是一座白色的楼房和一块蓝天。再没有别的了。十叔永远看到的就只是这些东西，但那儿有他永远也讲不完的故事。

"你们看见树梢都绿了吗？"十叔说。

我说："看见了，怎么啦？"

阿冬也说："看见了，怎么啦？"

"阿冬就会跟人学，"阿夏说，"笨死了快。"

"看没看见有一棵还没绿？"十叔说。

"我看见了，怎么啦？"阿冬抢先说，然后看看阿夏。阿夏这时偏不注意他。

十叔说："那是棵枣树，枣树发芽晚。看那上头有什么？"

阿夏说："一条儿布吧？是一条破布条儿。"

阿冬也说是一条破布条儿。"我没跟你学，我也看见了！我就是也看见了，干吗就许你一个人看见呀！"阿冬冲阿夏喊，差点要哭。

"娇气包儿，笨死了，"阿夏说。

阿冬把眼泪咽回去。

"你们都没说对，"十叔说，"是纸条儿。是一个风筝，一个风筝挂在树上挂坏了就剩下那么一绺纸条儿。是昨天下午的事。画得挺讲究的一个大沙燕儿，准把他心疼坏了。"

"谁呀十叔？把谁心疼坏了？"我问。

"他应该到南边空场上放去。"十叔说。

"谁呀？谁应该到南边空场上放去呀！"

"那儿多宽敞，是不是？"十叔说，"就是使劲跑那儿也跑得开，闭上眼跑都保证撞不上什么东西。等风筝升高了你就把它拴在树上，一点儿甭管它它也不会掉下来。拴在一块石头上也行，然后你就坐在石头上，你看着那风筝在天上一动也不动，你就可以随便干点儿别的事了。就是枕着那石头睡一觉也不怕，睡醒了你看见那风筝还在天上。唉，要是我，反正我宁可多走几步路到南边空场上放去。"

"十叔，南边哪儿有空场呀？"我问。

十叔便望着镜子老半天不说话。枣树上那纸条儿飘呀飘的，一会儿也不停。

阿冬说："十叔你讲个故事吧。"

"你又叫十叔。"阿夏打阿冬屁股一下。

"十哥你讲个别的讲个故事吧。"阿冬说。

十叔出了一口长气，说："你还要听什么故事呢？"阿冬说听神话的。"好吧神话的，"十叔说，又出一口长气，"知道人有下辈子吗？"

"没有，十哥没有。"阿夏说，"那是迷信。"

"什么是迷信呀？"阿冬问，然后嚷开了："不不！就讲这个十哥你就讲这个，敢情阿夏她听过了。"

"我给你讲个别的，讲个更好的。"

"不！我就要听这个，阿夏都听过了。"

"你要是捣乱咱们就回家吧。"阿夏说。

阿冬这才不嚷了，说讲一个别的也得是神话的。十叔说行，沉一下，讲："看见阳台上那个姑娘没有？三层，三层的那个阳台上？"十叔说的是远处那座白色的楼房。

"是穿红衣服的那个吗？"我说。

十叔闭一下眼，如同旁人点一下头。"每天这时候她都站在那儿往楼下看。从她还没有阳台栏杆高的那会儿，我就天天这时候见她站在那儿。那会儿她是两手抓住栏杆从栏杆的空隙里往下看。下雨了，她就伸出小手去试试雨的大小，雨大了她就直抹眼泪。她是在等母亲下班回来。"

我问："你怎么知道是？"

"因为过了一会儿就见她高兴地跳，然后蹲在窗台底下藏起来，紧跟着阳台的门开了，母亲就走出来还没来得及放下手里的书包呢。

母亲装着在阳台上找她，她就忍不住跳出来大喊一声，喊声又尖又脆连我都听见了。母亲就抱起她来使劲亲她。"

"她大概还没我高吧？"阿冬说。

"是，那时候还没有。后来她长得比阳台栏杆高了，她就扒着横栏欠起脚往下看，还是都在每天的这会儿。还是像先前那样，一会儿母亲回来了，已经顾得上先把手里的东西放下了，她还是藏在窗台下这时候跳出来，喊声又清又柔，母亲弯下腰来亲她。"

"这有啥意思呀，十哥你讲个神话的吧。"

"少捣乱你，听着！"阿夏说。

"再后来她就长到现在这么高了，比她母亲还高半个头了，她还是天天这时候都在那儿等母亲回来，胳膊肘支在横栏上往下看，两条腿又长又结实。可她还是有点儿孩子气，窗台底下藏不下了就躲在门后头，母亲一回来一走上阳台，她就从后面捂住母亲的眼睛，她不再那么大声喊了，可她的笑声又圆又厚，母亲嗔怪她的声音倒像是个孩子了。"

"这不是神话，根本就不像神话，"阿冬说。

"有一天又是这时候她又在阳台上，一会儿往楼下看看，一会儿来来回回走，拿着一本书可是不看，隔一分钟就对着窗玻璃拢拢头发。她有点儿心神不定，她确实是有点儿心神不定，我应该想到可我一点儿也没想到。然后就见她轻轻跳了一下，我知道她又要跟母亲捉迷藏了，可这一回她好像忘了该躲在哪儿，在阳台上转了好几圈儿还是没找好地方。我算计着母亲上楼的脚步。最后她还是又躲在了门后头。这时门开了，可出来的不是她母亲，是个我从来没见过的高个儿小伙子。"

"他是谁？"阿夏轻声问。

十叔闭上眼睛不讲了。

"这不是神话。"阿冬说。

我跟阿冬说:"这回没准儿是神话了。"然后我又问十叔:"这个小伙子是王子吧?"

"他是勇敢的王子吧?"阿冬也问。

我说:"是'白雪公主'里那个王子吧?"

阿冬也说:"是'灰姑娘'里那个王子吧?"

十叔仍闭着眼,说:"这下我才想起来,一转眼都过去这么多年了。"他是说给自己听。

"这到底是不是神话呀,十哥?"

"就算是吧。"十叔说。

"那后来呢?后来他们怎么啦?"

"后来,白天晚上小伙子都在那儿了。"

"完了?这就完了呀?"阿冬轻叹一声,又对我说:"这不像神话是吧?一点儿都不像。"

"可这是神话。"十叔说,"是。"

我看见十叔用上牙使劲咬自己的下嘴唇,都咬出挺深的牙印来了,都快咬破了。

回家的路上,阿冬还是一股劲念叨:"这根本不是神话,这有什么意思呀。"

"笨死了你,自己听不懂你怨谁。"阿夏说。

阿冬委屈得直要哭。

我问:"阿夏,他们后来到底怎么啦?"

阿夏不吭声,低着头走她的路。

　　这样看来，十叔当时的年龄就与我估计的有些出入了。细算一下的话，他那时至少该有二十多岁了，甚至可能在三十岁以上。我跟您说过，我的奶奶已去世多年。一个人早年的历史只好由着他模糊的记忆说了算，便连他自己也没有旁的办法。对您来说，只有我给您讲过这么一个故事——这件事本身才是真确的。倘您再把它讲给别人，那时就只有您给别人讲了一个故事——这才是真确的了。历史都不过是一个故事，一个传说，由一些人讲给我们大家，我们信那是真的是因为我们只好信那是真的，我们情愿觉得因此我们有了根，是因为这感觉让人踏实，让人愉快。

　　那时奶奶领着我们三个往回家走，小街又是黄昏。走过净土寺，两个尼姑正关山门，朝我们笑笑依旧无声息，笑脸埋没在苍茫里。

　　我问奶奶："十叔的病还能治好吗？"

　　"能。"奶奶说。

　　阿夏却说不能："我爸说的，不能。"

　　阿夏阿冬的爸爸是科学家，光是书就有好几屋子，他说什么，没有人不信。

　　"你可千万别跟十叔他爸这么说。"奶奶说阿夏。

　　阿冬说："我们叫十哥，是不是阿夏？"

　　阿夏问奶奶："为什么别说呀？"

　　"反正你别说，要说你就说能治好。"

　　"那不是骗人吗？"

　　"那你就什么都别说，行不？"

　　"可是为什么呀？"

　　奶奶说过，十叔他爸从早到晚磨豆腐挣的钱，全给十叔瞧病用了，除去买黄豆和给那匹驴买草料，剩下的钱都送到药铺去了。奶奶说过，

272

要不他挣的钱再续弦一个也够了，再盖几间大瓦房也够了，再买十匹驴也够了。"奶奶，什么叫续弦呀？"奶奶不理我。十叔他爸的那匹驴已经老得皮包骨了，只能拉半天磨了，剩下的半天十叔他爸自己推。老谢专管滤豆浆、煮豆浆、点豆腐，永远在蒸腾的热气中忙得顾不上说话。

阿夏阿冬的爸爸说："十哥的父亲太不懂科学了，科学才不管人的感情呢。"

"你也叫他十哥吗？"阿冬问。

阿夏阿冬的爸爸说："这么多年了，既然毫无效果，何苦还总把钱往药铺送呢？"

阿夏说："要不要我去告诉他？"

"告诉什么？"

"十哥的病治不好了呀，干吗撒谎？"

"我也去！"阿冬说。

阿冬阿夏的爸爸说："我问过最有名的大夫了，脊髓要是完全断了，简直一点儿办法也没有。"

"我去告诉他们吧？"阿夏说。

"我也去！"阿冬说着跳下床，往屋外跑。

"回来，阿冬！"他妈妈喊住他。

阿冬阿夏的爸爸说，不应该让十叔这么整天躺在床上什么都不干，得给他想个别的办法活下去。可是，就连阿夏阿冬的爸爸自己也想不出还能有什么别的办法。很少有阿夏阿冬的爸爸也不知道的事。他偶尔闲了，也给我们讲故事，讲月亮之所以亮不过是反射了太阳的光；讲一共有九颗行星围着太阳转，地球不过是其中一颗；讲银河系中的恒星少说也有一千亿颗，而银河系在宇宙中不过像一片叶子长在大树上。"十哥讲过，星星都在跳舞。"阿冬说。他爸爸便笑笑，说："这说法也不坏，它们确实像在跳舞。"

　　除去冬天最冷的时候，十叔的小窗不分昼夜总是开着的，为了看清外边的事为了听清外边的声音，成了习惯，他倒也不因此受凉生病。对于十叔，无所谓昼夜，他反正是躺着，什么时候睡着了便是夜，醒了就在镜子里看他的世界，世界还通过那小窗送给他各种声音。他常从梦里大叫几声惊醒，叫声凄长且暴烈，若在深夜便听得人发瘆。"什么叫哇，奶奶？""还有谁？又是豆腐房那边儿。"奶奶说，叹一口气。我便知道，此刻十叔又在看那些镜子了。我便也掀起窗帘看天上，我很想看看夜里星星怎么跳舞，可是这夜星星都不动，满天的星星各自悄悄待在自己的位置上。即便是冬天最冷的时候，太阳一上来，十叔也要叫老谢把他的小窗打开一会儿。您能想象，他不能太久地不看到什么不听到什么。您可以想象，他独自在那儿同世界幽会，不知是它们从那儿来了还是他从那儿去了。您想象一道阳光罩住一张木床，在阳光中飞舞的是他的灵魂，在阳光中死去的是他的肉体。待夕阳把远处那座白楼染得凄艳，十叔就盼着我们去听他的故事了。要是我们不去，要是晚上老谢没事了，十叔憋了一整天的故事便讲给老谢一个人听。当然，十叔屋里有一个非常旧非常旧的无线电，可他没法去扭那两个旋钮，要是他爸和老谢都忙着，他不想听的他也得听，所以十叔不怎么爱听它。十叔更乐意自己讲故事。自己想听什么自己讲来听，这有多好。当然，他更盼着我和阿冬阿夏去听。

　　"十哥你昨天又做噩梦了吧？我妈说你夜里又做噩梦了。"

　　"阿冬你胡说什么！"阿夏搡了他一把，"什么都不懂什么都不懂，简直快笨死了你。"

"我是叫的十哥我没跟人学。"阿冬分辩说。

"都快笨死了你知道吗，还不知道呢！"

"阿夏！"十叔喊。然后他闭了一会儿眼睛，仿佛有个噩梦在他脸上很快地跑了一圈，之后他猛地睁开眼睛问我们："今天想听什么故事呀？"完全换了一副神情。

"神话的！"阿冬说，"听那个耗子跳舞的。"

"光会听一个，你都快笨死了。"

"嘘——"十叔说，"你们听。"

一个男人轻轻地唱着歌从窗外走过去了，从镜子里看不见他，声音跟牛似的。

"他又去演出了。"十叔自言自语地说。

"演什么？你怎么知道他去演出？"阿夏问。

"一到这时候他就走了，半夜里准回来。你听他的嗓子有多好，是不是？"

"他唱的什么呀？"阿冬问。

"我也听不清，"十叔说，"他总唱这支歌，可我总也听不清这歌里唱的是什么。"

阿夏说："我倒听清了一句，好像是——'你可看见了魔王'。"

"他的嗓子真是好，你说呢阿夏？"

"他是谁呀？"

"他就住在那座楼上，四层，从左边数第三个窗口。每天夜里他从这儿过去不一会儿，那个窗口的灯就亮了。"

十叔指的还是那座白色的楼房。从早到晚，那楼房在阳光里变换着颜色，有时是微蓝的，有时是金黄的，这会儿太阳西垂了它是玫瑰色的。楼下几棵大树，枝繁叶茂，绿浪一样缓缓地摇。

"他长的什么样儿？"阿夏问。

十叔想了想，说："嗯，个子长得真高。"

阿冬说："有我爸高吗？"

"当然有。他比谁都高，也比谁都魁梧，腿比谁都长肩比谁都宽，噢对了，他是运动员，也是歌唱家也是运动员。"

"那他跑得快吗？"

"当然，当然快，特别快。他跳得也特别高。你说什么，跳起来摸房顶？当然能，这在他算什么呀。你们会打篮球吗？"

"我会！"阿夏说。

"他一跳你猜怎么着？头都碰着篮筐了。"

"十叔你也会打球？"我问。

"可我听说过，那篮筐高极了是吧阿夏？"

"高极了高极了的，"阿夏比画着说，"连我们体育老师使劲跳都够不着篮板呢！"

"都快有天高了吧？"阿冬说。

"可我轻轻一跳，连头都能碰着篮筐。"

"十叔你怎么说你呀？你怎么说'我'呀？"

"我说我了？没有没有，我哪儿说我了？"

"十哥，我想听个神话的。"阿冬说。

"他又特别聪明，"十叔继续讲，"跟他一般大的人中学还没毕业呢，他都念完大学了。等人家大学毕业了，他早都是科学家了。想跟他结婚的人数也数不过来，光是特别漂亮的就数不过来。可他还不想结婚，他想先得到全世界去玩玩，就一个人离开家。他也坐过飞机也坐过轮船，也会开汽车也会骑马。他还是最喜欢骑马，他有一匹好马，浑身火红像一个妖精，跑得又快又通人性，是一个好妖精。"

"那只会跳舞的耗子也是好妖精。"阿冬说。

"是，也是。"

"你还说有一只猫和一只狗都是好妖精。你还说有一棵树和一个虫子也都是好妖精。"

"这匹马也是。不管到哪儿它都不会迷路。高兴了我就和它一起跑，累了就骑一会儿。"

"十叔你又说'我'了，你说'高兴了我就'，你说了。"

"噢，是吗，我说错了。"十叔停了一会儿，又说，"我讲到哪儿了？噢，对了，他就这么绕世界玩了一个痛快。还记得我给你们讲过风的故事吗？他就像风一样到处跑到处玩儿，想到哪儿去就到哪儿去，一会儿在深山里，一会儿在大道上。江河湖海他也都见了。当然，当然会划船，再说他也会游泳，多深多急的河里他也敢游。废话，淹死了还算什么，他能在海里游三天三夜也不上岸，他能一口气在水里憋好几分钟也不露出头来。当然是真的，不是真的我还给你们讲什么劲儿？他也到大森林里去过，十天半个月都走不出来的大森林，都是十好几丈高的大树，一棵挨一棵一棵挨一棵。不累，他从来不知道累，更不知道什么叫生病。他哪儿都去过，哪儿都去过什么都看见过。告诉你阿夏，他的腿比你的腰还粗一倍呢，你想想。"

阿夏问："他去过非洲吗？"

"怎么没去过？"十叔说，"那儿有沙漠有狮子，对不对？当然得去。他还有一杆枪，他的枪法没问题，一枪撂倒一头狮子，要不一头狗熊，这对他根本不算一回事。"

"十哥，我也有一杆枪！"阿冬说。

"哈，你那枪！"十叔笑起来，"阿夏，要是我我没准儿把阿冬也带上。夜里就住山洞，阿冬你敢吗？用火烤熊肉吃你敢吗？狼和猫头鹰成宿地在山洞外头叫，你敢吗阿冬？"

"阿冬这会儿就快吓死了。"阿夏笑着。

"还说什么你那枪！"十叔也笑着。

阿夏又问："十哥，那他去过南极洲吗？见过企鹅吗？"

"什么你说？什么鹅？"

"怎么你连企鹅都不知道哇？"

十叔脸上的笑容渐渐消失，那个噩梦好像在别处跑了一圈这会儿又回来了。

"企鹅是世界上最不怕冷的动物，"阿夏还在说，"南极洲是世界上最冷的地方，一年四季都是冰天雪地。"

"那有什么，"十叔低声自语，"只要他想去他就能去。"

"那他去过美洲吗？还有欧洲？"

"他想去他就能去。"十叔又闭上眼睛。

"还有澳洲呢？他去过吗？"

"只要他想去，阿夏我说过了，他就能去。别拿你刚学的那点儿玩意儿来考我。"

"十叔，他去过天上吗？"我问。

"十叔，我爱听星星跳舞的那个故事。"

"阿冬你又叫十叔，你少跟人学行不行！"

这当儿十叔一直闭着眼，紧咬着下嘴唇。

阿夏看看阿冬和我，愣了一会儿，趴到十叔耳边说："十哥你生气啦？我没想考你。"

十叔松开牙但仍闭着眼，出一口长气有点颤抖："没有，阿夏，我不是生你的气。我不是生别人的气。我凭什么生别人的气呢？别人想到哪儿去就到哪儿去，跟我有什么关系？我就在这儿。"

十叔虽这么说，可我觉得他还是生了谁的气了。他一使劲咬下嘴唇而且好半天好半天闭着眼睛，就准是生谁的气了，可我不知道他到底是生谁的气。太阳又快回去了，十叔的小屋里渐渐幽暗。在墙上，你几乎分不清哪是窗口哪是镜子了，都像是一个洞口一条通道，自古便寂寞着待在那儿，从一座无人知晓的洞穴往旷远的世界去。那儿还有一块发亮的天空，那座楼变成淡紫色，朦朦胧胧飘忽不定。阿夏轻声说："咱们该走了。""不，十哥还没讲神话的呢！"阿冬不肯走。磨房里的驴便亮开嗓门叫起来，磨声停了。然后那驴准是跟了老谢踱到街上，叫声在古老的黄昏里飘来荡去，随着晚风让人松爽，又伴了暮色使人凄惶。净土寺那边再传来作法事的钟鼓声。

十叔好像睡着了。

阿夏拉起阿冬和我，让我们不要出声，轻一点儿轻一点儿，悄悄的，往外走。

"别走阿夏，我答应了阿冬，我得给他讲一个神话的。"十叔睁开眼，像是才睡醒。

我们等着。连阿冬都大气不出。很久。

"有一天夜里，满天的星星又在跳舞。我这么看着他们已经看了好几十年，一天都没误过。就是阴天，我也能知道哪片云彩后面是哪颗星星。这天夜里，星星上的神仙到底被感动了，就从这窗口里进来，问我，要是他把我的病治好，我怎么谢谢他。"

"十哥这是迷信，"阿夏说，"你的病治不好了。你的病要是治不好了呢？"

"你的性子真急阿夏，我还没说完呢。我的病治不好了这我不比谁知道？所以我说我讲的是个神话。"

"让我告诉你爸去吗？"阿冬说。

"噢可别，阿冬你千万可别。"十叔说。

"干吗撒谎？"阿冬学着阿夏的语气。

"这你们还不懂，你们还小。一个人总得信着一个神话，要不他就活不成他就完了。"

暗夜在窗外展开，又涌进屋里，那些镜子中亮出几点灯光，或者竟是星星也说不定。净土寺那边的钟声鼓声诵经声，缥缥缈缈时抑时扬，看看像要倦下去却不知怎样一下又高起来。

十叔苦笑道："要是神仙把我的病治好，我爸说要给他修一座比净土寺还大的庙呢。"

"十叔你呢？你怎么谢他？"

"我？我就把他杀了。他要是能治这病，他干吗让我这么过了几十年他才来？他要是治不了他干吗不让我死？阿冬，他是个坏神仙，要不就是神仙都像他一样坏。"十叔的语气极其平静，像在讲一个无关痛痒的故事。

"你也信一个神话吗，十哥？"

"阿夏，平时你可不笨。"十叔说，"人信以为真的东西，其实都不过是一个神话；人看透了那都是神话，就不会再对什么信以为真了；可你活着你就得信一个什么东西是真的，你又得知道那不过是一个神话。"

"那是什么呀？"

"谁知道。"黑暗中十叔望着那些镜子。

我们去问阿夏阿冬的爸爸，他摇头沉吟半晌，最后说，一定得想个办法，让十叔能做一点有实际价值的事才行。

"什么是实际价值？"

"就是对人有用的。"

"什么是有用的？"

"阿冬！别总这么一点儿脑子也不用。"

可结果我们还是给十叔想不出办法来。他要是像阿夏阿冬的爸爸那么有学问也好办，可他没有，没有就是没有甭管为什么，也甭说什么"要是"。但从那以后阿冬阿夏的爸爸不让他们去十叔那儿听故事了，说那都是违反科学的对孩子没好处。阿冬阿夏的爸爸便尽量抽出些时间来，给我们讲故事，讲太阳是一个大火球，热极了热极了有几千几万度；讲地球原来也是个火球，是从太阳身上甩出来的后来慢慢变凉了；讲早晚有一天太阳也要变凉的，就像一块煤，总有烧乏了的时候。阿夏说："那可怎么办呀？"她爸爸说："放心，那还早着呢。"阿夏说："早晚得烧完，那时候怎么办呢？粮食还怎么长呀？"她爸爸笑笑说："那时候还有地球吗？地球在这之前就毁灭了。"阿夏说："那可怎么办？"她爸爸说："那时候人类的科学早就特别发达了，早就找到另外的星球另外的适合人类生活的地方了。"阿夏松了一口气。我也松了一口气。阿冬问："要是找不着呢？"阿冬阿夏的爸爸说："会找着的，我相信会找着的。"

我还是能经常到十叔那儿去。奶奶不在乎什么科学不科学，她说谁到了十叔那份儿上谁又能怎么着呢？死又不能死。

这一来我反倒经常可以玩到阿冬那把枪了，还有他妈妈给他买的各种各样好玩的东西。我只要说，"十叔昨天又讲了一个神话的"，阿冬就会把他所有的玩具都端出来让我挑。对我们来说，阿夏阿冬的爸爸讲的和十叔讲的，都一样都是故事，我们都爱听。

我问阿冬："你还记得十叔家窗户外的那座白楼吗？"阿冬一点也不笨，阿冬说："你想玩儿什么你就玩儿吧，这些玩具是咱们俩的。"

我说："你还记得那座楼房旁边有好几棵大树吗？上头老有好些乌鸦的？"阿冬说："我记得，十哥说它们都是好妖精。"我说："十叔说它们没有发愁的事跟咱俩一样，一早起来就那么高兴，晚上回来还是那么高兴。"阿冬说："那些乌鸦，啊——啊——啊——的老叫是不是？"我说："你还记得楼顶上老落着一群鸽子吗？""那也是一群好妖精，十哥说过。""十叔说它们也没那么多烦心事，它们要是烦心了就吹着哨儿飞一圈，它们能飞好远好远好远也不丢。"十叔的故事都离不开那座楼房，它坐落在天地之间，仿佛一方白色的幻影，风中它清纯而悠闲，雨里它迷蒙又宁静，早晨乒乒乓乓的充满生气，傍晚默默地独享哀愁，夏天阴云密布时它像一座小岛，秋日天空碧透它便如一片流云。它有那么多窗口，有多少个窗口便有多少个故事。一个碎了好几块玻璃的窗口里，只住着一个中年男子，总不见女人也不见孩子，十叔说他当初有女人也有孩子，偏他那时太贪杯太恋着酒了，女人带着孩子离开了他。十叔说："不过他的女人就快回来了，女人一直在等着他，现在知道他把酒戒了。"我说："要是她还不知道呢？"十叔说："那就去找她，要是我我就把酒戒了去找她。"我问："她在哪儿呀？"十叔想了一会儿，说："也许，就在那一大片屋顶中的哪一个屋顶下。"……另一个窗口里，有一对老人。老两口整日对坐窗前，各读各的书或者各写各的文章，很久，都累了，便再续一壶茶来，活动活动筋骨互相慢慢地谈笑。十叔说他们的儿女都是有出息的儿女，都在外面做着大事呢。十叔说："他们的儿子是个音乐家。"我说："你怎么知道？"十叔说："他们的儿媳妇是个画家。"我说："你是怎么知道的？"十叔说："他们的女儿是个大夫，女婿是个工程师。"我问："你到底是怎么知道的呀？"十叔便久久地发愣……还有个窗口里住着个黑漆漆的壮小伙子，一到晚上就在那儿做木工活。十叔说他就快结婚了，未婚妻准是个美人儿。我问："怎么准是呢？"十叔闭一下眼睛如同旁人点下头，说："准是。"表情语气都不容怀疑。……还有一个窗口白天也挂着窗帘，十叔说那家的女人正坐月子呢，生了一对双儿，一个男孩一个女孩。十叔说："当爹的本想要个闺女，当妈的原想要个儿子，爷爷呢，想要孙子，奶奶想要孙女，这一下全有了。"……还有一个摆满了鲜花的窗口，那儿有个白发苍苍的老太太。十叔说她都快一百岁了，身体还那么硬朗，什么事都不用别人干。那些花都是她自己养的，几十种月季几十种菊花，还有牡丹、海棠、兰花，什么都有，天天都有花开，满满几屋子都是花的香味儿。十叔说："她侍弄那些花高高兴兴的一辈子，有一天觉得有点儿累了，想坐在花丛里歇一会儿，刚坐下，怎么都不怎么就过去了。"我问："过哪儿去了？"十叔说："到另一个世界去了。"我说："到天上去了吧？"我说我知道了，这是个神话。十叔笑一笑，叹一口气又闭上眼睛……

白色的楼房，朝朝暮暮都在十叔的镜子里，对十叔的故事无知无觉。那些窗口里的人呢，各自度着自己的时光，日复一日年复一年，不曾想到世上还有十叔这么个人。

阿冬阿夏终于耐不住了，有一天我们又一起到十叔的小屋去。我们进去的时候，正好听见那个男人又唱着歌从窗外走过。

阿夏说："十哥我又听清一句了！他唱的是：'你可看见了魔王？他头戴王冠，露出尾巴'。"

"谁呀？阿夏，他是谁呀？"阿冬问。

"阿冬你这么笨可怎么办！就是那个又高又大全世界哪儿都去过的人。这都记不住。"

阿冬说："十哥，我好些天没来我真想你。"

"阿冬就会甜言蜜语。"阿夏撇一下嘴。

"我就是想了，我没骗人我就是想了。"

"怎么想的你？"

"我，我想听个神话的。"

只有十叔没笑，他说："我正要给你们讲件怪事呢，我发现了一件特别奇怪的事。"

"十哥我爱听奇怪的事，我爱听神话的。"

"你们看最顶层尽左边那个窗口。"十叔指的还是那座白楼，"那儿总也不亮灯，晚上也从来不亮灯，真是怪了。"

"大概那儿没人住吧？"阿夏说。

"可你们看那窗帘，多漂亮是不是？窗台上还放着两个苹果呢。看见墙上那个大挂钟没有？钟摆还来回动呢。"

太阳这时正照在那面墙上，好大好大的一只挂钟，钟摆左一下右一下，闪着金光。

"也许晚上没人在那儿住吧？"

"我原来也这么想，"十叔说，"可是有天晚上月亮正好照进那个窗口，我看见那儿有人。我明明看见有一个人，一会儿坐在窗前，一会儿在屋里走动，可就是不开灯。这下我才开始注意那儿了，原来每天夜里都有人，我看见他点火儿抽烟了，我看见烟头儿的红光在屋里走来走去，可他在那黑屋子里就是不开灯，从来都不开。"

阿冬说："十哥，我有点儿害怕。"

"胆小鬼，又笨胆儿又小。"阿夏说。

那座楼房这会儿是枯黄色的。楼顶上的鸽子探头探脑地蹲在檐边，排成行。乌鸦还没回来，老树都安静着。

"我们去那楼里看看吧。"阿夏说。

阿冬说："我不想去。"

"你不想去因为你是个胆小鬼！十哥，我们到那楼里去看看吧？我们还从来没到那楼里去过呢。"

十叔说："我早就想到那儿去看看了，可是阿夏，我怎么去呢？"

"要是有一辆车就行了，我们推你去。"

"我早就想去了，可是不行阿夏，我想过多少遍了，那么高我可怎么上去呀？"

"让老谢抱你上去，我们再把车抬上去。"

"阿夏你要是去，我就告诉爸爸。"

"胆小鬼，你敢！"

我记得是老谢给十叔做了一辆小车，不过是钉了个大木箱又装上四个小轱辘，十叔躺在里头，我们推着他到那座白色的楼房去，小车轱辘"叽里嘎啦叽里嘎啦"地响，十叔的身体短得就像个孩子，轻得就像个孩子。老谢跟在我们身后走，什么话也不说。

奇怪的是，我们在那些七拐八弯的小胡同里转了很久，也没能接近那座白楼，我们总能看到它却怎么也找不着通到那儿去的路。阿冬不停地说，咱们回去吧咱们回去吧。阿夏便骂他是胆小鬼，仍然推着车往前走。阿冬紧拽着阿夏的衣襟不松手。残阳掉在了一家屋顶上，轻轻的并不碰响什么，凄艳如将熄的炭火，把那座楼房一染呈暗红色了。我们推着十叔再往西走了一阵，又往北走，那楼房像也会走似的，仍然离我们那么远。阿夏问老谢："到底该怎么走呀？"老谢说他没去过他不知道，说："问你十哥，他要去他想必知道。"十叔让我们再往东走。乌鸦都飞回来，在老树上吵闹不休。暮霭、炊烟在层层叠叠的屋顶上，在纵横无序的小巷里，摇摇荡荡。看看那座楼像是离我们近了，大家欢喜一回紧走一阵，可是忽然路到了尽头，又拐向南去，再走时便离那楼愈远了。阿冬还是不住地说："回去吧，阿夏咱们回去吧。"阿夏说："要回你自己回去！"阿冬只好念念叨叨再跟了走，不断回头去望。离家已是那么遥远了，仿佛家在千里之外。天便更暗下来，四周模糊不清，那座楼由青紫色变成灰黑。"老谢，到底怎么走才对呀？""问你十哥，他要来他就应该知道。"老谢还是这么说。可是无论我们怎么走，总还是那些整齐或歪斜的屋顶、整齐或歪斜的高墙、整齐或歪斜的无数路口，总是能看到那座楼也总还是离它那么远。天黑透下去，乌鸦藏进老树都不出声。阿冬说："阿夏咱们别走了，一会儿该迷路了。"阿夏没好气地说："我们已经迷路了，我们回不去家了！"阿冬愣一下，蒙了，转身就跑，看看不对又往回跑，然后站住，"哇"的一声哭出来。十叔忙哄他："阿冬别怕，阿夏吓唬你玩儿呢。"阿冬才慌慌地住了哭声，紧跑到阿夏身边抱住阿夏，抽噎着再不敢动。阿夏把他搂在怀里。

这时候传来一阵歌声，低沉浑厚得像牛一样："……啊父亲，你听见没有，那魔王低声对我说什么？你别怕，我的儿子你别怕，那是寒风吹动枯叶在响……"

"十哥，是他！"阿夏说，"是那个人。"

"噢！他在哪儿？"十叔说。

从一个巷口拐出一个人来，他手里拎根竹竿探路，边走边轻声唱。走近了，我们听得更清楚了："……啊父亲，你看见了吗？魔王的女儿在黑暗里。儿子、儿子，我看得很清楚，那是些黑色的老柳树……"他从我们面前走过，我们也看清他的模样了，他长得又矮又小又瘦，而且他手里拎了根竹竿探路。他大概觉出有几个人在屏住呼吸看他，便朝我们笑笑点一点头，不说什么，一心唱他的歌一心走他的路去。

阿夏对十叔说："咱们问问他，往那个楼去怎么走吧？"

十叔不吭声。

"十哥，你不是说他就住在那座楼上吗？他能知道到那儿去怎么走。"

"不。"十叔说。

"他不是住在四层左边第三个窗口吗？"

"不，那不是他。"十叔说，"他不是那个人，他不是！那个人不是他，不是……"

在黑得看不见的地方，仍传来那个人的歌声："……啊父亲，啊父亲，魔王已抓住我，它使我痛苦不能呼吸……"渐行渐远，渐归沉寂。

渐归沉寂，我们还在那儿坐着。

我们还在那儿坐了很久。满天的星星都出来，闪闪烁烁闪闪烁烁，或许就是十叔说的在跳舞吧。净土寺里这夜又有法事，钟声鼓声诵经声满天满地传扬，噜噜呔呔伴那星星的舞步。那座楼房仿佛融化在夜空里隐没在夜空里了，唯点点灯光证明它的存在，依然离我们那么远。

"老谢，咱们还去吗？"

"问你十哥，他应该知道了。"

十叔的眼睛里都是星光。

阿冬已经困得睁不开眼了，不住地说："十哥咱们回家吧，咱们回家吧十哥。"

十叔说："回家，阿冬咱们回家，我以前给你们讲的都是别人的神话。"

我们便往回家走。阿夏背着阿冬，告诉阿冬别睡，睡着了可要着凉，"马上就到家了，快醒醒阿冬，"声音无比温柔。老谢背着我，又推着十叔。我不记得是怎么回到家的了，很可能我在路上也睡着了。

我说过，我不保证我讲的这些事都是真的。如果我现在可以找到阿冬阿夏，我就能知道这些事是不是真了，可我找不到他们。好几十年过去了，我不知道阿冬阿夏现在在哪儿。我看这不影响我把这个故事讲完。您要是听烦了您随时都可以离开，我不会觉得这是对我的轻蔑——请原谅，这话我该早说的。人有权利不去听自己不喜欢的故事，因为，人最重要的一个长处，就是能为自己讲一个使自己踏实使自己愉快的故事。

那夜归来，十叔病了。第二天我和阿冬阿夏去看他，他那小屋的门关得严严的。耳朵贴在门上听听，屋里静得就像没人。"十哥，十哥！""十叔！"叫也没人应。我们正要推门进去，老谢来了，说十叔病了正睡呢，叫我们明天再来。这样有好多天，每次去老谢都说十叔正睡呢："他刚吃了药，正睡呢。""他什么时候醒啊？""你们看这门什么时候开了，他就醒了。"

也不知又过了多久，终于有一天那门开了，我和阿冬阿夏跳着跑进去。阿冬喊："十哥！这么多天没见你我可真想你。"阿夏撇一下嘴。阿冬说："我没甜言蜜语！我也想听神话的，我也想十哥了。"

小屋里稍稍变了样子，所有的镜子都摘了下来，都扣着撂在墙旮旯。十叔平躺在床上，头垫高起来，胸上放一只小碗，嘴上叼一根竹管，竹管如铅笔一般长短一般粗细。见我们来了他冲我们笑笑，笑得很平淡。然后，他上嘴唇压过下嘴唇把竹管插进碗里，再下嘴唇压过上嘴唇把竹管抬起来，轻轻吹出一个泡泡。泡泡颤几下脱离开竹管，便飘飘摇摇升起来，晃悠悠飞出窗口去，在太阳里闪着七色光芒。

"我能吹一个非常大的。"十叔说。

他果然吹出了一个挺大的。

"这不算，"十叔说，"这不算大的。"

他又吹出了一个更大的。

"我也会，"阿冬说，"让我吹一个行吗？"

"少讨厌你，阿冬！"阿夏把阿冬拉在怀里。

十叔说："我得吹一个比磨盘还大的，那才行呢。"

"你能吹那么大的吗？"

"我要能吹一个比这窗户还大的就好了。"

"怎么就好了呀，十叔？"

"下辈子就好了。"

"十哥，那是迷信。"阿夏说。

十叔不理会阿夏的话，专心地吹了一个泡泡又吹一个泡泡，吹了一个又一个。

"嘿，快看这个！大不大？"十叔兴奋地喊。

满屋里飞着大大小小七彩闪耀的泡泡，忽上忽下忽左忽右轻盈飘逸，不断有破碎的，十叔又吹出新的来。我和阿冬满屋里追逐它们，又喊又笑又蹦又跳。十叔吹得又专心又兴奋。

"都太小了，"十叔说，"我要能一连吹出一百个像刚才那个那么大的，就好了。"

"什么就好了，十哥？"

"像我这样的病就都能治好啦。"

"这也是迷信，十哥，这也是。"阿夏说。

"明天我让老谢给我找一根再粗一点儿的竹管来，"十叔说，"那才能吹出更大的来呢。也许我能一连气儿吹出一万个来呢。"

"吹那么多呀！"阿冬说，高兴得不得了，"吹一万一万一万一万个，是吧十哥？"

"那就没人得病了，就没病了。"

"十哥，我觉得这还是迷信。"阿夏说。

"这不是迷信，阿夏你说这怎么是迷信？"

阿夏怔怔的，回答不出来。

泡泡一个又一个，一个又一个，飞得满屋，飞出窗口，飞得满天。十叔说："阿夏你看哪，飞得多漂亮！"

阿夏回家又去问她爸爸，什么是迷信？她爸爸说："盲目，盲目地相信一件事。"

阿冬问："什么是盲目？"

"就是没有科学根据。"

"什么是科学根据？"

"好啦阿冬，你这脑子又动得太多了，这你还不懂。还是我来多给你们讲些故事吧。我以后一有时间就给你们讲些科学的故事，好吗？"

阿夏阿冬的爸爸又给我们讲月亮、讲太阳、讲银河、讲宇宙、讲一光年是多远；讲宇宙一直在膨胀一直都在膨胀，讲所有的天体都离开我们越来越远越来越远；讲总有一天宇宙也要老的，要走完生命的旅程，要毁灭。

"那可怎么办？那我们到哪儿去？"阿夏问。

"那时候人类的科学已经非常非常发达了，人早就又找到一个可以生存的地方了。"

"要是找不着呢？"阿冬问。

"会找着的，我相信会找着的。"

"为什么会找着？"

"我想会的。"

宿命

（一）

现在谈谈我自己的事，谈谈我因为晚了一秒钟或没能再晚一秒钟，也可以说是早了一秒钟却偏又没能再早一秒钟，以致终身截瘫这件事。就那一秒钟之前的我判断，无论从哪方面说都该有一个远为美好的前途。截至那一秒钟之前，约略十三人、十八人次主动给我提过亲，其中十一回附有姑娘的照片，十一回都很漂亮，这在一定程度上或可说明问题。但我当时的心思不在这上头，我志向远大，我说不，我现在的心思不在这上头。提亲的人们不无遗憾，说，莫非（莫非是我的姓名），莫非我们倒要看你找个什么样的天仙。然后那一秒钟来了。然后那一秒钟过去了，我原本很健壮的两条腿彻头彻尾成了两件摆设，并且日渐消瘦为两件非常难看的摆设，这意味着倒霉和残酷看中了一个叫莫非的人，以及他今后的日子。我像孩子那样哭了几年，万般无奈沦为以写小说为生的人。

曾有一位女记者问我是怎样走上创作道路的，我想了又想说，走投无路沦落至此。女记者笑得动人：您真谦虚。总之她就是这么说的，她说您真谦虚。

（二）

实际无关谦虚。

说不定，牵涉十叔的那些懵里懵懂似有若无的记忆，原是我童年时的一个预感。据说孩子的眼睛可以洞察许多神秘事物，大了倒失去这本领。自然这不重要。要紧的是我的腿不能动了随之也没了知觉，这不是懵里懵懂似有若无的记忆，这一回是明明白白确凿无疑的事实，而且看样子只要我活下去，这一事实就不会不是个事实。

我以前从不骂人，现在我想世上一切骂人的话之所以被创造出来就说明是必要的。是必要的，而且有时还是必然的结论。

（三）

不过是一秒钟的变故，现在说它已无多少趣味。是个夏夜，有云，天上月淡星稀，路上行人已然寥落，偶有粪车走过将大粪的浓郁与夜露的清芬凝于一处，其味不俗。我骑车在回家的路上，心里痛快便油然吹响着口哨，吹的是《货郎与小姐》中货郎那最有名的咏叹调。我刚刚看完这出歌剧。我确实感觉自己运气不坏。我即将出国留学，我的心思便是在这上头，在地球的另一面，当然并不限于那一面，地球很大。我的腰包里已凑齐了护照、签证、机票以及与此相关的一系列文件，一年又十一个月艰苦奋斗之所得。腰包牢牢系在裤腰带上，除非被人脱了裤子去这腰包是绝不可能丢的，这腰包的设计者今生来世均当有好报，这是我当时的想法。气温渐渐降下来，且有了一丝爽风。沿途的楼房里有人在高声骂娘又有人轻轻弹奏肖邦的练习曲，外地小贩便于路旁的暗影中撒开行李，豪爽地打响一串喷嚏有如更夫的钟鼓。平凡的一个夏夜。我吹着口哨。地球是很大，我想在假期里去看看科罗拉多河的大峡谷，在另一个假期里去看看尼亚加拉大瀑布，平时多挣些钱且生活尽可能地简朴，说不定还可以去埃及看看胡夫大金字塔去威尼斯看看圣马可大教堂，还有法国的卢浮宫英国的伦敦塔日本的富士山坦桑尼亚的塞卢斯野生动物保护区等等，都看看，都去看一看，机会难得。我精力充沛我的身体结实如一头骆驼，去撒哈拉大沙漠走一遭也吃得消，再去乞力马扎罗山下露营，我不打狮子，那些可爱的狮子。我吹着口哨，我吹得不很好，但那曲子写得感人。我不是个禁欲主义者。莫非不是个禁欲主义者，他势必会有个妻子。她很漂亮很善良，很聪明，很健康很浪漫很豁达，很温柔而且很爱我，私下里她不费思索单凭天赋便想出无数奇妙的爱称来呼唤我，我便把世间其他事物都看得轻于鸿毛，相比之下在这方面我或许显得略笨，我光会说亲爱的亲爱的我最亲爱的，惹得她动了气给我一记最最亲爱的小耳光。真正的男人应该有机会享受一下软弱。不过事后他并不觉得英雄因此志短，恰恰相反，他将更出类拔萃，令他的妻子骄傲终生！凉爽的夏夜使人动情，使人赞美万物浮想纷纭，在那一秒钟之前有理由说莫非不是在梦想。我骑在车上，吹响一路货郎的那段唱。我盘算以四年时间拿下博士学位，然后回来为祖国效力。我不会乐不思蜀，莫非不是那种人，天地良心，知道我出去学什么吗？学教育，祖国的教育亟待改革迫切需要人才。莫非不是没能力去学天体物理抑或生物遗传工程，但莫非有志于祖国的教育事业，在那一秒钟之前我一直在一所中学里任教。我骑车拐上一条稍窄的街，那是我回家的必由之路，路面上树影婆娑，以后会证明这树影婆娑可与千刀万剐媲美。我依然吹着口哨。我是一个无罪的人。我想四年之后我回来，那时我就可以要一个儿子

（当然在这之前需要结婚），抑或是一个女儿，设若那时政策允许也可以是一个儿子又一个女儿，哪个在先哪个在后完全不在考虑之列，我看男女应该平等，唯愿儿子像我女儿像母亲，唯望这一点万勿颠倒了。这样想不对吗？我看不出这有什么错。我是个无罪的人；在那个夏夜以及那个夏夜之前我都是一个无罪的人。无罪，至少是这样。

我吹着《货郎与小姐》中最著名的唱段，骑车朝那万恶的一秒钟挺进。与此同时有一位我注定将要结识的年轻司机，也正朝这一秒钟匆忙赶来。

（四）

照理说，那不是个能给人留下深刻印象的夏夜，如果不是有人在马路上丢了一只茄子的话。我吹着口哨吹着货郎的唱段，我的前车轮于是轧到那只茄子，事后知道那茄子很大很光又很挺实，茄子把我的车轮猛扭向左，我便顺势摔出二至三米远，摔进那一秒钟内应该发生的事里去了。只听一声尖厉的急刹车响，我的好运气就此告罄，本文迄今所说的那些好事全成废话，全成了废话一堆。成了一个永久的梦例。

否则也就无事，问题出在它不把你撞死而仅仅把你的腰椎骨截然撞断。以往的一切便烟消云散，烟消云散之后世界转过身去把它毫无人味的脊梁给你看，我是说给我看，给莫非。

（五）

在以后的日子里我常想起一只电动玩具母鸡，在沙地上煞有介事地跑，碰上个石子颠了个跟头翻了个滚儿，依然煞有介事地往前跑，可方向与当初满拧（有可能是前翻一周半加转体一百八十度）。我见人玩过那样一只电动玩具母鸡，隔一会儿下一个假蛋。

（六）

我躺在马路中央，想翻身爬起来可是没办到。前面提到过的那个年轻司机跑过来问我，您觉得怎么样？我说很奇怪好像我得歇一会儿了。司机便把我送到医院。

我说大夫我什么时候能好？我很快就要出国没有很多时间可耽误。大夫和护士们沉默不语，我想他们可能没弄懂我的意思，他们把我剥光了送上手术台，我说请把我裤腰带上那个腰包照看好，我还把机票的有效日期告诉了他们。一个女护士说哎呀呀都什么时候了。我心想时间是不早了，我说是不早了不过我这是急诊。女护士一动不动看了我有半分钟。这下我明白了，他们一时还不可能了解我，不了解我多年来的志向和脚踏实地的奋斗历程，也不了解那一年又十一个月的奔波和心血，因而不了解那腰包对我意味着什么。我鼓励大夫，您大胆干吧不要发抖，我莫非要是哼一声就不算是我。大夫握了握我的手说，我希望您从今天起尤其要时时保持这种勇气。我当时没听懂他这话中的潜台词。

（七）

事实真相不久便清楚了：我已经被种在了病床上，像一棵"死不了儿"被种在花盆里那样。对那棵"死不了儿"来说世界将永远是一只花盆、一个墙角、一线天空，直至死得了为止。我比它强些。莫非比它强些。"莫非我们倒要看你找一个什么样的天仙"——那样一个莫非，将比"死不了儿"强些。我于是仰天号啕大放悲音，闻其声恰似回到了自由自在的童年，观其状惟妙惟肖一个大傻瓜。我有个姐姐，她从遥远的地方赶来，紧紧把我搂住像小时候那样叫着我的小名儿，你别着急你别担心，你别这样别这样，无论如何我会照顾你一辈子的（你别哭你别闹，蚂蚱飞了，不就是蚂蚱飞了吗姐姐明天再给你逮一只来）。但这一次不是童年，蚂蚱也没飞，根本没有什么蚂蚱。飞了的是一条很好很好的脊髓。我把姐姐搡开，把我的手从她冰凉的手里掰出来，走！走开！所有的人都给我出去！！姐姐再度将我抱住，她的劲儿一时大得出奇。我看了一眼太阳，太阳还是原来的太阳，天呢？也还是在地上头。母亲没来，还没敢让母亲知道。父亲像个不会说话的瘦高的影子，无声地出去，又无声地回来，买了好多好吃的东西放在桌上；又无声地出去无声地回来，买了更多更好吃的东西放在我的床边。我吼一声，父亲激灵一下惊得闪开，我把花瓶打进痰桶，把茶杯摔进便盆，手表砸扁扔进纸篓，其余够得着的东西横扫遍地然后开始骂人，双手垫在脑后，看定了天花板，尽情尽意尽我所知的脏话向世界公布数遍，涕泪纵横直到天昏地暗时，然后累了，心如千年朽木糟成一团。偷偷在自己的大腿上掐一把，全无知觉，慌得紧把手缩回深恐是调戏了别人。这他娘的到底是怎么了呢？漫长的寂静中，鸽子在窗外咕咕咕地嘶鸣，空旷、虚幻，天地也似无依无着。

到底是怎么了呢？无人肯告与莫非。

（八）

警察向我说明出事的情况。那个年轻司机没什么错儿，您那么突如其来地蹿向马路中央是任何人所料不及的。司机没有超速行驶，没喝酒，刹车很灵也很及时，如果他再晚一秒钟踩刹车，警察说恕我直言，您就没命了。我说谢谢。警察说那倒不用，我们来向您说明情况是我们的工作。我说请问我有什么错儿没有？姐姐说你有话好好说。警察说，您也没什么错儿，您在慢行道内骑车并且是在马路右边，您是个自觉遵守交通规则的好公民，可谁骑车也不见得总能注意到一只茄子，而且那条路上光线较暗。我说，树影婆娑。什么您说？是的树影颇多，从出事现场看您绝不是有意去轧那个茄子的。我说，废话！姐姐说，莫非！警察叹口气，可您摔出去得太巧了，要是再早一秒钟的话，汽车就不至于碰到您。大夫也这么说过，太巧了，刚好把脊髓撞断，其他部位均未伤及。照您说这是我的错儿？警察说我没这么说，我只是说路上光线较暗，注意不到一只茄子是可以理解的。那么到底是谁的错儿？姐姐说，莫非——！我说，姐，难道我不能问这到底是谁的错儿吗？警察说，莫非同志您可以要求一点经济赔偿。滚他妈的经济赔偿，我眼下只缺一条完整的脊髓！莫非同志您这是无理要求，并且请您注意您对一个正在执行公务的警察的态度。我说既然如此，您有义务向我说明这到底是谁的错儿。茄子，警察说，如果您认为这样问很有意义的话，那么，茄子，您干吗不早不晚偏在那一秒钟去惹它？

（九）

日子便这样过去。每天所见无非窗外的旭日到夕阳。腰包里的文件犹在，默默然一部古书似的记载了无数动人的传说。

人类确凿不能将人类被撞断的脊髓接活，日子便这样过去。医学院的实习生们常来围了我，主治大夫便告诉他们为什么我是一个典型的截瘫病例：看看，上身多么魁伟，下身整个在萎缩。

日子便这样过去，消化系统竟惊人地好，毫不含糊地纳入各种很香的东西，待其出来时都变作统一的臭物。日子便这样过去。

向日葵收获了。夜来香的种子落在地上，随风埋进土里。天上悬了几日风筝，悬了几日，又纷纷不见了踪影。雪无声飘落。孩子们便嚷着在雪地上飞跑，啃着热气腾腾的烤白薯。我说哎，烤白薯！我是说世界并没有变，烤白薯仍旧还是烤白薯。父亲瘦高的身影却应声蹒跚于雪地上，向那卖烤白薯的炉前去……

日子便这样过去了又过去。苍天在上，莫非过上这样的日子实在是冤枉的。哭一回想一回，想一回哭一回，看来那警察的最后一句问话是唯一的可能有道理。

（十）

渐渐的我想起来了，在离出事地点大约二百米远的时候，我遇见了一个熟人。我记起来了，我吹着口哨吹着货郎的咏叹调看见了他，他摇着扇子在便道上走，我说嘿——！他回过头来辨认一下，说噢——！我说干吗去你？他说凉快够了回家睡觉去，到家里坐坐吧？他家就在前面五十米处的一座楼房里。我说不了，明天见吧我不下车了。我们互相挥手致意一下，便各走各的路去。我虽未下车，但在说以上那几句话时我记得我捏了一下闸，没错儿我是捏了一下车闸，捏一下车闸所耽误的时间是多少呢？一至五秒总有了。是的，如果不是在那儿与他耽误了一至五秒，我则会提前一至五秒轧到那只茄子，当然当然，茄子无疑还会把我的车轮扭向左，我也照样还会躺倒在马路中央去，但以后的情况就起了变化，汽车远远地见一个家伙扑向马路中央，无论是谁汽车会停下么？不会的。汽车停下了。离我仅一寸之遥。这足够了。我现在在科罗拉多河大峡谷或在地球的其他地方而不是被种在病床上。不是。绝不是被种在病床上。那样一个莫非。那样一个令人以为要娶一个天仙的莫非。

（十一）

顺便提一句：至今仍只是十三人、十八人次主动给莫非其人提过亲，其中十一回附有姑娘的照片。这三个数字以后再没有增长，这从一个侧面反映了今日之莫非与昨日之莫非断不是同一个莫非了。天地翻覆，换了人间。

我说这些没有其他意思，虽则莫非事实上是无辜的。

话说回来，姑娘们也是无辜的。一个姑娘想过一种自由的浪漫的丰富多彩的总而言之是健全的生活，这不是一个姑娘的过错。一对父母希望自己的女婿站在别人的女婿面前，更体现出自己晚年的幸福与骄傲，这不是一对父母的过错。析此理而演绎开去，上述三个数字的不再增长，不是媒人的过错，不是朋友们的过错，不是谁的过错。天高地厚，驴比狗大，没错。

（十二）

莫非之不幸，盖自那一至五秒的耽误。

我们不禁要问，我们也完全有理由这样问：是什么造成了莫非在距出事地约二百米处遇见了那个熟人的？

这样我又想起来一件事，在我遇见那个熟人前三至五分钟时，我在一家小饭馆里吃了一个包子。我饿了，不是馋了当真是饿了，一个人饿了又路经一家小饭馆，吃便是必然的。上帝如果因此而惩罚我，我就没什么要说的了。我走进那家小饭馆，排在六个人后边成为第七个等候买包子的人。我说，包子什么时候熟？第六个人告诉我，您来的是时候，马上就要出笼了，我从上一锅等起已经等了半小时了。我便等了一会儿，心想这么晚了回家去也不再有饭，而我还是九小时以前吃的午饭呢。包子很快出笼了，卖包子的老妇人把包子一个个数进碟子，前六个人有吃四两的有买五斤拿走的。轮到我，老妇人说没了还有一个。我探头在筐箩里搜看，说，厨房里还有？老妇人说没了，就这一个了您要不要？我说还蒸吗？她说明天还蒸，今天到点了。我看看墙上的大表：二十二点半。我就吃了那一个包子。现在让我们计算一下：如果我不是吃了一个包子而是吃了五个包子（我原打算是吃五个包子），按吃一个费时二分钟计，我至少要晚八分钟离开那小饭馆。而我遇到那个熟人时，熟人正往家走且距离家只有五十余米，一个正常人走五十余米是绝然用不了八分钟的。我那熟人很正常，这一点由我来担保。这就是说，如果我早些到那小饭馆排在第五或第六位，我必吃五个包子，就不会遇见那个熟人，不会喊他，不跟他说那几句话，不必捏一下车闸，不耽误一至五秒从而不撞断脊髓，今日之莫非就在地球的另一面攻读教育学博士，而不在这儿，更不是坐在轮椅里。

（十三）

到现在问题已经比较明朗了。请特别注意小饭馆里第六个买包子的人所说的那句话，他说他从上一锅等起已经等了半个小时了。这就是说我若不能提前半小时到达那家小饭馆，则我必排名第七，必吃一个包子，必遇见那个熟人，必耽误一至五秒从而必撞断脊髓，今日之莫非就还是坐在轮椅里。

我们必须相信这是命。为什么？因为歌剧《货郎与小姐》结束的时候，是二十二点整。无论剧场离那家小饭馆有多远，也无论我骑车的速度如何，我都不可能在二十二点半之前半小时到达那家小饭馆，这是一个最简单的算术问题。这就是说，在我骑车出发去看歌剧的时候，上帝已经把莫非的前途安排好了。在劫难逃。

（十四）

现在就要看看上帝是用什么方法安排莫非去看那歌剧的了。

我说过我一直在一所中学里任教。出事的那天我本该十八点一刻下班的，历来如此，这儿看不出上帝的作用。下午第四节课是我的物理课，十八点一刻我准时说道：下课！学生们纷纷走出去，我也走出去，我走到院子里找到我的自行车，我准备直接回家，我希望在出国之前能和二老双亲多待一会儿。这时候我听见身后有个学生问我：老师，我能回家了么？我才想起，这个学生是我在上第四节课时罚出教室的。事情是这样的：课上到一半时，这个学生忽然大笑起来，他坐在最后排靠近窗户，平时是个非常老实的学生，我有时甚至怀疑他智商不高。我说请你站起来。他站起来。我说请你解释一下你为什么笑？他低头不语。我说好吧坐下吧注意听讲。他坐下，但还是笑。我说请你再站起来。他又站起来。你到底笑什么？他不说话。我看得出他非常想克制住自己不笑，他用手捂住自己的嘴像女孩子那样，我一直怀疑他智商偏低。我说你坐下吧不许再笑了。他坐下但仍止不住地笑，课堂秩序便有些乱，淘气的学生们借机跟着大笑。我没办法只好请他出去，我说请你出去镇静镇静，否则大家都不能听课了。他很听话，自己走出去。放学时我几乎把他忘了，我相信他至少是性格里有些问题。可怜的孩子。我说你可以回家了，以后注意课堂纪律。结果他又开始笑，不停地笑。这下我有点生气了，我说到底有什么可笑的？就这样我问了他约二十分钟，毫无结果，他光是笑不肯回答。这时候，我们可敬的老太太校长喊我：莫老师，有张戏票你看不看？我问是什么。歌剧《货郎与小姐》，看不看？怎么想起来给我，您不去吗？她说她非常想去，可是刚刚接到教育局的电话有个紧急会议要她去参加，看不成了，你看不看？我说好吧我看。以后的事情我都说过了。

（十五）

之后我出院了。医院离家不远。我坐在轮椅里，二老双亲轮换着推我在街上走。杨树又已垂花，布谷鸟在晴朗的天上"好苦好苦"地叫得悠远，给人隔世之感。风吹鸟啼，渐悄渐杳，又听得有人喊我，莫非，莫非！是莫非么？我说没错儿是我。大学时的一个女同学站到我面前。怎么，莫非你怎么在这儿？我说依你看我应该在哪儿？你不是出国留学去了吗？你这是怎么了？我说你问我，你让我去问谁？她睁大了眼睛，她好像才注意到我的两条腿：这是怎么弄的？我说这很简单，再容易不过了。她脸红一下，在上大学时我常对她这么说，在她经常解不出一道数学题的当儿。母亲又忍不住落泪，拉了父亲站到远处去。五个包子的问题，我说，或者一个茄子。我便把事情的经过简要地告诉她。她说真是真是，唉——！我说我们必须承认这是命。她说，莫非你别这么想，莫非你要坚强，她眼泪汪汪的，莫非你要活下去。

遥远的姐姐来信也是这么说：你要活下去。谁也没说活下去是指活到什么时候，想必是活到死，可有谁不是活到死的呢？姐姐说，别担心，姐姐有一个窝头就有四分之一是你的（另外三个四分之一分别是姐姐、姐夫和小外甥的）。可我担心的是比窝头更重要的一些事，在活到死这一漫长的距离内有一些更重要的东西，那是贤惠的姐姐无法给我的。

所以后来我就写写小说。所以后来女记者采访我的时候，我说是万般无奈沦落至此。如同落草为寇。

（十六）

多年以来我一直暗自琢磨，那个后排靠窗户坐的学生为什么突然笑起来没完？那是我命运的转折点。那孩子智商肯定偏低，但他笑得那么莫测高深，恰似命运的神秘与深奥。孩子的眼睛或许真有超凡的洞察力？不知道他在那一刻看见了什么。我想我要是能把他当时的笑态准确地画下来，我就能向各位展示命运之神的真面目了。

若不是那神秘的笑，我便不可能在那天晚上有一场《货郎与小姐》的歌剧票，我莫非博士今天已是衣锦还乡功成名就老婆孩子一大堆了。

（十七）

在那艰难岁月，我喜欢上了睡觉。我对睡觉寄予厚望，或许一觉醒来局面会有所改观：出一身冷汗，看一眼月色中卧室的沉寂，庆幸原是做了一场噩梦，躺在被窝里心咚咚跳，翻个身踹踹腿庆幸那不过是个噩梦，然后月亮下去，路灯也灭了闹钟也叫了，起床整理行装，走到街上空气清新，赶往飞机场还去赶我的那次班机……

应该说会做噩梦的人是世上最幸福的人，因为可以醒来，于是就比不会做噩梦的人更多了幸福感。

在那些岁月，我每每醒来却发现，我做了一个想从噩梦中醒来的美梦。做美梦是最为坑人的事，因为必须醒来。

要么从噩梦中醒来，要么在美梦中睡去，都是可取的。可在我，这事恰恰相反。

躺倒两年后，我开始写小说，为了吃，为了喝，为了穿衣和住房，还为了这行当与睡觉有异曲同工之妙，而且比睡觉多着自由——想从噩梦中醒来就从噩梦中醒来，想在美梦中睡去就在美梦中睡去，可以由自己掌握。同是天涯沦落人，浪迹江湖之上，小说与我相互救助度日，无关谦虚之事。

（十八）

终于有一天我又见到了我的那个学生，那个一向被我认为智商不高的学生。他在一本刊物上见了我的小说，便串联起一群当年的同学来看我。孩子们都长大了，胡子拉碴的，有两个正准备结婚。大家在一起回忆往事，说说笑笑很是快活。学生们提议，为莫老师成了作家，干杯！我这才想起问问那个学生，你那天为什么笑个没完呀？他仍羞羞怯怯推说不为什么。我换个问法，我说你看见了什么？他说一只狗。一只狗？一只狗值得你那么笑吗？他说那只狗，说到这儿他又笑起来笑得不可收拾，但他终于忍住笑镇定了一下情绪，他毕竟是长大了，他说，那只狗望着一进学校大门正中的那条大标语放了个屁。大家都说他瞎胡编。他说我就知道说出来你们都不会信，反正那只狗确实是放了个屁，我听见的我看见的，很响但是发闷。大家还是不全信，说他有可能听错了。他便问我，莫老师您信吗？我没听错真的我没听错，确实是因为那个狗屁莫老师您信吗？

过了很久我说我信。我看那孩子的神情像个先知。

（十九）

如今当我做任何一件事情的时候，我都听见那声闷响仍在轰鸣。它遍布我的时空，经久不衰，并将继续经久不衰震撼莫非的一生。

为什么为什么为什么？为什么要有这一声闷响？

不为什么。

上帝说世上要有这一声闷响，就有了这一声闷响，上帝看这是好的，事情就这样成了，有晚上有早晨，这是第七日以后所有的日子。

最初发表于《钟山》1988 年第 1 期